Emilia C. Kingston

DaRk ness

bring me to life

KEC

Bibliografische Informationen der Deutschen Nationalbibliothek:
Die Deutsche Nationalbibliothek verzeichnet diese Publikation in der Deutschen Nationalbibliografie; detaillierte bibliografische Daten sind im Internet über dnb.de abrufbar.

2. Auflage, 2021

c/o Autorenglück.de
Franz-Mehring-Str.15
01237 Dresden

www.instagram.com/emilia.c.kingston
E-Mail: emilia.c.kingston@gmail.com
Cover: NH Buchdesign
Druck: epubli – ein Service der Neopubli GmbH, Berlin

Liebe Leser:innen,

dieses Buch enthält potenziell triggernde Inhalte. Bitte beachtet die Triggerwarnung.

Die Geschichte ist rein fiktiv und es wurde auf die Erwähnung und Verwendung von Verhütungsmitteln verzichtet. Im realen Leben ist der Gebrauch von Verhütungsmitteln wichtig und sinnvoll.

Triggerwarnung:

Misshandlung, Gewalt, Tod, Mord, Gedächtnisverlust, Entführung und sexuelle Handlungen.

Wenn dich eines dieser Themen triggern könnte, rate ich davon ab, dieses Buch zu lesen.

Prolog

Dunkelheit.
Kälte.
Schmerz.
Atmen.
Ein und aus.
In mir ist es friedlich und doch tobt ein Sturm. Mit einem tiefen Atemzug schrecke ich auf. Das unkontrollierte Blinzeln meiner Lider erschwert mir die Sicht und lässt die Umgebung verschwimmen.

Schmerzhaft bohren sich mir spitze Wurzeln und herabgefallene Äste in den Rücken und doch rühre ich mich nicht. Die Szene klart auf und gibt den Blick auf das dichte Blätterdach frei. Es raschelt im Wind und bricht das Licht des Mondes. Der Nebel meines Atems setzt die Szenerie in einen bedrohlichen Rahmen. Die Kälte steckt mir in den Gliedern und zerreißt mich mit jedem Atemzug. Angestrengt lausche ich in die Nacht. Ich bin allein. Allein in der Dunkelheit. Allein im Nirgendwo. Die Finger tief im modrigen Boden vergraben, überschlagen sich meine Gedanken auf der Suche nach Erinnerungen.

Ich bin gerannt, so weit und so schnell mich meine Beine zu tragen vermochten. Unaufhörlich trieben sie mich tiefer in den Wald und seine beängstigenden Schatten. Sie griffen nach mir, rissen an meinen Haaren und ihre spitzen Krallen schnitten in mein Fleisch. Dann brach ich kraftlos zusammen.

Da ist keine Erinnerung vor wem oder was ich floh, aber die Angst rauscht durch meine Venen. Unaufhörlich treibt sie mich an, den Weg fortzusetzen. Warnt eindringlich vor der drohenden Gefahr, die in der Dunkelheit des Waldes lauert.

Mit der Zungenspitze befeuchte ich meine trockenen Lippen. Mein Puls rast und hallt dumpf in meinem Kopf wider. Innere Unruhe treibt mich an, diesen Ort schnellstmöglich zu verlassen. Mit den Händen suche ich Halt in der Rinde eines Baumes, um mein Gewicht nach oben zu ziehen. Ein spitzer Splitter fährt mir unter den Fingernagel und verankert sich tief im Nagelbett. Der Schmerz reißt mich in tausend Stücke. Tränen der Verzweiflung brechen sich Bahn und mein Gesicht verzieht sich zu einer schmerzverzerrten Grimasse. Alles in mir schreit und doch entspringt nur ein monotones Wimmern meiner Kehle. Ich atme tief und bewahre Ruhe. Das kleinste Geräusch verrät meinen Standort und katapultiert mich zurück in die Hölle, die mein Geist zu verdrängen versucht.

Mit Mühe komme ich in den Stand. Speichel sammelt sich in meinem Mund und mein Magen krampft. Nur schwerfällig schlucke ich ihn hinunter und verhindere mich zu übergeben. Blut fließt mir aus dem Bauch und der metallische Geruch steigt mir in die Nase. Nur mit Mühe und kleinen Schritten laufe ich Meter für Meter. Immer wieder pausiere ich, um Kräfte zu sammeln.

Es ist stockdunkel und totenstill. Das Knacken der Äste unter mir schallt wie ein Echo weit in den Wald und schreit laut *hier bin ich*. Alles in mir fordert eine Pause, aber wenn ich den Stimmen nur einen Moment nachgebe und mich niederlasse, dann war es das. Ich würde nicht mehr auf die Beine kommen. Es knackt in der Ferne und ich schrecke auf. Hektisch suche ich Schutz hinter dem nächsten Baum und presse den Rücken dicht an den Stamm. Die Rinde zerkratzt meine Haut und neue Schrammen verhöhnen die alten. Wie ein heftiger Donnerschlag zirkuliert und rauscht das Blut in meinen Ohren. Wieder ein Knacken, nah, viel zu nah.

Ich halte die Luft an und presse fest die Hand auf den Mund, um mich nicht zu verraten. Die Zeit rinnt mir davon. Nach nur einem Wimpernschlag stoße ich mich vom Baum ab und renne. Renne um mein Leben. Wie ferngesteuert schlage ich Kurven und überwinde Hindernisse.

Äste zerreißen meine Haut an Armen und Beinen. Immer tiefer versinke ich in dem nassen Waldboden. Mit jedem Schritt bohren sich mir spitzes Geäst und Steine in die Fußsohlen. Ich höre oder sehe niemanden, aber ich spüre eine Präsenz dicht hinter mir. Jemand verfolgt mich und spielt sein perfides Spiel mit meiner Angst. Ich keuche und bekomme nicht genügend Luft, bin nicht mehr fähig, zwischen Einbildung und Realität zu unterscheiden. In der Ferne lichtet sich der Wald.

Ich hangle mich von Baum zu Baum, stütze mein Gewicht und halte kurz inne. Nur schemenhaft erkenne ich die Umrisse eines kleinen Hauses. Die nahende Rettung verschafft mir neuen Antrieb. Aus der Ferne wirkt es verlassen, aber es ist die Hoffnung, die mich in ihre Arme zieht.

Jeder Schritt schmerzt. Meine Atmung rasselt feucht und meine Beine knicken immer wieder unter mir weg. Ich bin besiegt und gebe den Kampf endgültig auf. Wie ein Kartenhaus breche ich in mich zusammen und schlage hart auf. Schotter bohrt sich tief in mein Fleisch. Dann spüre ich nichts mehr.

Werde ich jetzt sterben? Einzig der Wind, der sich spielerisch, wie eine schützende Decke um meine blutgetränkte Haut legt, bestätigt das Fünkchen Leben in mir. Er verhöhnt mich und erzählt von Frieden, obwohl Krieg herrscht. Die Nacht ist sternenklar, aber kalt. So kalt. Das Klappern meiner Zähne erfüllt die Stille mit Musik. Eine gütliche Melodie, die mich zur Ruhe zwingt, und mir zuflüstert loszulassen.

Eine innere Zufriedenheit breitet sich in mir aus und alles ist friedlich. Ich bin bereit. Nicht mehr lang und meine Seele ist frei. Mit offenen Augen starre ich in den Himmel und zähle die Sterne. Es sind so viele und sie funkeln in all ihrer Pracht. Meine Augenlider werden schwer und meine Lungen stellen das Atmen ein. Jegliche Angst und Schmerz entweicht in die Stille der Nacht. Ich sehe ein Licht, es wird heller. Jetzt … jetzt passiert es. Ich bin bereit. Ich gebe auf.

I

Das Licht der Scheinwerfer bricht sich an einem leblosen Körper auf dem Parkplatz vor dem Haus. Ein verletztes Reh in der Auffahrt ist mir nicht fremd und kommt häufiger vor. Meine Schwester hält direkt neben mir und schaut fragend durch die Scheibe ihres Wagens.

Wir kommen von einem nahegelegenen Hof südwestlich von hier. Es war schon spät, als mein Telefon klingelte und Cathi mir aufgeregt entgegen schrie, dass ich mich sofort auf den Weg begeben solle. Eine Zwillingsgeburt bei einer Kuh ist nie leicht, jede helfende Hand wird gebraucht und sei es nur zur mentalen Unterstützung. Die Nacht war lang und die Geburt nervenaufreibend. Cathi ist Tierärztin mit Leib und Seele und für sie ist es das Normalste der Welt von Anfang an dabei zu sein um Leben zu retten. Wieder hat sie es geschafft und die Anstrengung hat sich gelohnt. Allen Unwägbarkeiten zum Trotz haben beide Kälber überlebt.

Zeitgleich schlagen die Wagentüren zu, begleitet von dem Knirschen des Schotters unter unseren Schuhen. Dann nichts mehr. Wir bleiben beide wie zur Salzsäule erstarrt stehen.

»Cathi. Das ist kein angeschossenes Tier.«

Das verletzte Reh entpuppt sich als Mädchen. Sofort schießt Cathi nach vorne und sinkt vor dem leblosen Körper in die Knie. Meine Schwester streicht ihr die Haare aus dem Gesicht und mit zitternden Fingern tastet sie an dem blassen, schmalen Hals nach einem Puls.

Ich gehe näher heran. Sofort bleiben meine Augen in diesem zarten Gesicht hängen. Mein Blick gleitet die Lichtung entlang, auf der Suche nach weiteren Personen. Die Schwärze der Nacht engt die Sicht ein und lässt mich nicht tief in den Wald sehen. Für einen Menschen, allein hier draußen, stehen die Chancen zu überleben bei null. Wie kommt sie hierher?

Ihre hagere Gestalt wird nur von einem dünnen Hemdchen bedeckt. Es reicht ihr knapp bis zu den Knien und nur schmale Träger verhindern, dass es ihr vom Leib rutscht. Sonst nichts, nur Blut, welches einen deutlichen Kontrast zu ihrer weißen Haut bildet. Ihre Lippen sind blau angelaufen und ihre Wangenknochen treten auffallend hervor. Die Augen sitzen tief in ihren Höhlen und ihr langes Haar ist zerzaust.

Das bedeutet Ärger. Warum liegt sie ausgerechnet vor meiner Tür? Ich habe genug Probleme und eine Leiche im Vorgarten verzerrt nur ein weiteres Mal das Bild, welches unsere Mitmenschen von mir haben. Der Versuch, den Blick von dieser kleinen Person abzuwenden, scheitert kläglich. Sie sieht nicht aus, als hätte sie sich bloß im Wald verirrt. Wie kommt sie hierher? Ich wohne weit außerhalb. Hier gibt es keine Nachbarn in unmittelbarer Nähe.

Ich bin nicht in der Lage, mich von ihrem Anblick zu lösen und ein Gefühl von Mitleid breitet sich in mir aus. Cathi's Stimme durchbricht meine Trance. Ich schüttle die Gedanken ab und schenke ihr meine ungeteilte Aufmerksamkeit.

»Ihr Puls ist schwach, aber sie lebt. Lass sie uns ins Haus bringen.«

Sofort bin ich alarmiert: »Was? Was redest du? Vor meiner Tür liegt ein lebloser Körper. Wir müssen zurück in die Stadt. Wir müssen sie ins Krankenhaus bringen.«

»Das schafft sie nicht Matt. Wir bringen sie rein. Das ist ihre einzige Chance zu überleben.«

»Aber sie braucht einen Arzt.«

»Ich bin Ärztin.«

»Ja… Tierärztin. Schau sie dir doch an. Sie ist voll Blut. Ich sehe kaum eine Stelle, die nicht rot ist. Sie braucht einen richtigen Arzt.«

»Ich kann das. Ich habe alles was wir brauchen im Auto. Los wickle sie in die Decke und bring sie endlich rein, bevor sie uns hier draußen noch erfriert. Aber sei vorsichtig! Wir wissen nicht, wie schlimm ihre Verletzungen sind.«

»Ich will niemanden in meinem Haus und das weißt du genau. Lass sie uns ins Krankenhaus bringen. Bitte.«

»Schluss jetzt! Sie ist doch keine Bedrohung für dich. Hier liegt ein Mensch der Hilfe benötigt. Wir dürfen keine Zeit mehr verlieren! Los jetzt! Jede Sekunde zählt.«

Cathi hat recht, aber allein die Vorstellung das Haus mit jemanden zu teilen, schnürt mir die Kehle zu. Einzig die Gesellschaft meiner Schwester macht mir nichts aus, sonst bleibe ich lieber für mich.

Vorsichtig hebe ich das Mädchen in die Luft. Arme, Beine und Kopf hängen schlaff herunter. Ich drücke ihren kalten Körper fester an meinen. Cathi klemmt sich den Arztkoffer unter ihren Arm und hält uns die Tür auf. Sie tritt nach mir ein und rauscht mit schnellen Schritten an mir vorbei, um die nächste Tür zu öffnen. Sie schlägt die Bettdecke im Gästezimmer zurück und ich lege den schlaffen Körper mit äußerster Vorsicht im Bett ab. Es ist beängstigend. Sie besteht nur aus Haut und Knochen. Ich betrachte sie näher, sie wirkt so zart und zerbrechlich. Unter dem Dreck lassen sich sanfte Gesichtszüge erahnen, volle Lippen und eine kleine Nase. Nicht auszudenken wie schön sie ohne diese Schatten um ihre Augen wäre.

Verträumt streiche ich ihr eine Strähne aus der Stirn und die Kälte ihrer Haut lässt mich sofort die Hand zurückziehen.

»Matt was machst du? Hol warmes Wasser, Lappen und Handtücher.«

Sie hat recht. Wenn wir nicht sofort handeln, stirbt sie in meinem Haus. Eilig verlasse ich den Raum, um alles zusammen zu suchen und platziere es neben dem Bett. Ich habe schon oft Blut gesehen. Jedes Mal, wenn ich Cathi bei einer Geburt, Operation oder Ähnliches begleite, fließt nicht wenig. Aber jetzt wird mir übel. Dieses Mädchen badet in ihrem Blut und bittere Galle bahnt sich den Weg meiner Speiseröhre empor.

2

Meine Umgebung verschwimmt zu einer milchigen Textur. Ich bin eine unbeteiligte Zuschauerin, nicht in der Lage zu reagieren oder Einfluss zu nehmen. Raue Finger streichen mir sanft über die Stirn und sofort wird die Kälte in mir durch Wärme ersetzt.

Ich bin nicht fähig, mich zu rühren, denn die Angst lähmt meine Glieder. Eine Nadel wird mir tief in die Vene geschoben. Krampfhaft versuche ich, meine Augen zu öffnen, aber es funktioniert nicht. In mir formt sich der Schmerz zu einem Schrei, nichts davon dringt nach außen. Nur eine stumme

Träne läuft heiß über mein Gesicht. Nein. Lasst mich gehen. Die Stimmen im Raum wirken gehetzt.

»Die Infusion ist gelegt. Jetzt lass sie uns waschen und sehen, wie wir sie weiter versorgen können.«

»Das mach ich nicht. Das kann ich nicht.«

»Jetzt stell dich doch nicht so an.«

»Du weißt, warum ich das nicht tun kann. Tut mir leid. Aber es geht nicht.«

»Dann geh raus und lass mich hier in Ruhe machen.« Schritte, die sich entfernen. Eine Tür schließt sich.

»Ich weiß nicht, ob du mich hören kannst. Ich möchte dir helfen, also hab keine Angst. Ich werde dir jetzt das Kleid aufschneiden, um mir deine Verletzungen anzusehen.«

Ich höre eine Schere durch Stoff gleiten und spüre die kalte Klinge an meiner Haut entlangfahren. Dann rutschen die Fetzen links und rechts zur Seite.

»Was ist dir nur passiert? Keine Angst, alles wird gut. Ich werde dir jetzt das Blut abwaschen.«

Ein warmer, nasser Lappen fährt beginnend an meinem Bauch hinunter zu den Füßen. Heiß zerfressen die hinterlassenen Spuren meine Haut und verbrennen mich innen wie außen. Alles in mir schreit, aber ich bin wie gelähmt. Dann wird es schwarz und die Dunkelheit empfängt mich.

3

Mit verschränkten Armen stehe ich im Türrahmen und schaue zum Bett, in dem die Unbekannte liegt. Wenn nicht hin und wieder ihr kleiner Finger zucken würde, könnte man meinen, sie wäre nicht mehr am Leben. Ihre vollen Lippen sind leicht geöffnet und manchmal kneift sie ihre Augenbrauen zusammen. Jedes Mal kribbelt es in meinen Fingerspitzen, weil ich ihr die kleine Falte, die dabei entsteht, glattstreichen möchte. Ich vergrabe meine Hände tief in meine Achseln, um mich daran zu hindern. Vorhin konnte ich mich nicht beherrschen, aber das schiebe ich auf den letzten Funken Mitgefühl, der in mir verborgen liegt. Sie nimmt mich mit ihrer Erscheinung so gefangen, dass ich erschrecke, als Cathi mir die Hand auf die Schultern legt und mir eine Tasse Kaffee reicht.

»Danke.«

»Das arme Mädchen. Wer hat ihr das nur angetan?«

Cathi's Blick liegt weich auf der jungen Frau. Ich trinke einen Schluck, ohne den Blick von ihr abzuwenden.

»Wie schlimm ist es?«

»Das viele Blut stammt hauptsächlich von den Schnitten auf Armen und Beinen. Sie sind oberflächlich und werden schnell heilen, aber die Wunde an ihrem Bauch ist tief und musste genäht werden. Aber ich weiß nicht, wie ihre Seele das verkraften wird.«

Ich werde hellhörig. »Was meinst du?«

Cathi atmet tief ein und schüttelt den Kopf.

»Wurde sie verge ...? Hat sie jemand ...?« Meine Stimme bricht. Ich kann es nicht aussprechen.

»Es deutet alles darauf hin. Der Sheriff und Dr. Tremblay sind auf dem Weg.«

Das ausgerechnet Sheriff Cambell mein Heim betreten wird, frustriert mich und meine Hand schließt sich fester um die Tasse. Cathi sieht es und rollt mit den Augen.

»Du musst dich echt locker machen. Er wird dich schon nicht fressen.«

»Tz, er wartet doch nur darauf, mir irgendwas anzuhängen und ein wehrloses Mädchen in meinem Haus, ist für ihn ein gefundenes Fressen.«

Ich schlucke den Kloß in meinem Hals hinunter und versuche, mich nicht aufzuregen.

»Jetzt male nicht den Teufel an die Wand. Die Sache ist doch längst verjährt.«

»Nicht für ihn und auch nicht für die Leute in der Stadt.«

Ihr Blick wirkt mitleidig. Sie weiß, ich habe recht.

Ich bin hier rausgezogen, um Abstand zu gewinnen, und für mich zu bleiben. Ich mag Menschen nicht besonders und es fällt mir schwer, Smalltalk und belanglose Gespräche über das Wetter zu führen. Jedes meiner Worte wird in dieser Stadt auf die Goldwaage gelegt, als warten alle nur darauf, dass ich etwas Falsches sage.

»Meinst du, sie wird wieder?« Ich nicke in die Richtung des Mädchens.

»Ich hoffe es. Vorerst ist sie stabil.«

Durch das Fenster erkenne ich die Lichter eines Autos.

»Ich nehme sie in Empfang«, sagt Cathi und tätschelt mir aufmunternd den Arm, bevor sie geht. Ich höre die Schritte und das Knarzen von Gummi auf Holz.

»… sie lag einfach in Matthew's Auffahrt. Wir wissen nicht, von wo sie kam«, beendet meine Schwester ihren Satz, als sie mit dem Sheriff und dem Doktor das Zimmer betritt.

»Hallo, Matthew«, begrüßt mich Dr. Temblay und stellt seinen Arztkoffer auf den Sessel neben dem Bett ab. Das bloße Nicken von Sheriff Cambell fällt dagegen, wie gewohnt, verhalten aus. Sein Hut hängt tiefer als sonst in seiner Stirn. Er zupft Notizblock und Stift aus der Gürteltasche und sieht verkniffen in meine Richtung.

»Thompson, ich muss dir einige Fragen stellen.«

»Das könnt ihr gern vor der Tür machen. Ich werde die junge Frau jetzt untersuchen«, meldet sich der Arzt zu Wort.

»Cathi, es wäre gut, wenn Sie mir assistieren.«

Sie nickt und wirft mir einen Blick entgegen, der wohl fragen soll, ob ich allein zurechtkomme. Ich blähe die Nasenflügel und schürze die Lippen, folge dann aber dem Sheriff ins Wohnzimmer. Er geht durch den Raum und schaut in jeden Winkel, als würden ihm die Beweise, dass ich damit etwas zu tun habe, aus einer Ecke entgegenspringen. Soll er doch. Er wird nichts finden.

»Sheriff, es gibt eigentlich nicht viel zu sagen. Wir kamen von den Sullivan's und da lag sie einfach.«

»Einfach so?«

»Ja, einfach so!«

»Und wie soll sie einfach so«, zieht er betont in die Länge, »genau vor deiner Tür gelandet sein. Hier gibt es weit und breit nichts, außer deiner Hütte.«

»Mir ist klar, dass ich für Sie wieder ganz oben auf der Liste stehe, aber ich hatte damals nichts damit zu tun und heute auch nicht.«

»Ja, das sagst du.«

»Und das Gericht.«

»Pah, nur weil die nötigen Beweise fehlen, heißt das nichts.«

Meine Kiefer mahlen vor Wut. Das kann nicht sein Ernst sein.

»Wie gesagt, wir waren den ganzen Abend auf der Sullivan Farm und als wir hier ankamen, lag sie da.«

»Das stimmt«, meldet sich Cathi zu Wort und kommt aus dem Flur zu uns gelaufen. »Ich habe Matt gegen sechs Uhr um Hilfe gebeten. Er kam sofort und wir sind vor einer Stunde erst wieder eingetroffen. Ich habe bei Ihnen angerufen, gleich nachdem ich das Mädchen versorgt hatte.«

Die Augen des Sheriffs richten sich starr auf mich. Es gefällt ihm nicht, dass ich ein Alibi habe.

Er schiebt sich den Hut höher auf die Stirn. »Ich werde das überprüfen.«

In einer wahnsinnigen Geschwindigkeit drückt er, immer und immer wieder, die Miene seines Kugelschreibers. Das Geräusch lässt mich verrückt werden und am liebsten würde ich ihm den Stift aus der Hand reißen und in seine Augen rammen. Zum Glück werden meine Gedanken von Dr. Temblay unterbrochen.

»So weit ist sie stabil. Sie haben einen guten Job gemacht, Cathi. Sie wird Ruhe benötigen und sich schonen müssen. Wir haben alles besprochen. Die Medikamente liegen auf dem Nachttisch. Rufen Sie mich an, sobald sie aufwacht. Es kann sein, dass sie Probleme hat sich zu orientieren.«

»Moment mal. Sie nehmen sie nicht mit?«

»Nein, dazu besteht kein Anlass. Cathi wird sich um sie kümmern und du bist ja auch noch da.«

Selbst dem Sheriff klappt der Mund auf.

»Sie wollen die Frau bei Thompson lassen?«

»Ja. Cathi, rufen Sie mich an, sollte etwas sein. Sheriff, ich wäre dann so weit.«

»Aber«, setze ich an und werde mit einem gezielten Kniff in die Seite von Cathi gestoppt.

»Lass gut sein Matt«, droht sie mir und bringt die Herren zur Tür. Als diese ins Schloss fällt, knurre ich ihr entgegen.

»Was. Soll. Das.«

»Ach Matti, nun sei doch nicht so. Ein bisschen Gesellschaft wird dir guttun. Er hätte sie jetzt sowieso nicht mitnehmen können oder soll er sie auf den Rücksitz werfen. Sie ist ganz allein und tut mir leid. Ich will nicht, dass sie allein, in einem sterilen Zimmer aufwacht und Dr. Temblay hat bestätigt, dass es ihr Gesundheitszustand zulässt.« Sie strahlt über beide Ohren.

»Nicht witzig, Cathi.«

»Nun ist es so. Möchtest du die erste Schicht übernehmen oder soll ich?«

»Schicht?«

»Ja, einer von uns muss an ihrem Bett Wache halten, falls sie zu sich kommt.«

»Nein!«

Sie pustet sich frustriert eine Strähne aus dem Gesicht. »Ich empfehle dir die erste Schicht, da sind die Chancen geringer, dass sie aufwacht und außerdem, könnte ich ein Stündchen Schlaf gut gebrauchen. Weck mich, wenn du nicht mehr kannst«, flötet sie und lässt mich allein zurück.

Ich nähere mich dem Gästezimmer mit vorsichtigen Schritten, als würde mich etwas Unheimliches hinter der angelehnten Tür erwarten. Ich schiebe sie auf und betrachte das schlafende Mädchen verhalten.

»Cathi?«, rufe ich über meine Schulter, aber erhalte keine Antwort.

Ich trete ans Bett und schaue auf sie herab. Ihr Brustkorb hebt und senkt sich gleichmäßig und im Augenblick sieht alles friedlich aus. Ich lasse mich in den Sessel fallen und überschlage die Beine. Ich beobachte sie und kann meinen Blick nicht von ihr abwenden. Ihre Anwesenheit verursacht mir ein mulmiges Gefühl und die Reaktion des Sheriffs hat mir wieder einmal bestätigt, dass es besser ist, wenn ich hier allein bleibe. Die Leute aus der Stadt würden vermutlich jeden Tag vorbeikommen, um sich zu überzeugen, dass es ihr gut geht.

Ich zähle die Schrammen auf ihrem Arm und beginne immer wieder von vorn. Verschiedenste Gefühle breiten sich in mir aus, aber vor allem ist da Wut. Eine Wut auf diese Welt und Wut auf die Menschen, die in der Lage sind einem anderen so etwas anzutun. Ein Keuchen entweicht ihren Lippen und ich richte mich auf, um sie genauer zu betrachten. Ihre Finger krallen sich in die Laken und sie murmelt unverständliche Worte. Was mache ich jetzt?

Ich stehe auf und will Cathi wecken, aber an der Tür stoppe ich, weil sie wild ihren Kopf von links nach rechts ins Kissen wirft. Zögerlich nehme ich ihre Hand in meine. Mit dem Daumen streichle ich zart über ihre Haut und sie beruhigt sich wieder. Ihre Atmung wird flacher und ihr Körper entspannt sich. Mir gefällt, dass diese kleine Geste so viel Wirkung zeigt. Ich schiebe mir den Sessel näher zu ihr ans Bett, verschränke unsere Finger ineinander und beobachte sie beim Schlafen, bis auch meine Augenlider schwer werden.

»Hey Matt«, flüstert es in meinem Ohr. »Aufwachen.«

Ich öffne verschlafen die Augen und realisiere nur langsam, dass mein Kopf auf unseren zusammengefalteten Händen liegt.

»Du warst die ganze Nacht hier. Warum hast du mich nicht geweckt? Du kannst dich jetzt hinlegen. Ich übernehme.«

»Nein, ich bleibe.«

Cathi zieht die Augenbrauen hoch in die Stirn.

»Was ist passiert?« Sie sieht sich gespielt verwundert im Raum um und spricht hinter vorgehaltener Hand. »Wurdest du etwa von Außerirdischen entführt und ausgetauscht?«

»Haha. Nein, aber ich glaube, ich habe eine beruhigende Wirkung auf sie. Sie wurde unruhig und als ich ihre Hand nahm, hörte es auf.«

»Wie du meinst. Ich mach uns Kaffee.« Sie streicht mir über den Kopf und geht.

Ich löse meine Hand aus ihrer und sofort beginnen ihre Lider zu flattern, als würde sie darauf reagieren, dass etwas fehlt.

»Hilft es dir, dass ich hier bin?«

Ich spreche leise und mehr zu mir selbst. Ihr kleiner Finger beginnt zu zucken und ich lege meine Hand wieder über ihre. Ich verstehe es nicht, aber ihre Entspannung hat eindeutig mit mir zu tun.

»Okay, dann bleibe ich. Du musst keine Angst haben.«

Cathi kommt zurück ins Zimmer und stellt mir die Tasse auf die Armlehne des Sessels. Sie pustet in ihre, bevor sie daran nippt. Ich sehe ihr an der Nasenspitze an, dass sie nach den richtigen Worten sucht. Sie kann mir nichts vormachen.

»Ich muss gleich los«, erwähnt sie beiläufig.

»Wie du musst gleich los? Cathi, spinnst du?«

»Ich habe Termine, die kann ich nicht einfach absagen.«

»Du kannst mich doch nicht mit ihr allein lassen! Was soll ich tun, wenn sie aufwacht, wenn Fall x eintritt und ich ihr nicht helfen kann?«

»Matt, sie ist stabil. Sie muss einfach nur aufwachen und dann ist es besser, wenn sie nicht allein ist. Womöglich wird sie etwas verwirrt sein, deshalb ist es wichtig, dass du da bist und sie beruhigst.«

»Ich glaube das jetzt nicht. Du wolltest, dass sie hier bleibt. Du wolltest dich um sie kümmern und jetzt überträgst du mir die Verantwortung.«

»Jetzt sei nicht so grimmig. Du bist toll, du schaffst das. Ich komme wieder und sehe nach ihr und bringe ihr ein paar meiner Sachen. Sie benötigt vor allem Ruhe. Sei einfach nett, wenn sie aufwacht. Kannst du das Matt? Nett sein?«

4

Die Dunkelheit lichtet sich nur langsam. Ich liege weich und warm und genieße für einen Moment die Geborgenheit. Mein Mund ist trocken und meine Zunge klebt mir unangenehm am Gaumen. Die schweren Lider fallen mir immer wieder zu, doch dann bringe ich die Kraft auf und öffne sie. Ich liege in einem Bett. Hektisch streift mein Blick durch den Raum. Wo bin ich?

Durch einen Spalt zwischen den Vorhängen scheint die Sonne in einem glühenden Orange hindurch und in wenigen Minuten wird sie gänzlich verschwunden sein. Ich schlage die Bettdecke beiseite. Beim Aufrichten schießt mir ein stechender Schmerz in den Kopf. Mit leichtem Druck presse ich mir die Hand gegen die Stirn, um das wilde Hämmern zu vertreiben. Mühevoll rutsche ich aus dem Bett. Meine Füße brennen unter der Last meines Gewichts und ich gerate ins Straucheln. Ich finde Halt am Bettpfosten und fixiere einen Punkt auf dem Boden, bis meine Sicht wieder klar ist und mein Kreislauf sich stabilisiert. Kraftlos taumle ich zur Wand und presse mich haltsuchend dagegen. Jeder meiner Sinne ist alarmiert und zusammen dirigieren sie meinem Unterbewusstsein die nächsten Schritte. Dicht an die Vertäfelung gedrückt, schiebe ich mich am Holz entlang und erreiche die Tür, die ich mit einem Knarren öffne.

Ich lausche in die Stille, ob dieses Geräusch jemanden aufgeschreckt hat, aber es ist nichts zu hören. Vorsichtig stecke ich meinen Kopf durch den Spalt. Vor mir erstreckt sich ein schmaler Flur, der Einsicht auf den nächsten Raum eröffnet. Was wird mich erwarten, wenn ich ihn hinunter gehe? Auf was für Menschen treffe ich und was haben sie mit mir vor? Auf Zehenspitzen schleiche ich hinaus und erstarre, beim ächzenden Klang der Dielen unter meinen Füßen.

Ich stelle das Atmen ein und kneife die Augen fest zusammen. Nur der Herzschlag in meiner Brust schallt laut durch das ganze Haus. Vorsichtig öffne ich sie wieder und blicke in die Augen eines Wolfes. Sein massiger Körper versperrt mir den Weg nach draußen. Aus Angst ihn zu provozieren bleibe ich stillstehen und rühre mich keinen Millimeter. Aber das heftige Zittern meiner Beine lässt sich nicht unterdrücken. Er fixiert mich und wagt den ersten Schritt, dann einen weiteren.

»Pete«, ruft jemand aus einem Raum des Hauses, der von meiner Position nicht einzusehen ist.

Aufgeschreckt von der Erkenntnis, dass der Fluchtweg abgeschnitten ist, hetzte ich zurück ins Zimmer und lehne mich von innen gegen die Tür. Das Scharren von Krallen auf Holz lässt mich wissen, dass dieser Wolf die Verfolgung aufgenommen hat. Dann Schritte. Panisch drehe ich mich um und lache hysterisch, als ich den Schlüssel entdecke, der von innen im Schloss steckt. Ich schließe ab, renne hinüber zum Fenster und reiße die Vorhänge zur Seite. Staub stobt auf. Wie ein eigenes kleines Universum schweben die Partikel in der Luft. Mit aller Macht versuche ich das Fenster hochzuschieben, aber es sitzt fest im Rahmen. Schweiß benetzt meine Haut. Die Kraft meiner Muskeln lässt nach. Schwindel erfasst mich und ich sacke zusammen.

Warme Sonnenstrahlen kitzeln meine Nase, wie eine Wolldecke an kalten Tagen. Ich wage es nicht die Augen zu öffnen, aber durch einen winzigen Spalt, verschaffe ich mir einen verschwommenen Überblick. Ich liege wieder in diesem Bett. An der Wand gegenüber steht ein Kleiderschrank aus Naturholz. Auf dem Stuhl davor stapeln sich ordentlich zusammengefaltete Kleidungsstücke. Mit einem mulmigen Gefühl im Bauch, drehe mich auf die andere Seite und erstarre.

»Nein, nein, nein.«

Mit hastigen Bewegungen rutsche ich nach hinten an das Bettgestell, ziehe die Knie nah an den Körper und werfe die Decke über mich. Meine Augen flimmern wild durch den Raum und ich versuche krampfhaft, die Situation einzuordnen.

Vor dem Fenster steht ein Sessel, in dem es sich ein Mann bequem gemacht hat. Barfuß und in legerer Kleidung, sitzt er, mit übereinandergeschlagenen Beinen in den Polstern und löffelt in einer Schüssel. Angestrengt überlege ich, ob ich ihn kenne. Was ist passiert, dass ich mir weder meiner Vergangenhcit, noch meiner Gegenwart bewusst bin?

Der Löffel mit Cerealien, den er sich eben aus der Schüssel gefischt hat, kommt auf Höhe seines

Mundes zum Stehen. Ohne sich zu rühren wartet er, ob ich zuerst das Wort ergreife.

Aber was sollte ich schon sagen? Zu viele Szenarien spielen sich in meinem Kopf ab, um sie in einem Satz zusammenzufassen. Gut oder böse? Freund oder Feind? Familie oder Fremder? Meine Finger krallen sich fester in die Decke und ich ziehe sie höher über die Brust.

Dann weicht der Schock in seinem Gesicht einem Lächeln und er trällert fröhlich: »Guten Morgen Schatz, hast du Hunger?«

Ich runzle die Stirn und meine Augen erreichen das Doppelte ihrer Größe.

»Du guckst, als siehst du mich zum ersten Mal. Das ist irgendwie unheimlich.«

»Ich verstehe nicht«, stammle ich.

Er wirkt betroffen und gibt den Kampf mit dem Löffel endgültig auf. Mit einem lauten Klirren lässt er ihn zurück in die Schüssel fallen.

»Du erinnerst dich nicht an mich, oder? Wir haben befürchtet, dass so etwas passiert.«

Dem folgt eine bedeutungsschwere Pause, bevor er fortfährt: »Wir sind verheiratet, weißt du? Glücklich verheiratet.«

Verheiratet? Er und ich? Und wer ist wir? Befinden sich weitere Menschen hier im Haus? Gott… habe ich Kinder? Ich bleibe still sitzen und womöglich habe ich vergessen, wie das mit dem Atmen funktioniert.

Das kann doch alles unmöglich wahr sein. Entweder ich träume oder hänge in einem Paralleluniversum fest. Das muss es sein. Ich bin in irgendeiner Zeitschleife gefangen. An einen Ehemann müsste ich mich doch erinnern. Mit der Hand fühle ich die Temperatur meiner Stirn. Vielleicht habe ich Fieber und halluziniere.

»Nun schau nicht so. Es hätte dich wirklich schlechter treffen können. Ich bin eine gute Partie.«

Mit einem Lachen im Gesicht stellt er die Schüssel auf das Fensterbrett und erhebt sich aus dem Sessel. Er hält direkt auf mich zu, ohne den Blick abzuwenden. Er ist groß, mit kräftigen Schultern und schmaler Taille. Hinter seinem Bart versteckt sich ein markantes Gesicht, mit weichen Zügen.

Auf dem Nachttisch stehen eine Karaffe und ein Glas. Er greift nach beidem und setzt sich neben mich auf die Bettkante. Seine Augen haben die Farbe von flüssigem Karamell und wirken freundlich. Aber in ihnen brodelt etwas Raues, als hätten sie schon viel Schlechtes gesehen.

»Du hast wirklich keine Ahnung was passiert ist, oder?«

Ich schüttle verneinend den Kopf.

»Leider kann ich dir das auch nicht beantworten«, seufzt er und lässt die Schultern hängen.

»Du lagst in der Auffahrt und entschuldige, dass ich das so sage, aber du sahst ziemlich ramponiert aus.« Seine Stirn legt sich in Falten, als wolle er diese Bilder mit aller Gewalt verdrängen.

»Hast du Durst?«

Er streckt mir das Glas entgegen. Hastig versuche ich so viel wie möglich in mich aufzunehmen. Aber es läuft mehr Wasser links und rechts aus den Mundwinkeln, als ich schlucke.

»Nicht so gierig, meine Schöne.«

Ich verschlucke mich und kann das Wasser, dass sich in einem Schwall durch meine Lippen pressen will, nicht zurückhalten. Er wirkt nicht mehr so heiter, als er sich mit dem Unterarm meine Spucke aus dem Gesicht wischt.

»Das habe ich nicht kommen sehen.«

Verunsichert schaue ich erst zum Fenster und dann zur Tür.

»Ich war gestern schon wach«, stelle ich fest und nicke demonstrativ zur Tür. Der Rahmen ist beschädigt und um das Schloss herum splittert das Holz.

»Ja, du hast dich eingeschlossen. Ich musste sie eintreten. Das Fenster hat in der Ecke einen kleinen Riegel, den hättest du nur lösen müssen.«

»Oh.« Tatsächlich, jetzt sehe ich es.

»Du wolltest abhauen und bist vor dem Fenster in Ohnmacht gefallen. Du musst nicht weglaufen. Hier passiert dir nichts. Und außerdem, ist es zu gefährlich. Da draußen ist nichts als Wildnis und du bist nicht gut zu Fuß. Bis du auf Hilfe triffst, bist du entweder verhungert, erfroren oder wurdest von einem Bären gefressen.«

»Und ich lebe hier … Mit dir?«

»Du sagst das, als wäre es etwas ganz Furchtbares.«

»Warum kann ich mich nicht daran erinnern?«

Er weicht meinem Blick aus. »Das wird schon wieder.«

»Wer bin ich und wer bist du? Wo sind wir hier?«, frage ich und suche, in seinem Gesicht nach Antworten.

»Oh tut mir leid. Du kannst dich echt an gar nichts mehr erinnern. Oder? Wir wohnen im Yukon, nahe der Grenze zu Alaska. Mein Name ist Matt. Matthew Thompson.« Er zeigt auf sich, um es zu untermauern, als wäre ich ein Kleinkind. »Und du bist …« Jetzt deutet er auf mich, scheint aber überlegen zu müssen.

»Du bist Emma. Emma Thompson. Meine Frau. Äh ja genau. Ich bin so froh, dass es dir gut geht.«

O Gott, ich habe keine Ahnung. Ist mein Name Emma? Ich fühle mich überhaupt nicht wie eine

Emma. Nicht das ich wüsste, ob sich eine Emma anders fühlt. Kein Wort kommt mir über die Lippen. Die ganze Situation verunsichert mich und eine Träne der Verzweiflung läuft mir heiß die Wange hinunter. Mit dem Daumen streicht er sie mir sanft aus dem Gesicht und ich weiche ein Stück zurück.

»Tut mir leid. Ich wollte nicht -«, sagt er verlegen mit gesenktem Kopf und bringt etwas Abstand zwischen uns. »Du sollst wissen, dass du hier in Sicherheit bist. Ich kann mir nicht einmal vorstellen, welche Ängste du ausstehen musst, aber hier kann dir nichts passieren.«

Völlig durcheinander rutsche ich tiefer ins Bett und lasse mich zurück in die Kissen fallen. Es fühlt sich vertraut an, wie wir hier beieinandersitzen. An ihm ist nichts, was mir Angst macht, auch wenn die Situation beängstigend ist. Warum soll das hier nicht mein Zuhause sein? Ich habe keine Erinnerung, die mich daran zweifeln lässt. Er ist mir fremd, aber da ist etwas zwischen uns. Vielleicht habe ich nur einen Blackout und in den nächsten Tagen kehrt mein Gedächtnis zurück und alles ergibt einen Sinn.

»Ich lass dich in Ruhe, es ist wahrscheinlich alles etwas viel. Ich sehe später nach dir.«

Zeitgleich werden meine Augen wieder schwer und seine Stimme erreicht mich nicht mehr.

»Argh. Es tut mir leid. Ich muss dir da was sagen, ich bin nicht …«

5

Ich bin so ein Idiot. Warum nur erzähle ich so einen Schwachsinn. Alles an ihr schrie Panik und mir ist nichts Besseres eingefallen, als sie anzulügen. Sie wirkte so verängstigt und verwirrt, als sie mich sah. Ich war selbst total überfordert. Nichts hat mich auf diese Situation vorbereitet und ich hatte keine Ahnung, was ich sagen sollte. *»Hallo, wir kennen uns nicht, aber du liegst in meinem Bett, in meinem Haus, du warst bewusstlos, aber ich schwöre, ich habe dich nicht angerührt«,* blablabla. Ich wollte ihr ein Gefühl von Sicherheit vermitteln und nur einen Spaß machen. Ich konnte doch nicht ahnen, dass sie keine Erinnerungen hat. Jetzt ist es auf einmal gar nicht mehr so witzig, wie ich es mir zuvor in meinem Kopf ausgemalt hatte. Es hat nichts Komisches mehr, weil sie sich nicht erinnert und meiner kleinen Tirade Glauben schenkt. *Trottel.*

Und natürlich schläft sie genau dann wieder ein, als ich ihr die Wahrheit sagen will. Gott, was mache ich jetzt. Cathi anrufen, schießt es mir prompt in den Kopf. Sie wird wissen, was zu tun ist. Aufgebracht laufe ich im Wohnzimmer auf und ab. Endlich finden meine nervösen Finger sie in den Kontakten und ich halte mir das Telefon ans Ohr. Es klingelt einmal, es klingelt zweimal. Sie nimmt ab.

»Sag mir, dass es wichtig ist. Ich hänge bis zur Schulter in einer Kuh.«

»Sehr wichtig, das Wichtigste überhaupt. Es gibt gerade wirklich nichts Wichtigeres.«

»Matt, hol Luft. Was ist los?«

Ihre Stimme entfernt sich. »Ben, ich denke in einer Stunde ist es soweit, ich kann den Kopf schon spüren. Bin gleich wieder da.«

»Catherine, hörst du mir überhaupt zu?«

»Warte kurz.«

Es raschelt in der Leitung. Ich bin mir sicher, dass sie sich das Telefon zwischen Ohr und Schulter klemmt, um sich den riesigen Einweghandschuh vom Arm zu rollen.

»So erzähl, geht es ihr gut?«

»Sie ist aufgewacht.«

»Na, das ist doch großartig. Was sagt sie?«

»Sie scheint sich an nichts zu erinnern. Cathi du musst kommen. Sofort!«

»Ich komme so schnell es mir möglich ist, aber ich kann hier nicht weg. Es kann sein, dass ich Bertha unterstützen muss.«

»Wer ist denn jetzt schon wieder Bertha? Cathi, du verstehst nicht. Ich – «

»Bertha ist die Kuh, aus der ich innerhalb der nächsten Stunde ein Kalb holen werde. Matt, wichtig ist doch erstmal, dass sie wach ist. Die Erinnerungen kommen wieder. Sie hat einen Schock. Hat sie getrunken? Was macht sie jetzt?«

»Ja. Ja, hat sie und jetzt schläft sie. Aber Cathi hör mir zu -«

»Matt, das klingt alles ganz normal. Ich komme so schnell ich kann, du kriegst das schon hin.«

Sie will mich abwimmeln, das spüre ich, also brülle ich es ihr entgegen, bevor sie das Gespräch beendet.

»Ich habe ihr gesagt, ich wäre ihr Ehemann. So, jetzt ist es raus.«

»Du hast was?«

Jetzt habe ich ihre ungeteilte Aufmerksamkeit. Kurzzeitig halte ich den Hörer ein Stück von mir weg, sonst würde mir die schrille Stimme meiner Schwester das Trommelfell zerfetzen.

»Warum Matt? Bist du denn völlig bescheuert? Wie kommst du nur auf so einen Bullshit.«

Ich verkneife mir das Lachen, denk ich doch in diesem Moment an den Einweghandschuh und daran, wo er war.

»Es sollte lustig sein. Ich konnte doch nicht wissen, dass sie an einer Amnesie leidet. Ich komm mir selbst total blöd vor. Und als ich die Situation auflösen wollte, ist sie einfach weggepennt.«

»Mach es jetzt nicht noch schlimmer. Du kannst das arme Mädchen nicht so verunsichern. Was meinst du denkst sie, wenn sie jetzt erfährt, dass du gelogen hast. Sie wird furchtbar verängstigt sein. Du spielst deine Rolle jetzt und ich überlege mir was. Arrr, du bist so ein Idiot. Dich kann man einfach nicht auf Menschen loslassen. Du hinterlässt nur Chaos. Und jetzt löffle die Suppe, die du dir eingebrockt hast und lass mich Leben in die Welt holen.«

Dann höre ich nur das Tuten in der Leitung, was mir grausam zu verstehen gibt, dass das Gespräch beendet ist und ich keine Ahnung habe, was ich jetzt in dieser Sache unternehmen soll. Ich kann ihr doch nicht den liebenden Ehemann vorspielen. Ich will niemanden in meinem Haus und plötzlich habe ich eine Ehefrau, das ist dann wohl diese Ironie des Schicksals, von der alle sprechen.

Aber sie ist so zart und hinreißend und ich will sie beschützen. Argh. Was ist das da in meinem verdammten Kopf. Ich muss meine Eier verloren haben. Mit dem Daumen ziehe ich mir den Bund der Hose vom Körper und blicke ins schwarze Nichts. Eier, wo seid ihr? Hat jemand meine gottverdammten Eier gesehen? Ich lasse mich rücklings auf die Couch fallen und verstecke mein Gesicht in der Armbeuge. Fuck!

»Komm Pete, ich muss nochmal raus.«

Nur widerwillig erhebt sich mein Freund und trottet hinter mir her. Ich habe den Wolf mit der Flasche großgezogen, als ich ihn damals als kleines Bündel aus einer Bärenfalle befreit habe. Seither ist er mir ein treuer Begleiter.

Ich setzte mich draußen in den Schaukelstuhl und genieße die frische Luft, die sich jeden Tag mehr erwärmt und den kalten Winter zurückdrängt. Alles erwacht wieder zum Leben. Die Bäume, die Pflanzen, ich und hoffentlich auch sie.

Im Augenwinkel sehe ich eine Gestalt durch die Wiese rennen. Das ist doch nicht ihr Ernst. Wo will sie hin? Ich sprinte los, da ist der Wolf schon bei ihr. Sie schreit panisch und schlägt Haken im Feld.

Mit festem Griff um ihre Taille fange ich sie in der Bewegung ab und reiße sie herum. Der plötzliche Zusammenstoß drückt ihr die Luft aus den Lungen und mir die Beine weg. Im Fall drehe ich mich auf den Rücken, um ihren Sturz mit meinem Korpus abzufedern und schlage hart auf dem Boden auf. Der Schmerz des Aufpralls schießt mir in die Wirbelsäule und ich beiße fest die Zähne aufeinander. Sie liegt auf mir, nur wenige Zentimeter trennen unsere Lippen voneinander. Ich spüre ihr aufgeregtes Herz in der Brust schlagen. Wir schauen uns an. Ihre Augen sind starr auf die meinen gerichtet und keiner von uns traut sich zu blinzeln. In der Ferne sind die Rufe einer Eule zu hören und um uns herum, zirpen die Grillen, aber wir sind still.

»Wo willst du hin?«, frage ich zwischen zwei Atemzügen.

»Ich weiß nicht, einfach weg. Ich habe Panik bekommen.«

»Du hast also den Hebel am Fenster gefunden.« Ich muss schmunzeln. »Du hättest auch einfach durch die Tür spazieren können.«

»Ich – «

»Warte! Ich glaube, du verstehst etwas falsch. Ich halte dich hier nicht fest. Du bist nicht meine Gefangene. Du kannst gehen wohin du willst«, bedeutungsvoll lasse ich den Blick in den Wald schweifen. »Aber da hinein zu rennen, oder dich allein auf den Weg zu machen, ist eine ganz schlechte Idee. Ich will dir helfen.«

Sie schließt die Augen und eine dicke Träne drückt sich durch ihr Lid. Zu gern würde ich sie ihr von der Haut wischen, aber ich habe Angst, sie durch meine Berührung zu verschrecken.

»Wenn du möchtest, gebe ich dir mein Telefon und du kannst den Sheriff anrufen. Er weiß, dass du hier bist.«

Wie ferngesteuert, stecke ich ihr eine Strähne hinter das Ohr. Wieder verhaken sich unsere Blicke ineinander und mein Puls rast. Sie liest in meinen Augen und prüft, ob sie mir vertrauen kann. Angelockt von dem Salz ihrer Tränen, leckt Pete ihr quer über die Wange. Sie verzieht das Gesicht und wischt sich die Stelle an ihrer Schulter ab. Ich löse meinen Griff etwas und sie lässt sich neben mir ins Gras rollen. Unsere Arme berühren sich und wir schauen hinauf in den Sternenhimmel. Ich liebe dieses Gefühl der Unendlichkeit, wenn keine Wolke die Sicht verhängt.

»Es ist alles so fremd«, unterbricht sie die Stille. »Du sagst, ich gehöre hierher, zu dir, aber ich finde keine Antworten in meinem Kopf.«

Sternschnuppen regnen auf uns hinab. Ich schaue zu ihr rüber. Ihre weiße Haut bildet einen deutlichen

Kontrast zu der Dunkelheit. Sie strahlt so hell, wie eine Sternschnuppe, die zu Boden gefallen ist. Das Problem an den Dingern ist nur, dass sie erst leuchten, wenn sie verglühen. Ich kneife die Augen zusammen und wünsche mir, dass es nicht auf sie zutrifft. Meine Hand sucht die ihre im Gras, um sie zu halten. Unsicher dreht sie ihren Kopf zu mir.

»Das wird wieder«, beruhige ich sie und bemerke erst jetzt, dass ihre Zähne aufeinanderschlagen.

»Du zitterst. Wir sollten reingehen. Es ist viel zu kalt.«

Ich stehe als Erster auf und reiche ihr die Hand. Sie zögert einen Augenblick, legt ihre dann aber doch in meine. Sie ist so klein und zart, dass ich Angst habe, sie zu zerquetschen. Ich helfe ihr auf und wir stehen uns unbeholfen gegenüber. Gänsehaut bildet sich auf ihren Armen und ich habe das Bedürfnis, sie ihr fortzustreichen. Die Luft zwischen uns knistert und hängt voll mit ungesagten Worten. Ich muss ihr die Wahrheit sagen, aber wir schauen uns in die Augen und in ihren liegt so viel Hoffnung, dass ich es nicht über mich bringe.

Verlegen senkt sie den Blick. »Ich bin müde. Ich denke, ich lege mich wieder hin.«

Wir laufen schweigend zurück ins Haus. Meine Gedanken rasen, aber der Kloß in meinem Hals hindert mich am Sprechen.

Ich schlage ihr die Bettdecke zurück und sie schlüpft hinein.

»Schlaf gut, Emma.«

»Du auch.«

Ich schalte das Deckenlicht aus und sie knipst das Nachtlicht an.

»Es ist zu dunkel.«

Etwas Trauriges legt sich um ihre Augen. »Ich kann es nicht erklären, aber so ist es besser.«

»Schon gut. Es kann die ganze Nacht brennen. Brauchst du sonst noch etwas?«

»Nein, nur Schlaf.«

Ich nicke und schließe die Tür hinter mir. Ein Umriss im Wohnzimmer lässt mich zusammenfahren.

»Gott.«

Ich lege die Hand auf mein rasendes Herz. Cathi steht einfach da und ich überlege ernsthaft, ihr den Haustürschlüssel wieder abzunehmen. Ich presse mir den Finger auf die Lippen und bedeute ihr, leise zu sein.

»Kann ich zu ihr?«, flüstert sie.

»Sie hat sich eben hingelegt. Lass sie schlafen.«

Ich gebe ihr ein Zeichen mir zu folgen und wir setzen uns nach draußen auf die Terrasse.

»Wie geht's es ihr?«

»Den Umständen entsprechend.«

»Warum hast du dich als ihr Ehemann ausgegeben?«

»Ehrlich? Ich habe keine Ahnung. Es war mehr ein Reflex. Du hättest sie sehen sollen. Sie wirkte so verängstigt und ich dachte, es macht es ihr leichter Vertrauen zu fassen.«

»Das ist bescheuert.«

»Du hättest mich nicht mit ihr allein lassen sollen. Du weißt, ich bin nicht gut in sowas. Und jetzt sag mir lieber, was ich tun soll.«

»Ich sage das nur ungern, aber vielleicht solltest du es vorerst dabei belassen. Du würdest sie völlig durcheinander bringen. Warte noch ein paar Tage und lass sie erstmal angekommen.«

»Es fühlt sich nicht gut an.«

»Nein, keinesfalls. Ich habe nach deinem Anruf mit Dr. Temblay telefoniert und ihn informiert, dass sie wach ist.«

»Was hat er gesagt?«

»Er hat mir die Adresse von einem Frauenhaus in Whitehorse gegeben.«

»Sollen wir sie dorthin bringen?« Mein Magen dreht sich auf links, als ich es ausspreche. Ich will nicht, dass sie geht und ich habe das Gefühl, sie braucht mich.

»Es ist eine Option. Matt, ich weiß doch, du bist lieber allein.«

»Es macht mir nichts aus.«

Cathi's Augen werden größer. »Kannst du das wiederholen? Ich glaube, ich habe dich falsch verstanden.«

»Jetzt bausch das nicht so auf. Sie stört mich nicht und sie lebt sich gerade ein.«

»Wie du meinst.« Sie zuckt mit den Schultern.

»Sie scheint dir gut zu tun«, sagt sie beiläufig.

»Aber Lüge hin. Lüge her. Du solltest sie fragen, ob sie sich wirklich wohlfühlt. Denn wenn nicht, ist das Frauenhaus eine gute Option. Sollte sich ihr Gesundheitszustand verschlechtern, ruf sofort bei Dr. Temblay an und in ein paar Tagen würde er sie gern noch einmal untersuchen. Ich muss wieder los, aber ich habe einiges für sie zum Anziehen im Auto. Hilfst du mir ausladen?«

6

Ich bin wach, traue mich aber nicht, einen Mucks von mir zugeben. Irgendjemand lungert vor der Tür. Ich höre es schnarchen. Er wird doch nicht vor der Tür kampieren? Das wäre irgendwie gruselig.

Heute bin ich um einiges klarer. Ich lupfe die Bettdecke und schaue an mir herab. Meinen Körper zieren Hämatome in der gesamten Farbpalette. Es sind ältere, gelbliche, vermischt mit frischen in einem dunklen Lila. Heftpflaster in verschiedenen Größen kleben auf meiner Haut. Um den Bauch wurde mir ein Verband gelegt, der meine Aufmerksamkeit erregt. Etwas Blut drückt sich durch das weiße Gewebe. Mein Magen scheint sich zu überschlagen und ich schaffe es im letzten Moment den Kopf aus dem Bett zu halten, bevor sich mein Innerstes nach außen kehrt. Der Schmerz zerreißt mich und mir wird kurzzeitig schwarz vor Augen. Ich habe keinerlei Zeitgefühl und mir ist nicht bewusst, wie lange ich nur daliege und an die Decke starre.

»Pete, geh weg«, höre ich Matt durch das Türblatt schimpfen. Darauf folgt ein klägliches Winseln.

»Ich gehe da allein rein.«

Es klopft. Ich antworte nicht. Es klopft wieder.

»Ich komme jetzt rein«, warnt er mich.

Zuerst sehe ich nur seinen Kopf durch den Türspalt spähen. Sein Lächeln nimmt den ganzen Raum ein und ich bin sicher, so eins bekommt man nur geschenkt, wenn man geliebt wird. Dann entdeckt er das Malheur auf dem Boden. Er sieht mich an, dann wieder auf den Boden und wieder zu mir.

»Ist alles in Ordnung? Geht es dir gut?«, fragt er besorgt.

Heiß brennt die Scham auf meinen Wangen.

»Es tut mir leid.«

»Aber das macht doch nichts.«

Zwischen seinen Beinen schiebt sich etwas Haariges hindurch und steuert genau auf mich zu.

»Pete! Nein!«

Sofort befreit er sich von dem Tablett, das er ins Zimmer balanciert und stellt es am Fußende meines Bettes ab. Dann packt er den Wolf im Nacken und bugsiert ihn wieder nach draußen.

»Du musst keine Angst vor ihm haben. Er denkt immer noch er ist so klein, wie ein Welpe und unterschätzt dabei völlig seine Größe. Ich habe ihn aus einer Bärenfalle befreit und wieder hochgepäppelt und seitdem -« Er stockt kurz. »Aber das weißt du ja.«

Ich nicke zögerlich und habe keine Ahnung. Er wechselt schnell das Thema.

»So, was haben wir denn hier«, fragt er mehr zu sich selbst. »Eine Pille gegen die Schmerzen und etwas Saft zum runterspülen.«

Die versuchte Flucht setzt mir zu, dennoch verspüre ich heute schon mehr Kraft in meinen Muskeln und so schlucke ich die Tablette, greife zum Saft und leere das Glas in wenigen Zügen.

Er steht unbeholfen neben dem Bett und streicht sich mit der Hand die dunklen Strähnen aus der Stirn.

»Du lagst vor unserem Haus, nichts weiter am Körper als ein dreckiges Nachthemd. Wir hatten

Angst, du würdest es nicht schaffen, aber du bist stark. Wir haben uns solche Sorgen um dich gemacht.«

»Was habe ich da draußen allein gemacht? Und wer ist wir?«

»Meine Schwester Catherine und ich. Es tut mir leid, ich vergesse immer, dass wir ganz von vorn anfangen müssen.« Seine Stimme bricht, aber er fängt sich wieder. »Zum Glück war sie da. Ich weiß nicht, ob du jetzt noch hier wärst, hätte ich dich allein gefunden. Du bist dem Tod geradeso von der Schippe gesprungen. Sie ist Ärztin, also Tierärztin. Aber sie macht einen guten Job«, versucht er dieses kleine Detail zu rechtfertigen. »Aber Dr. Temblay hat dich ebenfalls untersucht und er will dich in den nächsten Tagen nochmal sehen.«

Er kratzt sich verlegen am Hinterkopf und sagt:

»Ich - du und ich - leben ziemlich weit außerhalb der Stadt. Wahrscheinlich wärst du in einem Krankenhaus besser aufgehoben gewesen, aber die Fahrt dorthin hätte zu lange gedauert.«

Er verlässt das Zimmer und kommt mit Wischmopp und Eimer zurück. Ohne das Gesicht zu verziehen, wischt er mein Malheur auf.

Aus dem Flur dringt der Geruch nach Essen zu uns ins Zimmer und das Knurren in meinem Bauch ist nicht zu überhören.

»Oh, du bist hungrig. Ich habe Hühnersuppe für dich. Du musst wieder zu Kräften kommen.«

Er reicht mir Brot und eine Schüssel dampfende Suppe. Während ich esse, heftet sich mein Blick verträumt an Matt. Er trägt eine tiefsitzende Jeans und sein vergrautes T-Shirt schließt sich eng um seine Brust. Darüber trägt er einen Hoodie mit geöffnetem Reißverschluss. Seine braunen Haare fallen ihm locker in die Stirn und mit seinem verschmitzten Lächeln wirkt er fast schon jungenhaft. Ich wende den Blick ab, als er mein Stieren bemerkt.

»Schmeckt's?«, fragt er provokant.

Seine Augen fixieren mich, als wollte er Beute machen. Wie ist das möglich? Ich muss furchtbar aussehen.

»Wie geht es dir?«, unterbricht er die aufgeladene Stimmung.

»Ganz gut«, antworte ich eine Spur verzweifelt und lege den Löffel zurück.

»Darf ich deine Hand halten?«, fragt er zögerlich. Ich nicke und seine Finger verhaken sich in meine.

Seine Nähe wirkt vertraut und beruhigt mich. Ich atme tief durch.

»Es ist alles so verwirrend. Ich kann die Farbe der Blätter an den Bäumen benennen, aber ich weiß nicht, wer ich bin. Ich kenne den Unterschied zwischen Frühling und Winter, aber weiß nicht, dass wir verheiratet sind.« Ich gerate ins Stocken, weil diese Liste endlos fortzuführen ist.

»Wir kriegen das wieder hin. Das verspreche ich dir. Gib dir ein bisschen Zeit.«

»Ich hoffe es.«

Sein Daumen streichelt zärtlich meine Haut und die Härchen an meinen Armen stellen sich auf. Er schaut mich an und ein warmes Lächeln liegt auf seinen Lippen.

»Ich würde dir jetzt gern den Verband entfernen. Ist das für dich okay?«

»Ja.«

Er greift unter das Bett und holt ein Koffer mit allerhand medizinischem Kram hervor.

»Es ist wichtig, für alle Notfälle ausgerüstet zu sein«, sagt er überzeugt. »Der nächste Nachbar ist mit dem Auto zwanzig Minuten entfernt.«

Zaghaft berühren mich seine Fingerspitzen und ich ziehe automatisch den Bauch ein. Seine Hand stoppt.

»Darf ich?«

Ich nicke und er fährt fort: »Wir haben wir mit Schlimmeren gerechnet, als wir dich gefunden haben. Du musst eine ganze Weile durch den Wald gehetzt sein. Es grenzt an ein Wunder, dass du noch lebst und nicht von einem Bären gefressen wurdest.

Aber wer weiß, wo der Schnitt an deinem Bauch herrührt.«

Er greift zum Saum meines Shirts und streicht es mir sanft nach oben. Langsam immer nur ein kleines Stück. Seine Finger streifen sanft über meine Haut und hinterlassen ein Prickeln auf ihr. Sie sind nur hauchzart, aber mein Körper saugt sie auf wie einen Schwamm, als sehne er sich nach Zärtlichkeit. Er schaut mir dabei unentwegt in die Augen und prüft, wie weit er gehen kann, bis es mir unangenehm wird. Ich bin sicher, es entgeht ihm nicht, dass meine Atmung sich mit jeder Berührung beschleunigt.

Obwohl die Situation seltsam ist, hat sie etwas Erotisches. Sein Gesicht verzieht sich zu einem schelmischen Grinsen und mir ist schnell klar warum. Sein Blick ist auf meine Brüste gerichtet. Unter dem dünnen Stoff recken sie sich ihm entgegen und überlassen nichts der Fantasie. Vor Scham bedecke ich mich sofort mit den Händen und mir fällt auf, dass sich eine zarte Röte über seine Wangen legt. Er wendet den Blick ab und nuschelt irgendetwas in seinen Bart, was ich nicht verstehe. Er konzentriert sich wieder auf die Stelle an meinem Bauch, löst den Verband und ich erhasche einen Blick auf die lange Naht. Er wischt das getrocknete Blut an den Einstichstellen weg und sagt: »Die Naht ist trocken und sauber. Da müssen wir nichts auftragen, das heilt von allein.«

Mit dem Finger tastet er um die Stelle herum und seine Hände könnten mich nicht zärtlicher berühren. Verlegen sehen wir uns an und halten etwas zu lang den Blick des anderen fest. So vertraut und doch fremd. Keiner von uns sagt ein Wort, bis er die Stille unterbricht.

»Bitte, habe keine Angst. Nicht vor mir. Hier bist du sicher.«

Es ängstigt mich, den Menschen nicht zu kennen, der mir doch scheinbar am meisten bedeutet.

»Du hast einen Schock erlitten. Du wirst wieder gesund und dann kommen auch die Erinnerungen wieder.«

Er sackt etwas in sich zusammen und scheint mehr zu wissen, als er zugeben will. Ich greife nach seiner Hand und halte sie mit leichtem Druck. Er entzieht sie mir und stützt sich links und rechts neben meinem Oberkörper ab. Wir schauen einander an und trauen uns nicht zu blinzeln. Es fühlt sich an, als könnten wir uns direkt in die Seelen blicken und was wir finden, ist Trauer und Schmerz. Ich möchte ergründen, woher diese Spuren kommen, möchte tiefer in sie eintauchen und recke mich ihm ein Stück entgegnen. Die Energie in diesem Raum verlangt nach einem Kuss, aber sein Mund trifft nur hauchzart auf meine Stirn, mehr gibt er mir nicht.

»Vielleicht ist es auch gar nicht so gut, wenn du dich an alles erinnerst.«

Ich atme geräuschvoll durch meine Nase aus. »Ich weiß es nicht. Aber ich würde mich gern an dich erinnern«, wispere ich.

Abrupt steht er auf und bringt Abstand zwischen uns. »Du willst bestimmt duschen. Neben dem kleinen Gäste-WC ist noch eine weitere Tür, da findest du alles, was du brauchst.«

Ohne ein Wort verlässt er das Zimmer und hüllt mich in eine Einsamkeit, die mich erschaudern lässt.

7

Das Badezimmer ist groß, mit einer freistehenden Badewanne direkt unter dem Fenster und einer begehbaren Dusche in der linken Ecke. Alles, der Boden, die Wände und die Decke sind aus Holz und verleihen dem Raum eine natürliche Wärme. Rechts neben mir steht ein altes Gusswaschbecken auf einer aufwendig geschnitzten Kommode. Ich trete heran und schaue in den kleinen Spiegel darüber, der an einigen Stellen blind angelaufen ist. Das Mädchen im Spiegel bleibt mir fremd. Ihre Wangen sind eingefallen und ihre Haut aschfahl, aber den Glanz in ihren Augen hat sie nicht verloren. Die Farbe ist eine Mischung aus stechend grün und blau, schon fast türkis.

»Wer bist du?«, flüstere ich ihr zu.

»Ich kenne dich nicht«, antwortet mein Spiegelbild.

Ich spritze mir kaltes Wasser ins Gesicht. Dann mustere ich mich erneut. Hinter mir entdecke ich einen körpergroßen Spiegel an der Wand, gerahmt in einem prunkvollen Kupfer.

Mit geschlossenen Augen bleibe ich vor ihm stehen und streife mir die Shorts von den Hüften. Das ärmellose gerippte Top rutscht mir ebenso mühelos von der Schulter. Die Augenlider presse ich weiterhin fest zusammen und versuche, flach in den Bauch zu atmen, um die Aufregung unter Kontrolle zu bringen. Als ich nicht mehr das Gefühl habe, jeden Moment vor Aufregung in Ohnmacht zu fallen, öffne ich erst das eine, dann das andere Auge.

Wie eine Marionette, die von fremder Hand geführt wird, streiche ich meinen Körper entlang. Die verschiedenen Stadien der Hämatome zieren ihn, wie eine Leinwand und unterstreichen die vielen Schnitte auf meiner Haut. Ich kämme mir mit den Fingern durch die dunklen Haare und verheddere mich in ihnen. Sie fallen mir zwar bis auf die Pobacken, sind aber, versplisst und glanzlos.

Meine Hände zittern, als ich den langen Schnitt unter meinem Bauchnabel entlang taste. Entgegen, der bunten Flecken auf meinem Körper, die wieder verschwinden werden, wird diese Narbe mich auf ewig zeichnen. Ich streiche sie auf und ab und versuche krampfhaft mir Erinnerungen ins Bewusstsein zu rufen, aber da ist nichts.

Ich gleite weiter über die deutlich hervorstehenden Schlüsselbeine und Beckenknochen. Meine Tränen fließen unaufhörlich, als wäre in mir ein Damm gebrochen. Hitze flutet durch meine Beine, hoch in die Arme bis in meinen Hals. Das Blut brennt heiß in meinen Venen, als würde ich jeden Moment in Flammen aufgehen. Ich breche auf den Holzdielen zusammen und schreie rau durch meine zugeschnürte Kehle, die mit jedem Atemzug enger wird. Ich bekomme keine Luft mehr. Eine Panikattacke überrollt mich. Hektisch und mit kurzen, schnellen Zügen versuche ich Sauerstoff in meine Lungen zu pumpen. Aber es reicht nicht, mir wird schwindelig.

Auf den Knien wiege ich meinen Körper vor und zurück, in dem Versuch mich zu beruhigen. Die Tür springt auf. Matt stürzt mit langen, festen Schritten auf mich zu und sinkt vor mir in die Hocke. Mit seinen großen Händen umfasst er meinen Kopf und zwingt mich, ihn direkt anzusehen.

»Hey, sieh mich an. Shh.«

Er lehnt seine Stirn an meine. Das Herz in meiner Brust krampft und wie in einem Schraubstock, schnürt es sich immer enger zusammen.

»Alles wird gut Emma. Ich verspreche es dir. Wir alle haben Narben, deine sind sichtbarer als bei anderen, aber sie zeigen, wie stark du bist.«

Er wippt mit mir im Takt und lässt uns immer weniger Spiel. Langsam pendeln wir aus und ich beruhige mich.

»Wieder besser?«

Ich nicke an seiner harten Brust.

Mit einer Hand streicht er mir übers Haar und gibt mir einen Kuss auf den Scheitel. Ein Schauer von Geborgenheit durchflutet mich. Ich brauche es, brauche mehr davon. Ich bewege mich auf ihn zu und er hält mich nicht auf, als ich auf seinen Schoß klettere und meinen Kopf unter seinem Kinn vergrabe. Mit dem Ohr an seiner Brust lausche ich seinem rasenden Herzschlag. Seins und meins schlagen im gleichen Takt. Ich verzehre mich nach seinen Berührungen, wie eine Verdurstende nach Wasser. Verkrochen an seinem großen Körper, werde ich mir meiner Verletzlichkeit nur allzu bewusst. Aber mit jedem Atemzug gewinne ich an Stärke.

»Tut mir leid«, kommt es rau über meine Lippen.

»Dir muss überhaupt nichts leidtun. Du zitterst.«

Er löst sich kurz von mir, um den Reißverschluss seines Hoodies zu öffnen und sich hinter seinem Rücken über die Arme zu streifen. Er legt mir den warmen Stoff über die Schultern und bedeckt meine Nacktheit. Keiner von uns sagt ein Wort, wir sitzen ineinander verknotet auf dem Badezimmerboden und atmen den Duft des anderen. Er scheint es genauso zu genießen wie ich. Als mein Herz wieder einen normalen Rhythmus schlägt, durchbricht er die Stille zwischen uns. »Erzähl mir was passiert ist, Kleines. Hast du dich an etwas erinnert?«

»Kleines?«, frage ich mit einem zaghaften Lächeln und schmiege mich dichter an seine warme Haut.

»Hast du mich eben wirklich Kleines genannt? Ist das dein Kosename für mich?«

Er zuckt mit den Schultern. »Vielleicht, aber wenn dir dieser Name nicht gefällt, dann suche ich etwas anderes für dich.«

»Nein, es gefällt mir irgendwie.« Nervös rutsche ich auf seinem Schoß hin und her. Worte beschreiben nicht, was ich empfinde, warum sie also auf der Zunge zu Silben formen. Alles, was wichtig ist, sitzt hier bei mir und mehr brauche ich nicht. Er lehnt seinen Kopf an meinen und ich ziehe mit der Nase heiße Spuren von seiner Schulter bis zu seinem Ohr und wieder zurück. Ich halte die Luft an, um den Zauber des Augenblicks nicht zu zerstören. Die Spannung zwischen uns ist aufgeladen.

»Sitz still Emma«, knurrt er.

Dann spüre ich seine Erektion, an meinem nackten Hintern. Er zieht scharf die Luft ein und seine Lippen berühren die empfindliche Haut hinter meinem Ohr. Seine Worte klingen gequält.

»Es tut mir wahnsinnig leid, aber es ist lange her, dass ich eine Frau, dich, so gehalten habe und falls es dir aufgefallen ist, unter meinem Hoodie bist du nackt.«

Der raue Klang in seiner Stimme jagt mir einen Schauer durch meinen Körper. Ich streichle über seine definierte Brust und er versteift sich augenblicklich, weicht zurück, stoppt meine Hand und legt sie mir zurück in den Schoss. Zu gern würde ich das beklemmende Gefühl abstreifen, aber seine Reaktion kränkt mich.

»Das geht nicht.«

Ich spüre die Scham auf meinen Wangen und senke verlegen den Kopf. »Warum nicht?«

Mit Leichtigkeit hebt er mich hoch und setzt mich neben sich ab. Er wirkt durcheinander, als er über seine Schulter zu mir herüberschaut. Seine Lippen öffnen sich leicht und er setzt an, etwas zu sagen, aber er schüttelt nur den Kopf und verlässt das Bad ohne ein Wort.

Ich schaue ihm nach, auch noch, als sich die Tür längst geschlossen hat. Unaufhörlich dreht sich das Gedankenkarussell in meinem Kopf. Ich versuche zu verstehen, was da eben zwischen uns passiert ist. Wieso weicht er mir aus? Wie kann er mir gleichermaßen fremd, wie vertraut sein.

8

Ich lasse sie allein auf dem Badezimmerboden sitzen und schließe die Tür hinter mir. Ich bin mit den Gefühlen, die eben über mich hereingebrochen sind, völlig überfordert. Es bricht mir das Herz, sie so zusehen. Ich habe die ganze Nacht an ihrem Bett gesessen und über sie gewacht. Habe sie beobachtet und selbst kaum ein Auge zugetan. Ihr hübsches Gesicht, mit diesen sanften Zügen, die langen, dunklen Wimpern, die einen Schatten wie einen Fächer auf ihre Wangen werfen. Sie hat mich sofort in ihren Bann gezogen. Wenn ihr kalt war, habe ich sie zugedeckt. Wenn sie unruhig wurde, habe ich ihre Hand gehalten. Wenn sie schlecht träumte, streichelte ich ihr Gesicht und sie beruhigte sich. Ich wachte an ihrem Bett, aus Angst etwas zu verpassen. Auch wenn ich es vor Cathi nicht zugeben würde, wollte ich der Erste sein, den sie sieht, wenn sie die Augen öffnet. Und als es so weit war, konnte ich nicht mehr klar denken. Ich versank in ihnen. Ich versank in Augen, die so grün waren, wie das frische Moos an den Bäumen. Augen, die einerseits voller Leben und andererseits so gebrochen wirkten. Augen, die vermutlich Dinge gesehen haben, die man sich nicht vorstellen vermag. Eine Komposition aus Gegensätzen, die mir so schmerzhaft vertraut sind.

Ich möchte sie halten, möchte sie beschützen und doch warnt mich die andere Stimme in mir, dass ich besser keine Frau in mein Leben lasse. Aber was diese kleine, zierliche Person mit mir und mit meinem Schwanz anstellt, ist mit Worten nicht zu beschreiben. Sie ist auf meine Hilfe angewiesen und ich Idiot denke nur daran, wie es wäre in ihr zu sein. Sie ist eine junge bildhübsche Frau, auch wenn ihr Körper von den Gräueltaten, die ihr widerfahren sind, gezeichnet ist.

Sie hat mich angesehen, als wäre ich der verdammte Held in dieser Geschichte, dabei bin ich einfach nur ein Lügner. Im Moment hat sie nur mich. Da ist es doch nur verständlich, dass sie sich an mich klammert. Sie weckt meinen Beschützerinstinkt und so lange sie bei mir ist … bei mir bleiben will, wird es ihr gut gehen. Und das wird spätestens enden, wenn ich ihr gestehe, dass ich sie angelogen habe. Alles in mir drängt, es ihr zusagen. Ich wusste bisher nicht, wie einsam ich war, aber sie zeigt mir, wie es sein kann, wenn ich wieder vertraue und jemanden durch meine Mauer lasse. Fuck. Wenn ich ihr die Wahrheit sage, wird sie gehen. Sie wird in dieses Frauenhaus wollen, denn alles wäre besser, als weiter bei einem Lügner zu wohnen und ich bin wieder allein. Mit einer Stille, die ich genossen habe und die plötzlich viel zu laut ist.

Nachdem ich die Betten bezogen habe, öffne ich das Fenster in ihrem Zimmer, um die frische Luft einzulassen. Sie soll sich hier wohlfühlen. Es ist Ende Juni und die Temperaturen steigen. Vor vier Wochen hätte sie die Kälte nicht überlebt und wäre in dem Kleidchen im Wald erfroren. Jetzt mit fünfzehn Grad über null, ist es regelrecht warm für diese Gegend.

Gott, was veranstalte ich hier für einen Schwachsinn, bin ich jetzt zum Waschlappen mutiert?

Ich laufe ins Wohnzimmer und drehe aufgebracht meine Runden. Ich muss mich dringend ablenken, um nicht die ganze Zeit an ihren kleinen nackten Hintern auf meinem Schoß zu denken.

Sie suchte Geborgenheit, als sie mich ihren kleinen Körper halten ließ, und ich Idiot habe mich nicht im Griff und präsentiere ihr direkt meine pochende Erektion. Ich musste fliehen, bevor alles außer Kontrolle gerät. Sie macht mich wahnsinnig und reißt die Mauern, die ich so mühevoll hochgezogen habe, mit einem Wimpernschlag ein.

Es fällt mir so schwer, diese Gefühle nicht an mich ran zu lassen. Aber sie ist zu jung für ein Leben in dieser Trostlosigkeit. Ein Leben mit mir. Und könnte sie es überhaupt, nachdem was ihr widerfahren ist? Auch wenn sie sich nicht erinnert, so erzählen die Spuren an ihrem Körper eine Geschichte.

Ich muss behutsam mit ihr sein und darf sie nicht bedrängen. Wenn ihre Erinnerungen sie einholen, könnte es sie zerstören. Aber wenn es so weit ist, werde ich sie auffangen. Auch, wenn ihre zurückgewonnene Erinnerung mit der Erkenntnis einhergehen wird, dass ich nicht der bin, für den sie mich hält. Mein Lügennetz hängt über uns wie ein Damoklesschwert.

Gott, diese ganze Mann-Frau-Geschichte mit ihr gefällt mir zu gut. Sie vertraut mir und ich Idiot reiße sie in den Abgrund.

Ich weiß nicht, wann mir zuletzt so viele Gedanken im Kopf umher gingen. Ich muss mich dringend ablenken, sonst explodiere ich. Ich öffne die Terrassentür und setze einen Schritt hinaus.

»Matt?«

»Ich bin hier«, rufe ich zurück.

Wie ein Hund folge ich ihrem Ruf und traue meinen Augen nicht. Sie steht im Flur, nur in ein Handtuch gewickelt. Ihre kleinen Hände halten den Stoff fest vor ihrer Brust zusammen. Wassertropfen perlen auf ihrer Haut und ich will jeden einzelnen von ihrem Körper lecken.

»Kannst du mir meinen Schrank zeigen?«, fragt sie etwas hilflos. »Ich muss doch sicher eigene Kleidung besitzen.«

Jetzt wird es riskant. Froh darüber, dass Cathi mir einige ihrer Klamotten vorbeigebracht hat, öffne ich die Tür zum Schlafzimmer.

»Na klar, komm mit.«

Sie hält mich an meiner Hand zurück. »Matt, wir sind doch verheiratet. Warum schlafen wir dann nicht in einem Bett?« Nervös heftet sich ihr Blick auf ihre Füße.

»Ja, natürlich … das könnten wir.«

Keine Nacht halte ich es aus, Emma neben mir liegend zu wissen, ohne sie zu berühren. Ich bin auf dem besten Weg in die Hölle.

»Ich dachte einfach, es wäre zu früh für dich, weil alles noch so neu ist.«

Ich schiebe meine Hände in die Hosentaschen, um meine Unsicherheit zu überspielen.

»Aber meinst du nicht, es wäre der beste Weg wieder in den Alltag zu finden? Ich meine, was sind meine Aufgaben in unserer Ehe? Ich möchte einfach wieder normal sein.«

»Das hat alles keine Eile. Lass uns nichts überstürzen.«

Ich führe sie ins Zimmer bis zum Kleiderschrank.

»Wie du meinst«, antwortet sie unzufrieden.

Sie macht mir ein schlechtes Gewissen. Aber ich will ihre Situation nicht ausnutzen und sie in jeder Ecke dieses Hauses vögeln. Denn genau das würde ich tun. Stundenlang, ohne Pause.

Sie steckt ihr Handtuch im Dekolleté fest und öffnet den Kleiderschrank. Sie greift einen der Bügel und holt ein rosafarbenes Kleid heraus. Sie mustert es und auf ihrer Stirn bilden sich kleine Fältchen.

»Das sind meine Sachen?«, fragt sie überrascht.

Mit einem Räuspern antworte ich: »Na klar, wem sollen die denn sonst gehören? Rosa steht mir nicht.«

Ihre Hand fährt über den Stoff der anderen Kleider. Skeptisch fragt sie: »Und zu welchem Anlass habe ich diese wundervollen Kleider getragen? Du sagtest, wir wohnen quasi mitten in der Wildnis.

Dafür finde ich die Garderobe nicht gerade passend.«

Cathi, ich bringe dich um.

»Da unten liegen auch Shorts und Leggings.«

Ich sende ein Stoßgebet Richtung Himmel. *Bitte geh nicht weiter darauf ein. Wenn es da oben jemand gibt, dann bitte lass sie darauf nicht weiter eingehen.*

»Richtig.«

Sie wirkt nicht überzeugt, aber hinterfragt eher sich selbst, die Emma, die sie in diesen Kleiderschrank nicht zu finden scheint. Die Emma, die ihre Identität sucht. Sie braucht diese schicken Kleider nicht. Sie würde mir in einem Kartoffelsack genauso gut gefallen und am liebsten nackt.

»Dann such dir was heraus. Ich bin draußen.«

Schnell weg, bevor meine Gedanken meinen Verstand ausschalten.

9

Matt verlässt den Raum fast fluchtartig und allmählich habe ich das Gefühl, ihn mehr abzuschrecken, als zu gefallen. Er hat die Frau geheiratet, die diese Kleider getragen hat, aber bin ich noch dieselbe? Ich öffne das untere Schubfach und schlage mir die Hand an die Stirn. Soll ich das für ihn tragen? Spitzenunterwäsche in allen Farben und so weit das Auge reicht. Das darf doch nicht wahr sein. Was mache ich jetzt? Ich wühle mich durch die feinen Stoffe und finde einen schlichten schwarzen Satin Slip.

Darüber trage ich dunkle Leggings und ein Shirt mit Blumenmuster. Jeder Versuch, meine Haare zu entwirren, scheitert kläglich. Deshalb entscheide ich mich, für einen lockeren Knoten auf meinem Kopf. Ich atme noch einmal tief durch, drücke langsam die Klinke nach unten und luge vorsichtig durch den Türspalt. Matt ist nicht zu sehen. Auf leisen Sohlen trete ich in den Flur und hinterlasse eine feuchte Spur von Fußtapsen auf dem Holzboden. Das Fenster in meinem Zimmer steht weit offen und ich inhaliere die frische Luft, den Geruch nach Wald und Blumen. Die ersten wärmenden Sonnenstrahlen durchfluten den Raum und ich spüre die Energie in jeder meiner Poren.

Ich trete näher an das Fenster und die Schönheit überwältigt mich. Die Sonne steht hoch über den Baumkronen und bringt die riesige Wildblumenwiese zum Leuchten. Die Geräuschkulisse ist eine willkommene Abwechslung zu der Stille hier im Haus. Ich schließe für einen Moment die Augen, um das Zirpen und Brummen, der umherschwirrenden Insekten tief in mich aufzunehmen. Als ich sie wieder öffne, noch etwas benebelt von den neuen Eindrücken, sehe ich ihn. Seine Augen heften sich auf mich und ich zupfe nervös an meinem Shirt. Sein Blick wirkt hungrig und mein Körper reagiert und schickt mir ein wohliges Kribbeln die Wirbelsäule hinunter, direkt zu meiner pochenden Mitte. Er sieht unglaublich gut aus mit der Axt in der Hand und den tiefsitzenden Jeans. Nichts bedeckt mehr seinen sonnengebräunten und trainierten Oberkörper.

Die Sonne lässt den Schweiß auf seiner Haut regelrecht glitzern und setzt seine Bauchmuskeln und das perfekte V, welches in seiner Hose mündet, optimal in Szene. Er ist vollkommen und er ist mein Mann.

Mit der Zunge lecke ich über meine ausgetrockneten Lippen. Erschrocken über mich selbst zucke ich zusammen und trete zurück in den Raum. Dann höre ich, wie die Axt in einem unermüdlichen Rhythmus wieder auf Holz trifft.

»Was ist denn nur los mit mir?«

Ich kenne ihn nicht. Ich kenne ja nicht einmal mich und doch sehne ich mich nach seiner Nähe, vermisse ihn schon jetzt, obwohl er nur wenige Meter entfernt ist. Ich vertraue ihm, sehe es in seinen Augen, dass ich ihm etwas bedeute. Er ist da draußen und doch zu weit weg. Wie ein Magnet zieht es mich zu ihm.

Die Dielen im Flur knarzen unter meinen Schritten. Bisher habe ich mein Zimmer nur für den Toilettengang verlassen. Jetzt stehe ich in einem großen, lichtdurchfluteten Wohnzimmer. Im Kamin brennt ein Feuer und lässt das Holz herrlich knistern. Mitten im Raum steht eine kleine Couch auf der maximal zwei Personen Platz finden, ein runder Tisch aus Holz und ein bequemer Sessel. An den Armlehnen ist der Stoff schon etwas abgewetzt und das Polster ist durchgesessen. Es ist gemütlich, aber schlicht, ohne persönliche Gegenstände. Keine gerahmten Bilder an der Wand oder auf der Kommode, die auf unser Zusammenleben hindeuten. Ich öffne die Schubläden und finde nur Rechnungen, Stifte und vielerlei anderen Kram, aber nichts Persönliches.

Ich gehe weiter in die spartanisch eingerichtete Küche, die mit einer Kochstelle und einer kleinen Küchenzeile an den Wohnbereich grenzt. An der Wand steht ein runder Esstisch mit zwei Stühlen.

Die Kochstelle zieht meinen Blick auf sich, sie wirkt antik und scheint mit Holz oder Kohle befeuert zu werden. Es ist alles eher klein, aber gemütlich.

Die Tür zur Veranda steht weit offen und meine Beine tragen mich wie von allein dem Geräusch von zerberstendem Holz entgegen. Ihm entgegen. Ich trete hinaus und genieße die wärmenden Strahlen auf der Haut.

Ein Geländer rahmt die Terrasse ein und eine kleine Treppe führt hinunter zur Wiese. Neben der

Tür stehen zwei Schaukelstühle, aber ich entscheide mich dafür, auf den Treppenstufen Platz zu nehmen.

Das Farbenspiel der Blumenwiese ist märchenhaft und der Kontrast zu den knochigen Bäumen, die das Grundstück einrahmen, könnte nicht größer sein. Es fällt kaum Licht durch die dichten Kronen, die sich eng aneinanderreihen.

Ich ziehe die Knie an meinen Körper und beobachte Matt. Sein Muskelspiel schlägt Wellen, wenn er wie verrückt die Axt in einen Holzklotz nach dem anderen jagt. Er wirkt angespannt und gönnt sich keine Pause, bis unsere Augen einander finden und er abrupt die Axt fallen lässt. Ich kann den Blick nicht abwenden, als er langsam aber bedächtig auf mich zu läuft. Er stellt sich vor die Sonne und das Licht umrahmt ihn wie einen Heiligen.

Mein Blick ist auf Höhe seines Bauchnabels und verfolgt die kleine schmale Spur aus Haaren, die wie ein Pfeil in seiner Hose endet.

»Du siehst schon viel besser aus.«

»Ist das ein Kompliment?«

Er steht zu weit weg. Ich brauche den Kontakt zwischen uns und hoffe, dass er genauso fühlt.

»Eine Feststellung«, gesteht er. »Wenn ich erst mal in die Komplimentekiste greife, wirst du es schon merken.«

Verunsichert pule ich an meiner Nagelhaut.

»Also«, sagen wir gleichzeitig und müssen lachen, wie zwei Teenager.

»Du zuerst«, bitte ich ihn.

»Wir sollten mal raus hier und was unternehmen. Was hältst du davon?«

»Was hast du vor?«

»Zieh dir warme Socken und Gummistiefel an, die wirst du brauchen.«

Er reicht mir die Hand, um mir auf die Beine zu helfen.

»Habe ich denn welche?«

»Ja, die stehen auch im Schrank.«

Wir folgen dem Waldweg, in dem Matt sein Auto geparkt hat. Pete läuft Zickzacklinien und hält seine Nase tief auf dem Boden. Ab und zu streifen Matt's Finger flüchtig meine Hand, was jedes Mal Stromschläge durch meinen Körper schickt. Die Schmetterlinge tanzen Tango in meinem Bauch und ich sehne mich nach seiner Zuneigung. Ich will, dass er mich hält und seinen Arm um meine Schultern legt, aber obwohl er sonst pure Selbstsicherheit ausstrahlt, wirkt er jetzt fast schüchtern neben mir. Ich bemerke die Blicke, die er mir zuwirft. In ihnen stehen Fragen sowie Verunsicherung.

Wir treten aus den Bäumen hervor und unter unseren Stiefeln knirschen die Steine des Kiesbetts.

Ich halte einen Augenblick inne, um die Schönheit dieses Ortes in mich aufzunehmen. Der Fluss plätschert und herabgefallene Äste tanzen in der Strömung.

»Es ist wunderschön hier.«

Matt schaut voller Stolz auf mich herab und es ist ihm deutlich anzusehen, dass dieser Ort zu seinen Lieblingsplätzen gehört. Der Fluss reicht weit und auf der anderen Seite ist das Ufer von spitzen Tannen und Bergen gesäumt. Die Sonne steht hoch und wirft funkelnde Lichter auf die Wasseroberfläche. Dieses Fleckchen Erde wirkt so unberührt, dass sich die Ruhe auf mich überträgt.

»Ich verbringe viel Zeit hier, aber nicht nur zur Entspannung. Ich arbeite hier«, antwortet er verzögert.

»Was machst du? Bist du Jäger oder Förster?«

Sein Mund verzieht sich zu einem atemberaubenden Lächeln.

»Nein, viel besser. Komm mit.«

Er verschränkt unsere Finger miteinander und scheint nicht so überrascht zu sein wie ich. Mir bleibt für einen Moment die Luft weg und es kribbelt heftig in meinem Bauch, als würde sich eine Ameisenkolonie eine Straße durch mein Inneres bahnen. Ich habe Probleme, mit ihm Schritt zu halten, weil ich so aufgeregt bin, dass meine Beine drohen unter mir nachzugeben.

Er führt mich an einem Bachlauf entlang, bis wir ein ausgetrocknetes Flussbett erreichen. Das Wasser hier reicht nur bis zum Knöchel.

»Wir sind da.«

Er lässt mich los, um sich den schweren Rucksack von der Schulter zu schieben. Ohne seine Nähe wirken meine Hände rastlos und ich weiß nichts mit ihnen anzufangen.

»Und was machen wir hier?«

Er öffnet seinen Rucksack und holt zwei Schüsseln heraus, von denen er mir eine reicht. Skeptisch nehme ich sie ihm ab und drehe sie unter meinem kritischen Blick. Sie ist aus Eisen und manchen Stellen verbeult.

»Wir suchen nach Gold.«

»Du bist Goldgräber?«

»Nicht nur, aber ich verbringe viel Zeit damit. Ich genieße die Ruhe und mache mich nützlich. Dieses Flussbett ist ein Geheimtipp, denn es liegt noch nicht lange trocken.«

»Zeigst du mir, wie das geht?«

Er nickt begeistert und führt mich zu einem aufragenden Stein am Uferrand.

»Setz dich hier drauf. Auch wenn es einfach aussieht, ist es auf Dauer sehr kräftezehrend. Jetzt nimmst du die Goldwaschpfanne und füllst ein bisschen von der Erde rein.«

Mit einer kleinen Schaufel übernimmt er diesen Schritt und wiederholt ihn mit seiner Schüssel.

»Und jetzt mach mir einfach nach. Du hältst sie leicht schräg ins Wasser und sortierst so, die ersten kleinen Steinchen und Sandpartikel aus. Weil das Gold schwerer ist, setzt es ich auf dem Boden der Pfanne ab.«

Etwas unbeholfen lasse ich Wasser raus und wieder hineinfließen.

»Warte, ich helfe dir.«

Er kniet sich seitlich zu mir und legt seine Hände auf meine, um mich in der Bewegung zu führen. Sein Duft steigt mir in die Nase und lässt mich meine Konzentration verlieren, aber Matt bleibt geduldig und wiederholt den Vorgang, bis er der Meinung ist, dass es mir gelingt.

Er löst sich von mir und demonstriert an seiner Schüssel den nächsten Schritt. Jetzt schüttelt er die Pfanne und ich versuche, es ihm gleichzutun.

»Das machst du wirklich gut und immer wieder ein bisschen Wasser über die Kante fließen lassen. Schütteln und neigen, immer im Wechsel. Die größeren Steine kannst du aussortieren. Zum Schluss ist entweder Gold oder nichts in der Pfanne.«

Ich schaue ins Nichts, doch Matt gibt kleine Goldflöckchen in ein verschließbares Wasserglas. Um nicht leer auszugehen, und im plötzlich entfachten Goldrausch, lade ich mir die nächste Einheit in die Schüssel. Neben mir trinkt Pete gelangweilt Wasser am Ufer und legt sich dann in die Sonne. Unermüdliche befolge ich seine Anweisungen, aber während Matt weiter sein Glas füllt, will sich bei mir kein Erfolg einstellen.

Über unseren Köpfen kreist ein Adler und beobachtet mein Scheitern. Vögel zwitschern in den Ästen der Tannen und es klingt, als würden sie über mich lachen. Nach einer Weile werden meine Finger klamm und das kalte Wasser lässt sie schrumpeln. Meine Zehen sind kalt und senden mir trotz Wollsocken allmählich Signale, den Kampf aufzugeben.

»Hast du Hunger?«, fragt Matt und schraubt wieder einmal sein Glas auf.

»Ja, ein bisschen.«

»Im Rucksack sind belegte Brote.«

Ich stehe auf und strecke mich, weil mein Rücken in der gebückten Haltung ganz krumm geworden ist.

Ich wühle im Rucksack nach unserem Proviant und sehe im Augenwinkel, wie Matt etwas in meine Schüssel wirft. Bei dieser Geste wird mir warm ums

Herz und ich beschließe, ihn in dem Glauben zu lassen, es nicht bemerkt zu haben.

Wir trinken heißen Tee aus der Thermoskanne und nachdem wir uns gestärkt haben, läutet Matt die letzte Runde ein. Wieder kippe ich Wasser ab und schüttle die Pfanne, bis ich auf dem Grund tatsächlich schimmernde Plättchen erkenne.

»Matt, ich habe Gold gefunden«, tue ich überrascht.

»Emma, das ist ja großartig.«

Er kommt zu mir und schaut voller Bewunderung erst auf das Gold und dann in mein Gesicht. Es ist still um uns, selbst die Vögel sind nicht zu hören.

»Wie viel ist das wert?«

»Ungefähr dreizehn kanadische Dollar.«

Mein Gesicht entgleist. »Mehr nicht?«

»Ich finde oft auch größere Stücke und am Ende macht es die Summe, aber sieh es mal so. Du hast das Geld einfach gefunden.«

Ich bin durchgefroren und mir tut alles weh. Im Moment kann ich seine Euphorie nicht teilen.

»Das hast du toll gemacht, aber ich denke für heute reicht es.«

Er steht so nah vor mir, dass ich den Drang mich an ihn zu schmiegen, kaum widerstehen kann.

»Emma?« Matt's tiefe Stimme vibriert in mir.

»Ja?«, hauche ich.

»Ich muss dir dringend etwas sagen.«

Ohne den Blick von ihm zu lösen, mache ich einen Schritt auf ihn zu und er weicht mir nicht aus. Er atmet tief ein und streicht mir liebevoll eine Strähne aus dem Gesicht. Seine Hand bleibt in meinem Nacken liegen und führt mich mit leichtem Druck näher zu ihm. Ich spüre seinen heißen Atem auf meiner kalten Haut und schlucke geräuschvoll, als er sich zu mir beugt. Seine Nasenspitze kitzelt meine und ich lege den Kopf etwas schräg, um mit geschlossenen Augen auf meine Erlösung zu warten.

»Tut mir leid.«

Seine Worte klingen gequält und hinterlassen eine Kälte, die sich wie eine Schicht aus Eis um mich legt. Eilig packt er unsere Sachen zusammen und ich lege meine Arme um mich, um das Gefühl der Wärme zurückzuholen, aber es gelingt mir nicht. Pete spürt die angespannte Stimmung ebenfalls und winselt mitleidig.

Seine Zurückweisung schmerzt. Wir gehen den Weg zurück, doch diesmal bleiben seine Hände nah am Körper und versuchen nicht, sich an mir festzuhalten. Mit schnellen Schritten geht er voraus und gibt das Tempo an. Der Abstand zwischen uns vergrößert sich zusehends und ich falle zurück.

»Matt, warte.«

Er dreht sich nicht um. Ich bin aber sicher, dass er mich gehört hat.

»Matt!«, rufe ich energischer und er stoppt. Seine Schultern beben.

»Was ist?«

Sein Ton klingt gereizt. Ich hole auf und bleibe unweit hinter ihm stehen.

»Warum berührst du mich nicht?«

Meine Frage klingt verzweifelt und ich versuche, die Nervosität herunterzuschlucken.

»Was meinst du?«, presst er gequält durch seine Lippen und wirkt dabei völlig verkrampft.

»Da unten am Bach. Warum berührst du mich nicht? Erzähl mir nicht, ich hätte mir das eingebildet, was da zwischen uns passiert ist.«

Zögerlich lege ich meine Hand auf seine Schulter und er dreht sich kraftvoll zu mir um. Er ragt groß vor mir auf und ich gerate ins Straucheln. Er wagt einen Schritt auf mich zu und zwingt mich mit seiner imposanten Erscheinung einen zurück. Mit dem Rücken stoße ich gegen einen Baum. Seine Haltung ist angespannt und ich schaue zu ihm auf, aber ich habe keine Angst. Nicht vor ihm.

»Was willst du von mir?«

Er klingt gleichzeitig gequält und verärgert.

Ich schlucke sichtbar und meine Stimme bricht.

»Dass du mich berührst.«

Zaghaft streichle ich über die harten Stoppeln seines Bartes und er wird weich unter dieser Berührung. Dann packt er meine Hand und drängt sie zurück an meinen Körper.

»Ich kann nicht.«

Seine Stimme ist fest. Er dreht sich um und geht.

»Matt?«, rufe ich ihm hinterher. Die Hoffnung, er würde sich umdrehen und bereuen mich hier stehen zu lassen, zerschellt binnen Sekunden.

Wir reden kein Wort. Nicht auf dem Weg zum Auto und nicht auf der Fahrt nach Hause. Er hält vor unserem Haus und springt aus dem Wagen. Durch die Scheibe beobachte ich ihn und verstehe nicht, was falsch gelaufen ist.

IO

Die Tür fällt hinter mir zu und ich raufe mir die Haare vor Wut. Ich bin wütend auf sie, weil sie mir so bedingungslos ihr Vertrauen schenkt. So naiv und unbedarft. Aber mehr noch bin ich wütend auf mich selbst und meine Lügen. Ich kann dieses Spiel nicht fortführen, das ist mir absolut bewusst. Aber die Angst, sie würde mich verlassen, überwiegt die Erkenntnis.

Mein ganzes Leben bin ich immer allein klargekommen. Ich brauche niemanden und habe meine Ruhe genossen. Dann stolpert sie in mein Leben. Liegt vor meiner Tür, als hätte sie das Schicksal persönlich dort abgelegt. Jetzt schmerzt die Stille der Einsamkeit in meinen Ohren und macht mich verrückt.

Ich bin mir meiner Wirkung auf sie durchaus bewusst. Ihr Blick spricht Bände und ihre Augen verfolgen jede meiner Bewegungen.

Ich beobachte sie durch das Fenster, wie sie sich ihren Weg zum Haus bahnt. Pete bleibt dicht an ihrer Seite. Sie sieht so süß aus, in ihrem Blümchenshirt und diesem komischen Nest aus Haaren auf ihrem Kopf.

Die Arme kreuzt sie bockig vor der Brust und ich meine, einen kleinen Flunsch zu erkennen. Sie ist eingeschnappt und das steht ihr. Am liebsten würde ich sie ins Gras werfen und sie kitzeln bis ihr Gesicht wieder dieses atemberaubende Lächeln schmückt und dann würde ich sie küssen. Gott, ich würde sie küssen, bis uns die Luft wegbleibt. Sie ist perfekt mit all ihren kleinen Fehlern und treibt mich in den Wahnsinn.

Ich hetze ins Schlafzimmer und zupfe mir saubere Klamotten aus dem Schrank. Dabei fällt mein Blick auf die Kleider und ich frage mich, was sich Cathi dabei gedacht hat. Sie weiß, ich stehe nicht auf diese aufgedonnerten Tanten, zu denen diese Kleider passen würden. Okay, für eine schnelle Nummer vielleicht. Aber mehr war in den letzten Jahren sowieso nicht drin. Sie ist eine natürliche Schönheit, sie braucht keine Schminke, um einen Mann sabbern zu lassen. Schon allein der Anblick ihrer vollen Lippen lässt meine Eier in der Hose wieder zusammenzucken.

Sie tapst an mir vorbei und ignoriert mich so konsequent, dass ich mir das Lachen verkneifen muss. Wie schafft diese kleine Person es, mir so die Kontrolle entgleiten zu lassen.

»Was ist mit dir? Hast du mir gar nicht zugehört?«

Erst jetzt begreife ich, dass sie mit mir spricht. Ich schüttle meine Gedanken ab und blicke direkt in ihre Augen, die sie zu schmalen Schlitzen zusammenkneift.

»Entschuldigung, was hast du gesagt?« *Vollhonk*

»Warum leben wir hier draußen? Versteh mich bitte nicht falsch, es ist ein ganz bezauberndes Fleckchen, aber ist es nicht ein bisschen einsam?«

»Es gibt immer was zu tun und wir haben uns und Pete.«

Sie wirkt unruhig und ihr Körper zittert vor Kälte.

»Ich lass dich allein, damit du dich umziehen kannst.«

Sie ruft mir nach und ich trete wieder einen Schritt in den Raum.

»Ich wollte mich bei dir bedanken«, haucht sie, »dass du so viel Geduld mit mir hast. Meine Situation betrifft auch dich. Ich meine, gestern hatten wir noch eine funktionierende Ehe und am nächsten Tag erkennt dich deine eigene Frau nicht mehr. Zwischen all den wirren Gedanken in meinem Kopf, vergesse ich wie dir die Situation zusetzen muss.«

Sie senkt betreten den Kopf und ist dabei so unglaublich niedlich, dass ich sie beißen möchte. Sie holt tief Luft und sucht nach den richtigen Worten. Aber ich muss sie dringend unterbrechen, denn was sie da sagt, ist falsch.

»Mach dir darüber keine Gedanken. Ich gebe dir alle Zeit die du brauchst. Ich möchte dich auf keinen Fall überfordern.«

»Matt, ich kann doch nicht nur kurz verschwunden gewesen sein«, sie sucht in meinem Gesicht nach Antworten, wird aber nicht fündig.

»Das alles kann doch nicht in einer verdammten Nacht passiert sein.«

Mit einer Handbewegung fährt sie ihren Körper auf und ab, um das Ausmaß ihrer Verletzungen zu untermauern.

»Sag mir die Wahrheit. Wie intakt war unsere Ehe wirklich und vor allem, wie lange war ich fort?«

Sie sackt in sich zusammen und ihr Anblick spiegelt pure Verzweiflung wider. Sie will Antworten, aber die kann ich ihr nicht geben.

Das wäre meine Chance auszupacken und zu beichten, dass ich nicht ihr verdammter Ehemann bin, aber dann würde ich sie verlieren. Ich bin ein egoistischer Arsch und stelle meine Bedürfnisse über ihre. In diesem beschissenen Moment lüge ich weiter, um sie bei mir zu halten. Ich weiß nicht, wie lang wir uns ansehen, ohne ein Wort zu sagen. Es braucht keine Worte zwischen uns und es ist nicht diese peinlich Stille, die entsteht, wenn man sich nichts zu sagen hat. Aber in ihrem Gesicht steht ein Schuldeingeständnis, welches da nicht hingehört. Ich setze immer wieder an, aber ich kann es nicht aussprechen.

»Warte bis deine Erinnerungen wieder kommen, dann klären wir alles. Viel wichtiger ist, dass du hier bist.«

Mit diesem Satz schließe ich sie fest in die Arme. Sie schmiegt sich an mich, als wäre ich das sichere Ufer, dabei bin ich die Strömung, die sie immer weiter ins offene Meer zieht.

»Erzähl mir von dir. Ich möchte mehr über dich wissen. Ich möchte dich kennenlernen.«

»Da gibt es nichts zu erzählen.«

Meine Worte klingen rauer als beabsichtigt. Sie zuckt merklich zusammen und schaut mich mit großen Augen an. Ich bin nicht bereit ihr von meiner Vergangenheit zu erzählen. Das ist der Grund, warum ich Menschen auf Abstand halte. Sie wollen alles wissen, haben vermeintlich gute Ratschläge und gaukeln dir vor, sie würden dich verstehen. Aber wenn du wirklich jemanden brauchst, ist keiner da. Ich will ihr Mitgefühl nicht und schon gar nicht möchte ich, dass sie mich mit anderen Augen sieht. Ich kann ihr nichts über meine Vergangenheit erzählen. Nicht jetzt.

»Später. Ich werde es dir erzählen, aber später.«

Mein Daumen streichelt sanft über ihre Wange. Sie scheint die Berührung zu genießen und schmiegt sich ihr entgegen. Dennoch wirkt sie nicht zufrieden mit meiner Antwort. Ich küsse sie aufs Haar und gehe.

Als ich den Tisch decke, lockt sie der Duft einer warmen Mahlzeit in die Küche.

»Reis und Gemüse«, beantworte ich ihren Blick ungefragt. Sie wirkt mürrisch und wir sitzen schweigend am Tisch. Während ich meine Portion längst aufgegessen habe, stochert sie lustlos auf ihrem Teller herum.

»Willst du noch ein bisschen bei mir bleiben und dich ans Feuer setzen oder möchtest du gleich in dein Zimmer?«

»Ich gehe wohl besser in mein Zimmer. Über was wollen wir schon reden. Du erzählst ja nichts.«

Der Stuhl knarzt laut über das Holz, als sie ihn beim Aufstehen schwungvoll zurückschiebt. Dann knallt die Tür ins Schloss. Das habe ich ordentlich verbockt.

Das Ticktack der Uhr dröhnt wie ein Donnerschlag in meinen Ohren. Ticktack, ticktack provoziert sie mich aufs Äußerste. Immer wieder drehe ich mich von der einen auf die andere Seite und die Laken sind vom ständigen Hin und Her wälzen zerwühlt. Es ist mitten in der Nacht, aber ich finde nicht in den Schlaf. Was erwartet sie von mir? Das ich nicht mehr so rücksichtsvoll mit ihr umgehe?

Klar, sie denkt, wir sind verheiratet und hat dementsprechend Erwartungen an mich, aber Gott, kann ich das tun? Darf ich mich ihr auf diese Weise nähern? Aus dem Flur dringt der Klang von Schritten und das Schaben von Krallen auf Holz zu mir ins Zimmer. Sie ist noch wach. Lässt sie der heutige Tag und das, was sich zwischen uns entwickelt hat, auch nicht los?

Ich steige aus dem Bett, ziehe mir meine Sporthose über und schleiche auf leisen Sohlen hinterher. Aus der Entfernung beobachte ich sie einen Moment. Einzig das Licht, des geöffneten Kühlschranks erhellt den Raum. Ihr Oberkörper ist von der Tür verdeckt, deshalb sehe ich nur ihre langen Beine, die in Wollsocken stecken. Die Socken hat sie definitiv in meinem Schubfach gefunden, denn sie sind ihr deutlich zu groß. Eine hängt locker auf ihrem Knöchel und die andere endet kurz unter ihrer Kniescheibe.

Sie stellt sich auf Zehenspitzen, um das obere Fach zu erreichen, dabei rutscht ihr Shirt hoch und entblößt ihren kleinen süßen Arsch. Die eine Seite vom Slip ist ihr in die Pofalte gerutscht und schmiegt sich an Stellen, an denen ich gerne wäre.

Gott, ich bin eifersüchtig auf einen Schlüpfer. Echt jetzt? Es raschelt, als sie die Alufolie von der Schüssel nimmt und sich an ihrem vorhin verschmähten Abendessen zu schaffen macht. Sie schmatzt und Pete leckt sich die Schnauze. Er fixiert jede ihrer Bewegungen, in der Hoffnung, es möge ihr etwas aus dem Mund fallen.

»Was machst du da?«, unterbreche ich dieses Schauspiel.

»Ahh!«, schreit sie. Die Schüssel mit dem Reis rutscht ihr aus den Fingern und zerschellt klirrend auf dem Boden. Emma springt zurück, stützt sich mit einer Hand an der Küchenzeile ab und presst sich die andere aufs Herz.

»Sama pinsscht hu?« Sie kaut die letzten Brocken runter und schluckt gequält. Pete kümmert sich sofort, um das Malheur auf dem Boden.

»Soll ich einen Herzinfarkt bekommen? Warum schleichst du dich so an?«

»Gegenfrage. Warum schleichst du hier rum?«

»Ich hatte Hunger und konnte nicht schlafen.«

Sie nimmt wieder ihre Protesthaltung ein und verschränkt ihre Arme vor der Brust. Aber nicht mit mir kleine Lady. Wie ein Panther schreite ich auf sie zu und nehme sie zwischen meinem Körper und Küchenzeile gefangen. Ihr schneller Herzschlag ist deutlich an den Bewegungen ihres Brustkorbs zu erkennen. Aus Angst oder Erregung vermag ich nicht zu beurteilen. Vermutlich eine Mischung aus beidem. Mit dem Daumen fahre ich ihre Unterlippe entlang, fische ein Reiskorn aus ihrem Mundwinkel und stecke es mir in den Mund. Sie schluckt klangvoll.

»Du hättest mich wecken können, dann hätte ich dir etwas zubereitet.«

»Stell dir vor Matt, ich kann das auch gut allein oder war ich in unserer Ehe zu gar nichts zu gebrauchen?«, fragt sie schnippisch.

»Vielleicht sollten wir das noch einmal aufarbeiten. Was meinst du?«

»Vielleicht sollten wir das tun.«

Sie verschluckt sich fast an ihren Worten. Es wirkt provokant und ist gleichzeitig Frage, wie Antwort. Auf meiner Schulter sitzen Engel und Teufel, aber mit nur einem Schlag, geht Luzifer als stolzer Sieger aus dem Kampf hervor.

Meine Finger streichen ihre nackten Arme hinauf und hinterlassen eine Spur aus Gänsehaut. Sie hält die Luft an und verfolgt die Bewegung mit ihren Augen. Ihre Brust hebt und senkt sich sichtbar unter dem dünnen Stoff. Meine Hände umfassen sanft ihren schmalen Hals und hindern sie an der Flucht. Sie schaut verträumt auf und ihr Mund öffnet sich etwas. Langsam nähere ich mich ihren vollen Lippen und es kostet mich all meine Kraft, mich zurückzuhalten. Kraft die ich nicht mehr habe. Ich gebe mich dieser kleinen Hexe, die einen beschissenen Liebeszauber um mich gelegt hat, geschlagen. Unsere Nasenspitzen berühren sich und alles, woran ich denke ist, sie zu kosten. Ich lege meinen Kopf etwas schräg und suche ein letztes Mal eine Antwort in ihren Augen oder eine Spur von Unsicherheit, denn noch hat sie die Chance zu fliehen. Sie könnte unter meinem Arm aus der Situation entkommen, aber sie rührt sich keinen Millimeter. Sie sieht mir tief in die Augen und es liegt eine stumme Aufforderung darin.

Mit ihren Händen fährt sie zart meinen Bauch hinauf und stoppt auf meiner nackten Brust. Emma schiebt mich nicht von sich, aber ich bin mir sicher, sie spürt mein rasendes Herz unter ihren Fingern. Die Luft ist elektrisiert. Ein Funkenflug und alles würde in Flammen stehen. Ihre kleinen Hände wandern weiter hinauf und schließen sich um meinen Nacken. Mein Puls rast und unsere Lippen trennen nur Millimeter.

»Küss mich Matt. Bitte küss mich, sonst sterbe ich«, wimmert sie und übt Druck auf meinem Nacken aus.

Quälend langsam treffen unsere Münder aufeinander. Zögerlich knabbert sie an meiner Unterlippe. Ein stilles Flehen nach mehr. Sie reizt mich, neckt mich und dann versinke ich in ihrer Wärme. Sie seufzt. Mit der Hand fixiere ich ihren Nacken und presse mein Becken gegen ihren Bauch. Ich will nicht angeben, aber sie sollte deutlich spüren, was sie mit mir anstellt. Welche Macht sie hat. Wir haben unseren Takt schon längst gefunden und unsere Zungen spielen miteinander, ohne dass wir Luft holen. Meine Finger begeben sich auf Wanderschaft, streicheln ihren Rücken hinunter und kneten ihren kleinen Hintern.

»Mehr«, fleht sie leise.

Ich packe sie unter den Schenkeln und setzte sie vor mir auf die Arbeitsplatte. Erschrocken quietscht sie auf und spreizt einladend ihre Beine für mich.

»Willst du das wirklich? Bist du dir sicher?«

Sie nickt unmissverständlich und knabbert bestätigend an meiner Unterlippe. Gott. Meine Finger finden den Weg unter ihr Shirt und streichen über ihren flachen Bauch, weiter hinauf zwischen ihren Brüsten entlang. Emma drückt ihren Unterleib fester gegen meinen Schritt und macht es mir immer schwerer. Es wäre so leicht, dem Gefühl nachzugeben und der Lust, die mich weiter anschwellen lässt, die Führung zu übergeben. Aber ist der einfache auch der richtige Weg?

Ich habe schon einige Frauen gefickt. Gefickt ohne jegliches Gefühl, aber dieses Prickeln, welches diese Frau durch meinen Körper jagt, macht mir gleichermaßen Angst wie Hoffnung. Meine Finger kreisen um ihren harten Nippel und sie stöhnt mir lustvoll in den Mund.

»Bitte berühre mich, Matt.«

Tz, als hätte ich noch eine Wahl. Ich löse mich von ihren Lippen und küsse mich an ihrem Kinn entlang zu ihrem Hals hinunter und massiere ihre Klit durch den störenden Stoff ihres Slips. Ich schiebe ihn beiseite und ein Schauer der Lust fährt durch meine Lenden, als ich mit zwei Fingern durch ihre Schamlippen fahre. Sie ist so feucht, nur für mich. Sie gibt sich mir hin und bewegt sich rhythmisch an meiner Hand, während ich sanft über ihre Perle reibe. Sie wirft ihren Kopf in den Nacken und ich beiße ihr zärtlich in den Hals, ohne meinen Takt zu unterbrechen. Sie wird mutiger und spreizt ihre Schenkel weiter für mich. Wie im Rausch setzt sich nur ein Gedanke in mir fest. Ich muss sie schmecken. Ich ziehe eine Spur aus zarten Küssen, hinunter zu ihrem Becken und gehe vor ihr in die Knie. Mit den Zähnen knabbere ich an ihren Innenschenkeln und spüre ihre Blicke auf mir, die mich erwartungsvoll beobachten. Ich schaue zu ihr hoch und sie zieht nickend ihre Unterlippe in den Mund.

Mehr Bestätigung brauche ich nicht. Ich lecke durch ihre Schamlippen und entlocke ihr ein Wimmern. Erst zaghaft, dann versinke ich tiefer in ihrer Scham, ohne sie dabei aus den Augen zulassen. Sie stützt sich auf der Küchenzeile ab und ihre Brüste ragen spitz empor. Das Licht des Mondes setzt sie verführerisch in Szene. Wie eine Göttin ragt sie über mir auf und ich bin bereit, ihr zu dienen. Ihr süßer Geschmack verteilt sich auf meiner Zunge und immer gieriger trinke ich von ihr. Der Duft ihrer Erregung zieht mich in einen Rausch, der jegliches Denken unmöglich macht. Ich sauge und lecke, als hätte ich im Leben nur diese eine Aufgabe. Meine Hände halten ihre Schenkel weit offen und fest in Position. Sie wird unruhig und verkrampft ihre Zehen. Ihre Beine zittern und ihr Wimmern entwickelt sich zu einem Stöhnen. Es treibt mich an, ihr mehr zugeben. Sie versteift sich unter meinen Zungenschlägen und hält die Luft an. Ich lasse sie nicht entkommen, presse sie dichter gegen meinen Mund und halte den Rhythmus bis ihr Orgasmus über sie hereinbricht. Jedes Geräusch, dass ihre Lippen verlässt, hallt wie eine Melodie in meinen Ohren wider.

Tief inhaliere ich ihren Duft nach Sex und zeichne mit der Nase sanfte Spuren ihren Körper hinauf bis zu ihren Lippen, wo meine Zunge erneut in sie eintaucht. Ihre Küsse sind träger als zuvor. Ich packe sie wieder unter ihrem Po und sie schließt bereitwillig ihre Beine um meine Hüften. Heute brauche ich sie bei mir, deshalb trage ich sie in mein Bett und breite die Decke über uns aus. Nur wenige Augenblicke später fällt sie in den Schlaf und zum ersten Mal wirkt ihre Miene absolut friedlich. Ich betrachte ihren ruhenden Körper, schließe sie fester in meine Arme und endlich fallen auch mir die Augen zu.

II

Nach einer traumlosen Nacht wache ich neben Matt auf. Die Sonne scheint durch die schmale Öffnung der schweren Vorhänge und ich schmiege mich tiefer in seinen Arm. Sein Bart kitzelt mich, als ich mit meiner Nase die Kontur seines Kiefers entlangfahre.

»Guten Morgen.« Seine Stimme klingt rau und verschlafen. Seine Finger malen Kreise an der kleinen Vertiefung über meinem Po.

»Guten Morgen«, kichere ich genießerisch.

Ich spüre seine Lippen auf meinem Scheitel und beuge mich über ihn. Ich möchte seine Zunge auf meiner spüren, muss wissen, dass ich mir die letzte Nacht nicht nur eingebildet habe. Er küsst mich zurück und setzt mich erneut in Flammen.

»Hatten wir viel Sex?«, möchte ich von ihm wissen.

Er lacht: »Warum fragst du das?«

»Das gestern … es hat sich so unglaublich angefühlt. Ich kann mir nicht vorstellen, nur einen Tag darauf zu verzichten.«

Er drückt mich zurück in die Kissen und liegt jetzt halb auf mir. Den Kopf stützt er in seinen Handballen.

»Naja.«

Sein Daumen hakt sich in den Saum meines Shirts und streift es nach oben. Eine plötzliche Welle der Scham überkommt mich, als er die große Narbe an meinem Bauch aufdeckt. Sofort greife ich den Stoff und streife ihn wieder hinunter. Verwundert sieht er mich an.

»Was ist?«

Eine leichte Röte zieht sich über mein Gesicht. Er atmet tief ein, bevor er weiterspricht. »Hör mal, ich wollte dich gestern nicht so anfahren. Manchmal weiß ich nicht, wie ich mit dir umgehen soll. Es ist auch für mich schwer. Und ich glaube, ich muss dir da was sagen. Du bist nicht – «

Mit einem festen Griff um seinen Kiefer bringe ich ihn zum Schweigen. Seine Lippen bilden dabei einen süßen Fischmund.

»Das ist es nicht. Ich weiß, dass es für dich auch nicht leicht ist. Ich bin wahrscheinlich sogar eine andere, als zuvor. Davon ist zumindest auszugehen, wenn ich schon allein an meinen Kleidergeschmack denke. Lass uns langsam wieder zueinander finden. Was hältst du davon?«

Seine Mimik wirkt nicht überzeugt.

»Wir sollten einfach ehrlich zueinander sein und deshalb mache ich den Anfang.« Ich versuche meine Nervosität, mit einem tiefen Atemzug, zu verdrängen. »Ich bin verunsichert. Ich fühle mich nicht wie eine Frau. Also, ich weiß, ich bin eine Frau, aber ich fühle meinen Körper nicht. Was ich gestern im Spiegel gesehen habe, war – «, ich wende den Blick von ihm ab, »erschreckend. Ich weiß nicht, warum du mich so ansiehst oder was du an mir begehrenswert findest. Sieh dich doch an. Du bist so perfekt und ich … ich habe das Gefühl dir nicht gerecht zu werden.«

Ich kneife fest die Augen zusammen und versinke tief ins Kissen, als könnte ich dort Schutz finden, vor dem, was als Nächstes kommt. Ich fühle mich verwundbar. Mit nur einem Satz könnte er meine ganze Welt zum Einsturz bringen. Ohne ihn anzusehen, nuschle ich in den Stoff: »Mein Körper -«, tief atme ich ein und beschließe, meinen Satz nicht fortzuführen. »Können wir das bitte doch einfach vergessen? Jetzt ist es mir unangenehm, dass ich es angesprochen habe.«

Mit den Fingern um meinen Kiefer zwingt er mich, ihn direkt anzusehen. Ich wollte auf keinen Fall weinen, aber eine Träne verirrt sich und tropft auf seine Haut.

»Du hörst mir jetzt ganz genau zu Emma.« Sein Ton ist hart und duldet keinen Widerspruch. »Seit du deine Augen das erste Mal aufgeschlagen und in meine gesehen hast, kann ich an nichts anderes mehr denken, als an dich. Dein wunderschönes Gesicht, so rein und unschuldig. Dein Blick, der das ganze Gegenteil behauptet und deine perfekten vollen Lippen, die ich dringend küssen möchte und die jeden Mann um den Verstand bringen würden. Das alles macht mich wahnsinnig. Du bist das Schönste und Reinste was ich je gesehen habe und es gibt nichts was ich mehr will als dich.«

Er umfasst meine Hand und legt sie sich auf seine geschwollene Härte.

»Das ist es, was du mit mir machst! Und es reicht schon dich zu riechen oder dass mein Arm deinen

Körper streift oder wenn du mich einfach nur ansiehst. Ich möchte mir gar nicht vorstellen, was es mit mir machen würde, dich auch noch zu spüren. In dir zu sein. Ich weiß nicht, wie du das machst, welcher Zauber dich umgibt, aber bitte denke nie wieder, du wärst nicht anziehend für mich!«

Mit leichtem Druck streiche ich seine Erektion entlang und beobachte seine Reaktion. Er wirft den Kopf zurück und beißt sich auf die Unterlippe.

12

Ihre Hand übt leichten Druck auf meinen Schwanz aus. Zögerlich, weil sie nicht weiß, was sie damit auslöst. Ihre Lippen sind leicht geöffnet und ihre Augen flehen mich förmlich an, sie aus dieser Situation zu befreien und die Führung zu übernehmen.

Wie kann sie nur denken, sie wäre nicht attraktiv für mich? Hat sie denn schon vergessen, wie hungrig ich gestern nach ihrem Körper war? Ich lege mich auf den Rücken und ziehe sie mit mir, so dass sie rittlings auf meinen Schoß sitzt. Mit beiden Händen umfasse ich ihr Gesicht. Ihre Augen flackern wild. Sie bebt vor Lust und befeuchtet ihre Lippen mit der Zungenspitze.

Ich küsse sie tief und sie antwortet mit einem Seufzen. Unsere Zungen beginnen zu spielen. Ein endloses Spiel, bei dem es keinen Gewinner gibt. Stromstöße schießen durch mich hindurch und entzünden mein Innerstes. Ihre Hände krallen sich fest in meine Haare und ich brauche mehr, brauche den Druck ihres Gewichts auf meinem Schwanz. Ich packe ihre Hüften und schiebe sie auf meiner Länge vor und zurück. Dicht an ihre Mitte gepresst animiere ich sie, sich an mir zu reiben. Sie soll das Tempo bestimmen. Auf keinen Fall möchte ich ihr wehtun. Ich ergebe mich ihr, liefere mich vollkommen aus. Sie darf mich benutzen und das macht sie. Ihr Körper schmerzt sie, das sehe ich ihr an, aber mehr noch erkenne ich ihre Lust, die sich über den Schmerz hinwegsetzt.

Unsere Küsse werden wilder und ich streichle ihre Schenkel. Sie bewegt sich jetzt allein auf mir, bestimmt die Intensität, stöhnt mir immer wieder in den Mund. Meine Hände wandern ihre Hüften hinauf und umschließen ihre kleinen runden Brüste durch das Shirt. Noch ist es ihr unangenehm, sich vor mir nackt zu zeigen, aber das werden wir ändern. Ich knete sie fest und zwirbele ihren kleinen aufgestellten Nippel zwischen meinen Fingern, aber sie stoppt mich in der Bewegung.

Zu schnell, zu viel. Ich stützte mich auf meine Ellenbogen, während sie sich an mir ausprobiert. Sie reibt sich heftiger an meiner Schwellung und ich spüre ihre feuchte Hitze selbst durch unsere Unterwäsche, so sehr gefällt es ihr. Sie wirft ihren Kopf nach hinten und ihre Atmung wechselt zu einem Keuchen. Sie wird schneller und verzieht dabei schmerzvoll das Gesicht, bremst sich aber keinen Moment. Sie drückt mich flach in die Laken und ihre Fingernägel zerkratzen mir die Brust. Die Kraft aus ihren Armen schwindet und sie sackt auf mir zusammen. Ich schiebe sie vor und zurück und unterstütze sie, das Tempo zu halten. Ihre Lippen suchen gierig Anschluss, knabbern und saugen an meinen, als würde sie verhungern. Ihre Atmung stockt für einen Augenblick, bevor sie mir ihren Orgasmus ins Gesicht stöhnt. Für mich das Signal ebenfalls loszulassen. Der Punkt der Zurückhaltung ist schon längst überschritten.

Die Hölle reißt für einen Moment auf, verschlingt mich mit Haut und Haar und spuckt mich ihr wieder vor die Füße. Noch nie habe ich die Kontrolle abgegeben. Dieses neue Gefühl berauscht mich so sehr, dass ich komme. Ich komme so heftig, wie ich niemals zuvor gekommen bin. Was???? Ich spritze direkt in meine Shorts und der klebrige Saft verteilt sich unangenehm in meinem Schoß. Ich drücke sie mir ein letztes Mal gegen meinen harten Schaft, bis auch mein Höhepunkt abebbt und wir nach Atem ringend und kraftlos ineinander sacken.

Ich habe nie etwas Aufregenderes erlebt, als diese Frau auf mir, die sich ihrer Lust hingibt. Verunsichert sucht sie mein Blick und ich hauche Küsse von ihrem Schlüsselbein hinauf zu ihrem Hals. Nah an ihrem Ohr flüstere ich: »Du bist Wahnsinn.«

Ihr Herz rast und sie versucht, sich vor mir zu verstecken.

Wieder hebe ich ihren Kopf in meine Richtung.

»Glaub mir bitte, wenn ich dir sage, dass ich noch nie etwas Heißeres erlebt habe, als dass was wir zwei eben hatten. Wenn heute mein letzter Tag auf dieser verfluchten Welt wäre, es wäre der perfekte Abschluss.«

Sie lacht verlegen und wirkt selbstbewusster. Wenn das der Weg zu einem besseren Körpergefühl ist, ich bin dabei. Wir hängen ein Weilchen unserer Lust nach und ich streichle ihre Wirbelsäule auf und ab, die ich weiterhin deutlich unter der ihrer Haut abzeichnet.

»Kleines, ich will die Romantik nicht zerstören, aber ich brauche dringend eine Dusche.«

Sie rollt sich von mir runter und kuschelt sich in die Decke.

»Weck mich, wenn du fertig bist, dann gehe ich.«

Ich steige aus dem Bett und aus meiner Boxer, als ich mich erneut zu ihr umdrehe, höre ich sie leise Schnarchen.

13

Mit geschlossenen Augen tastet meine Hand über die erkalteten Laken. Seine Seite ist leer, aber sein Duft hängt noch in der Bettwäsche. Enttäuscht über seine Abwesenheit, stecke ich sie zurück unter die Decke und öffne blinzelnd meine Lider. Ich bin so fest eingeschlafen, dass die Sonne schon weit über den Baumkronen steht.

Ich strecke mich ausgiebig und lächle über den bittersüßen Schmerz meiner Muskeln. Ich musste wissen, wie er sich anfüllt, wollte ihm so nah wie möglich sein, ihn riechen und schmecken, war das

Einzige, was zählte. Er entfacht ein Feuer in mir, welches ich niemals zu löschen bereit bin, eher gehe ich in Flammen auf.

Stimmen dringen dumpf durch die angelehnte Tür. Meine Neugier treibt mich aus dem Bett und nachdem ich mir etwas übergezogen habe, bleibe ich im Türrahmen stehen und lausche. Matt unterhält sich mit einer Frau. Wer ist sie? Kurz sticht mein Herz und ein mir unbekanntes Gefühl erfasst mich mit voller Wucht. Eifersucht. Dunkle Gedanken überlagern mein eben noch glückliches Ich.

Es muss einen Auslöser für mein Verschwinden gegeben haben. Hatte Matt eine Geliebte und ich habe es herausgefunden? Aber würde er mich dann mit so viel Zärtlichkeit überschütten, wenn sein Herz einer anderen gehört? Ich schüttle über mich selbst den Kopf. Das ist Quatsch, das kann nicht sein.

»Matt läuft da etwa was zwischen euch?«

»Da läuft nichts! Ich kümmere mich einfach nur um sie. Warum fragst du das? Was willst du?«

Er verleugnet mich. Mir wird übel.

»Nichts. Gar nichts. Ich denke, du solltest dich in nichts verrennen. Das wird nicht gut ausgehen.«

»Ich verrenne mich in gar nichts. Mir ist bewusst, dass es nur ein Spiel auf Zeit ist. Sie gehört hier nicht her.«

Seine Worte treffen mich mit der Wucht einer Abrissbirne. Meine Beine geben unter mir nach und ich stütze mich an der Wand ab. Mit kurzen schnellen Atemzügen versuche ich die Übelkeit zu verdrängen. Ist das, was mir die Welt bedeutet, für ihn nur eine Nebensächlichkeit? All die lieben Worte eine Lüge?

»Erzähl du mir lieber von diesem Jordan, mit dem du dir die Nächte um die Ohren schlägst«, höre ich Matt das Thema wechseln.

Verunsichert trete ich aus dem Zimmer in den Flur. In Matt's Armen hängt eine langbeinige, vollbusige Blondine mit Kurven an den richtigen Stellen. Sie trägt lockere Boots und ihre langen Beine werden von einer enganliegenden Jeans umschlossen, welche ihren knackigen Hintern perfekt in Szene setzt. Ihre rot-schwarz gestreifte Bluse spannt an ihren Brüsten und entblößt einen flachen, durchtrainierten Bauch mit einem kleinen Nabelpiercing. Die Haare hat sie in einem lockeren Zopf zusammengefasst. Kurz um, sie sieht wunderschön aus und passt perfekt zu ihm. Ich hingegen stehe hier mit zerzausten Haaren und vom Schlaf zerknittertem Gesicht. Sie schmiegt sich an ihn und haucht ihm einen Kuss auf die Wange. Eifersucht, da ist sie wieder und zerfrisst mich von innen nach außen. Ich wende mich ab. Ich will das nicht sehen. Ihre melodische Stimme klingelt wie ein Tinnitus in meinen Ohren.

»Ach, das mit Jordan hat keine Bedeutung. Ah, da ist sie, die Frau, die meinem Bruder dieses atemberaubende Lächeln ins Gesicht zaubert.«

Langsam und verwirrt blicke ich über meine Schulter und sehe im Augenwinkel, wie sie elfengleich auf mich zu schwebt. Sie zieht einen Rollkoffer hinter sich her und streckt mir ihre Hand entgegen. Wir stehen in der Wolke ihres blumigen Duftes, als sie sich vorstellt. »Hallo, tut mir leid, dass ich dich so überrumple. Ich bin Cathi.«

Ich bin völlig überrumpelt von ihrer Freundlichkeit. Ihr Name kommt mir bekannt vor und ich überlege krampfhaft, wo ich sie einordnen soll. Ich schaue an ihr vorbei und direkt in Matt's Gesicht, aber von dem Lächeln, von dem sie spricht, ist nichts zu erkennen. Von seinen Worten verunsichert und verletzt, traue ich mich nicht zu antworten. Cathi nimmt meine Hand in ihre, zieht mich zurück in den Flur und Richtung Bad. Sie schließt ihre Arme um mich, aber ich weiche ihr aus.

»Wer bist du?«

Erschrocken hält sie sich die Hände vor den Mund.

»Es tut mir leid. Natürlich, ich bin so ein Idiot. Du siehst mich zum ersten Mal.«

Sie tritt ein Schritt zurück und gibt mir Raum, die Geschehnisse zu verarbeiten.

»Ich bin einfach so froh, dass du hier vor mir stehst. Ich bin Matt's Schwester. Zwillingsschwester, um genau zu sein.«

Jetzt bin ich es, die sich verlegen über die Arme streicht. Matt hat mir erzählt, dass seine Schwester mich an diesem Abend versorgt hat. Sie hat mir das Leben gerettet und ich benehme mich wie eine Zicke. Meine Schultern entspannen sich, aber das Stechen in meinem Herzen lässt nicht nach. *Ich gehöre hier nicht hin.* Dieser Satz wiederholt sich in meinem Kopf. Ich versuche, ihn zu analysieren und zu entschlüsseln, rede mir ein, er bedeutet etwas anderes, aber am Ende bleibt es dabei. *Ich gehöre hier nicht hin.*

»Hey, alles gut. Du konntest es nicht wissen.«

»Danke«, flüstere ich und weiß nicht, was ich sonst sagen soll. Es ist zu viel, was über mich hereinströmt, um es gedanklich zu sortieren. Sie legt mir eine Hand auf die Wange. »Mein Besuch sollte eine Überraschung sein. Ich habe nicht nachgedacht. Aber jetzt bin ich hier. Also, was hältst du von einem Beauty Tag?« Sie lächelt mich an und ich lächle zurück.

»Das wäre schön.«

Mit leuchtenden Augen öffnet sie ihren Koffer und drückt sich nachdenklich den Zeigefinger an die rot geschminkten Lippen.

»Mit was fangen wir am besten an?«

Sie betrachtet mich und greift in meine Haare. »Ich denke nicht, dass da noch was zu retten ist.«

Sie kramt in ihrem Koffer und holt eine Schere hervor. »Ich versuche so viel wie möglich zu retten, aber das muss runter, ordentlich machen wir später.«

Ich vertraue ihr. Die Schneiden der Scheren wirken stumpf, als Cathi sie an meinem Rücken entlangführt. Die fallenden Haare kitzeln mich an meinen nackten Beinen, bevor sie auf dem Boden aufkommen. Ich schaue nach unten und stehe in einem Berg von Haar. Mein Kopf fühlt sich um einiges leichter an. Ich fühle mich freier, als hätte sich mit der verknoteten Mähne auch ein Knoten in mir gelöst.

Cathi lässt mir ein Bad ein und nur ein paar Minuten später liege ich mit Schaum bedeckt, einer Haarkur und Gesichtsmaske im warmen Wasser. Ein Duft nach Mandel und Honig hängt in der Luft.

»Wie geht's dir? Hast du irgendwelche Beschwerden?«, fragt Cathi, während sie mir die Nägel feilt.

»Gut«, antworte ich knapp. »Manchmal bin ich sehr müde und fühle mich schwach.« Ich kann ihr nicht sagen, dass den ganzen Tag mein Bauch kribbelt, weil ich an Matt denke und er mich all meine Schmerzen vergessen lässt.

»Das klingt gut. Wenn etwas ist, kannst du Dr. Temblay anrufen oder auch mich, ganz egal, um was geht. Ich kann dir einen Termin bei ihm machen. Ihr kommt ja sowieso bald in die Stadt, da könntest du das gleich verbinden.«

»Was wollen wir in der Stadt?«

»Hat dir Matt nichts erzählt?«

Ich schüttle verneinend mit dem Kopf.

»Das ist so typisch für ihn. Er hasst solche Veranstaltungen. Aber an diesem einen Tag im Jahr gibt es keine Ausreden. Wir feiern den 1. Juli.« Sie macht eine Pause, als erwartet sie eine Reaktion von mir. »Canadaaaa Daaaaay«, kreischt sie fröhlich in langgezogenen Buchstaben. »Es gibt eine Parade und es wird getanzt. Alle feiern ausgelassen. Es ist jedes Jahr das Highlight in Dawson City und zieht viele Touristen an.«

»Ich weiß nicht, ob das eine gute Idee ist.«

»Du klingst schon wie Matt und du musst auch nicht kommen, wenn du dafür nicht bereit bist. Aber so gute Laune, wie er aktuell hat, bin ich mir sicher, dieses Jahr wird alles anders. Er kann mir erzählen was er will, aber es stand ihm ins Gesicht geschrieben, dass ihr euch nähergekommen seid.«

»Wie meinst du das?«

»Also ehrlich, ich kann mich gar nicht mehr daran erinnern, wann ich meinen Bruder das letzte Mal so strahlen gesehen habe. Ich dachte, ich bin am falschen Haus, als er mir die Tür geöffnet hat.« Sie stockt und die Feile steht still.

Ihre Worte ergeben für mich keinen Sinn. Er kennt mich doch nicht erst seit kurzem. Es sei denn, mein Bauchgefühl hat mich nicht getäuscht.

»Wir sind nicht verheiratet, oder?«

Cathi legt ihre Stirn in Falten und beißt sich ertappt auf die Lippe.

»Kennen wir uns überhaupt?« In mir braut sich ein Sturm zusammen, als sie mitleidig mit dem Kopf schüttelt. Ich weiche ihrem Blick aus. Meine Brust wird eng und meine Kehle schnürt sich zu. »Ich muss hier raus.«

Das Wasser schwappt über den Wannenrand, als ich mich kraftvoll nach oben stoße und in ein Handtuch wickle.

»Emma, warte.«

Ich erstarre in der Bewegung und werde von Trauer überschwemmt. »Das ist auch nicht mein Name, oder?«

Sie senkt den Blick. »Es tut mir leid.«

Ich stürme aus dem Bad ins Schlafzimmer, reiße den Koffer aus dem Schrank und packe wahllos Kleidung hinein. Als ich den weichen Stoff eines

Kleides zwischen den Finger spüre, werfe ich es wütend zu Boden. Cathi steht im Türrahmen und wirkt hilflos.

»Dann sind das auch nicht meine Sachen?«

»Die sind von mir.«

»Was ist hier los?« Matt steht hinter Cathi und Panik ist ihm ins Gesicht geschrieben. Seine Schwester setzt an, etwas zu sagen, aber ich komme ihr zuvor.

»Du«, ich gehe auf die beiden zu und zeige mit erhobenem Finger auf Matt, »hast mich angelogen.«

Er tritt hinter Cathi hervor. »Emma, bitte lass es mich erklären.«

»Mein Name ist nicht Emma«, schreie ich und die darauffolgende Stille lässt meine Worte schwer im Raum hängen. Schnaubend drehe ich mich um und schließe den Reißverschluss des Koffers.

»Wo willst du jetzt hin?«, fragt Matt mit einer Traurigkeit in der Stimme, die ich auch in mir erkenne.

»Ich weiß es nicht«, sage ich mehr zu mir selbst. »Einfach nur weg.«

»Du kannst bleiben. Wir können über alles reden. Es hat sich doch nichts geändert.«

»Matt«, unterbricht Cathi ihn, »sie kann erstmal mit zu mir kommen.« Sie richtet ihren Blick in meine Richtung. »Wenn du das willst.«

Ich nicke. Was habe ich für eine Wahl? Wo soll ich sonst hin?

»Dann mach dich fertig. Wir können gleich los.«

Sie führt Matt aus dem Zimmer und schließt die Tür hinter sich. Ich stehe da und bin kaum fähig, mich zu rühren. Kraftlos schließe ich die Augen und wische mir die Tränen von den Wangen. Ich stehe vor dem Nichts. Alles was ich glaubte zu besitzen, alles, was mir Halt gab, ist von einer Sekunde auf die andere ausgelöscht. Ich bin allein und habe nicht einmal mich selbst. Wahllos zerre ich einige Kleidungsstücke aus dem Schrank und streife sie über meine feuchte Haut. Ich will das Zimmer schnellstmöglich verlassen und doch verharre ich einen Moment im Türrahmen. Mein Herz hämmert qualvoll gegen meine Brust, als ich mich ein letztes Mal umdrehe. Mein Blick schweift durch das Zimmer und bleibt an den zerwühlten Laken hängen. Ich spüre immer noch seine rauen Hände auf meiner Haut, rieche immer noch seinen Duft und erinnere mich an den Geschmack seiner Lippen. Ich atme durch die Nase ein und durch den Mund aus, aber es hilft nicht, meine Anspannung loszuwerden. Mit gesenktem Kopf wende ich mich ab und trete in den Flur. Durch das Fenster sehe ich Matt und Cathi wild auf der Terrasse gestikulieren. Ich atme noch einmal tief ein, straffe die Schultern und gehe hinaus.

»Emma.« Seine Stimme bricht, aber ich gehe an ihm vorbei, ohne ihn eines Blickes zu würdigen. Cathi nimmt mir den Koffer ab und geht zum Wagen. Ich folge ihr, aber Matt's Griff um mein Handgelenk stoppt mich. »Bitte rede mit mir.«

Wütend schaue ich auf die Stelle, die uns verbindet und er lässt mich los, als hätte er sich verbrannt.

Wir fahren los und im Seitenspiegel sehe ich seine kleiner werdende Gestalt, die sich nicht von der Stelle rührt.

14

Die Rücklichter von Cathi's Wagen sind schon längst zwischen den Bäumen verschwunden, aber ich stehe noch an der derselben Stelle, an der mich ihr Blick traf. Ein Blick voller verzweifelter Enttäuschung. Ein Blick, den ich schon einmal in den Augen einer Frau gesehen habe.

Ich zerstöre jeden in meinem Leben, der mir etwas bedeutet. Die alte Erkenntnis, die Emma schaffte zu verdrängen, erfasst mich wie eine Naturgewalt. Ist es nicht das, was ich wollte? Allein in meiner Hütte zu sein. Wieso fühlt es sich dann, wie der einsamste Ort auf dieser Welt an?

Ich muss sie gehen lassen, aber alles in mir wehrt sich dagegen. Ich hole das Handy aus meiner Hosentasche und wähle Cathi's Nummer. Sie muss umdrehen. Sie muss Emma wieder zu mir zurückbringen.

»Komm schon, nimm ab.«

Die Mailbox schaltet sich ein und ich versuche es erneut, aber sie drückt mich weg.

»Fuck.«

Meine Hände legen sich so fest um das Telefon, dass es unter der Kraft knirscht. Mit zusammengekniffenen Augen und die Finger fest an meine Nasenwurzel gepresst, versuche ich nachzudenken. Meine Nerven liegen blank. Noch nie sind meine Gedanken so außer Kontrolle geraten.

Ich schaue in den Wald und dann auf die Stelle in der Einfahrt, an der wir sie gefunden haben. Mein Magen zieht sich zusammen und mein Herz treibt mich an. Gibt es eine richtige Entscheidung zwischen Herz und Verstand? Wenn es mir doch mit jedem Stich zu verstehen gibt, den Verstand zu ignorieren.

Mit schnellen Schritten gehe ich ins Haus, um den Autoschlüssel zu holen. Zeitgleich mit dem Ton einer eingehenden Nachricht fällt die Tür hinter mir zu.

CATHI: KOMM NICHT AUF DIE IDEE UNS HINTERHERZUFAHREN! GIB IHR EIN PAAR TAGE.

Ich werfe das Telefon auf den Tisch und sacke auf der Couch zusammen. Ich sehe Emma wie ein Geist durch die Räume gehen und muss den Blick abwenden. Ich ertrage die Stille nicht, die sie zurücklässt.

15

Ein schmaler Waldweg führt uns auf die Straße. Cathi biegt links ab und dann gibt es nichts mehr, außer dem dunklen Wald. Nur alle paar Kilometer lichten sich die Bäume und geben den Blick auf kleine Farmhäuser mit geschäftigen Treiben frei. Auf den Wiesen weiden Rinder mit ihren Kälbern. Dann wieder nur Wald. Keiner von uns sagt etwas. Cathi rutscht unruhig in ihrem Sitz hin und her. Nur das Motorengeräusch des alten Geländewagens dröhnt in den Innenraum. Zögerlich legt sie mir ihre Tasche auf den Schoß.

»Da drin sind Taschentücher, damit kannst du dir die Reste deiner Maske aus dem Gesicht wischen.«

Auf der Suche nach der Packung leuchtet plötzlich ein Display auf. Ich hole es heraus und sofort bildet sich ein Kloß in meinem Hals, als ich Matt's Namen lese.

»Leg es einfach in die Mittelkonsole.«

Das Display verdunkelt sich und als ich es ablege, erhellt sein Name es erneut.

»Argh, gib es mir.« Sie nimmt es, drückt auf eine Taste und legt es sich in den Schoß.

»Es tut mir so leid, Emma.« Sie gibt ein frustriertes Stöhnen von sich. »Und es tut mir leid, dass ich dich schon wieder Emma genannt habe.«

»Schon gut. Ich habe mich an den Namen gewöhnt.«

»Möchtest du darüber reden?«

Ich lasse die angestaute Luft aus meiner Nase entweichen.

»Ich verstehe es nicht. Wieso behauptet er, wir wären verheiratet, wenn wir es doch gar nicht sind?«

»Tja, glaub mir, ich versuche seit achtundzwanzig Jahren die Gedankengänge meines Bruders zu entschlüsseln«, schnaubt sie. »Aber ich bin nicht ganz unschuldig.«

»Was willst du damit sagen?«

»Er wollte es sofort wieder aufklären, aber ich habe ihm geraten, er soll dich erstmal ankommen lassen und dich nicht völlig durcheinanderbringen.«

»Es war ein Fehler diese Lüge überhaupt auszusprechen.«

»Das war es, aber so unglaublich es klingt, er hat gelogen, weil er dich mag. Matt dachte, er würde es dir leichter machen, wenn du etwas hättest, an dem du dich festhalten kannst. Er hat die ganze Nacht an deinem Bett gewacht.«

Ihre Worte lassen mich aufhören. »Wirklich?«

»Ja. Ich durfte ihn nicht ablösen, weil er der Meinung war, du schläfst ruhiger, wenn er deine Hand hält.«

»Ich bin so durcheinander.«

»Das ist verständlich.«

Sie legt beruhigend eine Hand auf mein Knie.

»Ich weiß nicht, ob ich Gefühle für ihn habe, weil er Matt ist oder ob sie sich in dem Glauben entwickelt haben, dass er mein Ehemann ist.«

»Du hast Gefühle für ihn?«

Ich schnaube und richte meinen Blick in den Wald. Was sind das für Gefühle, die ich doch selbst nicht verstehe? Mit jeder Meile, die wir uns von der Hütte entfernen, wiegt mein Herz schwerer in der Brust. Das Atmen fällt mir leichter, wenn er bei mir ist. Cathi tippt etwas in ihr Telefon und richtet dann das Wort wieder an mich. »Willkommen in Dawson City.«

Wir passieren das Ortsschild und für eine Sekunde vergesse ich meinen Kummer. Dieses kleine Städtchen, umgeben von Bergen und Wasser, wirkt romantisch und verschlafen. Wir biegen ins Stadtzentrum und ich klebe förmlich an der Fensterscheibe, um alles zu entdecken. Links und rechts, der nicht befestigten Straße, reihen sich historische Bauten dicht aneinander. Es ist, als wäre hier die Zeit stehen geblieben und wir, mitten im Wilden Westen. Die Gehwege sind aus Holz und ein Mann, mit tief in die Stirn gezogenem Cowboyhut, sitzt in einem Schaukelstuhl vor seinem Laden und raucht eine Zigarette.

»Da staunst du, was?«, kommentiert Cathi meine Sprachlosigkeit.

»Und wie, als befänden wir uns auf einem anderen Planeten.«

»Du befindest dich zeitlich am Ende des 19. Jahrhunderts, als der große Klondike Goldrausch ausgebrochen ist. Es wird viel Arbeit in den Erhalt der Gebäude gesteckt und die Menschen hier lieben und leben die Geschichte dieses Ortes.«

Die Häuser sind 2-Stöckig und keines gleicht dem anderen. Alle sind in den unterschiedlichsten Farben gestrichen und ich kann es nicht erwarten, mir die kleinen Geschäfte aus der Nähe anzusehen.

Cathi biegt in eine schmale Seitenstraße und wir kommen vor einem Holzhaus mit Anbau zum Stehen. Die blaue Farbe blättert an einigen Stellen und neben der eigentlichen Haustür befindet sich eine weitere. Ein beleuchtetes Schild weist auf eine Tierarztpraxis hin.

»Hier wohnst du?«

Sie lacht. »Du sagst das, als wäre das vollkommen abwegig.«

»Es ist nur so ganz anders als Matt's Hütte.«

»Du wirst ihn verstehen, wenn ihr euch besser kennt und er sich endlich aus seiner harten Schale schält.«

Wir steigen aus und sie holt mein Gepäck aus dem Kofferraum. Ich schaue die Straße hinunter. Alles ist so anders, als bei Matt im Wald und ich bin mir nicht sicher, ob es mir gefällt.

Cathi scheint meine Unruhe zu bemerken. »Es ist eine kleine Stadt, die vom Tourismus lebt. Jetzt ist Saison und deshalb sind mehr Menschen hier«, erklärt sie mir, während wir den Weg zum Haus laufen.

Wir treten ein und stehen direkt im Wohnbereich. Es ist klein, aber geräumig. Die Küchenzeile schließt, wie bei Matt, direkt ans Wohnzimmer an und die Wände sind in einem hellgrau gestrichen. Möbel, Polster und Deko sind weiß und heben sich von den dunklen Holzdielen ab. Eilig zieht Cathi mich die Treppe hoch ins Bad. Es ist klein und bietet kaum Platz für zwei.

»Es ist nicht groß, aber für mich reicht es und ich habe die Praxis gleich nebenan, das ist super praktisch.«

»Du hast es sehr schön hier.«

»Ich hoffe, du lebst dich schnell ein. Lass uns noch die Haarkur ausspülen und deine Haare vernünftig schneiden. Dann zeige ich dir dein Zimmer.«

In der Duschkabine wäscht sie mir den Kopf. Ich fühle mich wohl in ihrer Nähe, aber ich vermisse mein Zuhause. Zumindest vermisse ich den Ort, von dem ich dachte, es wäre mein Zuhause. Und ich vermisse Matt. Mein unruhiges Herz lässt mich seine Abwesenheit deutlich spüren.

Im Spiegel beobachte ich, wie Cathi konzentriert Strähne für Strähne abteilt und die Spitzen über ihren Fingern abschneidet. Unsere Blicke treffen sich.

»Ach, Emma.« Sie dreht mich herum und schließt mich in ihre Arme. »Alles wird gut.«

»Versprochen?«

»Ich verspreche dir, dass ich an deiner Seite bin.« Sie löst sich von mir, um mich anzusehen. »Jetzt zeige ich dir dein Zimmer.«

Wir treten in den schmalen Flur und sie öffnet direkt die gegenüberliegende Tür. Der Raum ist klein, aber gemütlich. Unter dem Fenster steht ein Doppelbett und daneben ein zweiflügeliger Schrank.

»Matt schläft manchmal hier, wenn es zu spät geworden ist und er hat Wechselkleidung im Schrank deponiert, aber du wirst Platz für deine Sachen finden.«

Ich zucke zusammen, als sie seinen Namen erwähnt, und lege die Hand auf meinen rumorenden Bauch.

»Leb dich ein bisschen ein. Ich muss rüber in die Praxis. Leider habe ich noch Termine, aber ich versuche die nächsten Tage ein paar zu verschieben.«

»Nein, das musst du nicht.«

Ich öffne meinen Koffer, den Cathi mir aufs Bett gestellt hat, und sehe sofort das T-Shirt, das Matt letzte Nacht getragen hat. Ich muss es im Eifer mitgerissen haben. Sie streichelt mir mitfühlend über den Oberarm.

»Wenn du etwas essen möchtest, im Kühlschrank sind noch Pancakes von heute Morgen. Wenn du irgendetwas brauchst, ich bin direkt nebenan.«

»Danke.«

Sie geht aus dem Zimmer und ich kann meine Augen nicht von dem T-Shirt abwenden. Ich nehme es heraus und vergrabe meine Nase in dem Stoff. Es riecht nach ihm. Ertappt schaue ich über die Schulter, aber in dem Moment höre ich, wie sich die Haustür schließt. Es fühlt sich falsch an den Koffer auszupacken, wie ein Entschluss, den ich noch nicht verarbeiten kann.

Ich stecke Matt's T-Shirt hinter das Kissen und schiebe den Koffer unter das Bett. Unschlüssig, was ich mit meiner Zeit anfangen soll, beschließe ich, etwas zu essen. Ich habe keinen Appetit, aber mein Magen fühlt sich an, als würde er sich selbst verdauen.

Im Kühlschrank entdecke ich den Teller mit den abgedeckten Pancakes. Ich reiße die Folie runter und stelle mein verspätetes Frühstück in die Mikrowelle. Ungeduldig hüpfe ich von einem Bein auf das andere, bis endlich ein lautes Ping das Ende der Wartezeit ankündigt. Mit knurrendem Magen nehme ich den Teller heraus und schließe die Glastür. In der Spiegelung erkenne ich einen Schatten am Fenster. Vor Schreck rutscht mir der Teller aus den Fingern und zerspringt laut klirrend auf dem Boden. Hastig drehe ich mich um, doch da ist niemand. Mein Puls rast und ich schüttle über mich selbst den Kopf. Ich trete aus den Scherben und lasse kaltes Wasser über meine Handgelenke fließen. Im Unterschrank finde ich Handfeger und Schippe und mache mich daran, den Unfall aufzukehren.

Es klopft laut an der Tür und ich zucke zusammen. Wer ist das? Hat Cathi ihren Schlüssel vergessen? Ich öffne die Tür und mein Lächeln versiegt, genauso wie das Lächeln meines Gegenübers. Vor der Tür steht ein Mann, dessen Erscheinung mich einschüchtert. Er ist groß und seine Gesichtszüge wirken übellaunig. Seine stechend blauen Augen schauen mich an, als hätte er einen Geist gesehen und mein Anblick scheint ihm die Sprache zu verschlagen.

»Du möchtest bestimmt zu Cathi. Die ist nebenan in der Praxis.«

»Ja, danke und du bist?«

Das ist eine gute Frage. Heute Morgen hatte ich so etwas wie eine Idee, jetzt fange ich wieder bei null an. Ich straffe die Schultern und strecke ihm die Hand entgegen.

»Emma. Mein Name ist Emma.«

Er ergreift sie nicht, sondern beäugt mich weiter skeptisch. »Emma also, interessant. Ich habe dich noch nie hier in Dawson City gesehen.«

»Ich bin eine Freundin der Familie«, stammle ich.

»So, so, eine Freundin der Familie.«

Er guckt an mir vorbei und sieht das Chaos auf dem Küchenboden.

»Was ist passiert?«

»Ich war ungeschickt und habe … Warst du das am Fenster?«

»Am Fenster? Nein, ich war an keinem Fenster. Wieso? Leidest du unter Verfolgungswahn? Mein Vater ist Arzt.«

Er holt eine Visitenkarte aus seiner Jackentasche und reicht sie mir. »Er kann dir bestimmt helfen, falls du Hilfe brauchst. Brauchst du Hilfe Emma?«

Ich nehme sie nicht entgegen, aber die Situation wird mir immer unangenehmer.

»Na gut, also bis dann. Vielleicht sieht man sich mal«, versuche ich ihn abzuwimmeln. Kurz bevor die Tür schließt, stellt er seinen Fuß dazwischen. Erschrocken blicke ich in sein versteinertes Gesicht.

»Emma, die Karte.«

Mein Kehlkopf bewegt sich deutlich beim Schlucken, was ihm nicht entgeht. »Danke.«

Ich ziehe die Visitenkarte aus seinen Fingern und er nimmt den Fuß aus der Tür. Schnell stoße ich sie zu und traue mich, erst zu atmen, als sich die Schritte entfernen. War das jetzt seltsam oder sehe ich Gespenster? Die Karte glüht heiß in meiner Hand, weshalb ich sie in kleine Stücke zerfetze und in den Mülleimer werfe.

16

Es ist Abend geworden und ich sitze im Auto vor Cathi's Haus, weil ich es in meiner Hütte nicht mehr ausgehalten habe. Meine Finger trommeln nervös auf das Lenkrad und alles in mir drängt mich, zu ihr zu gehen, aber ich habe Angst. Angst in ihr enttäuschtes Gesicht zu sehen und Angst davor, dass sie mich von sich stößt. Ihr abschätziger Blick, als sie von meiner Lüge erfuhr, ließ meine Welt erzittern. Wie konnte Cathi nur so mit dieser Information herauspoltern. Wir hätten sie darauf vorbereiten müssen. Stattdessen haben wir ihr das Herz aus der Brust gerissen und es unter unseren Füßen zerquetscht. Cathi war der Meinung, es wäre besser so, weil sie garantiert irgendjemand in der Stadt angesprochen und völlig überrumpelt hätte. Natürlich hat sie recht, aber ich bin sauer. Sie hätte es von mir erfahren müssen.

Der Anblick ihrer Verzweiflung hat sich in mein Gedächtnis gebrannt. Der Moment, in dem sich der Schatten der Erkenntnis über sie legte und all ihr Leuchten mit sich nahm. Bis vor wenigen Tagen, war eine Frau in meinem Leben keine Option und jetzt drehen sich meine Gedanken allein um sie.

Was mache ich jetzt? Meine Schwester reißt mir den Kopf ab, wenn ich vor ihrer Tür stehe und Emma sehen will.

Die Wut über mich selbst lässt mich in alte Muster verfallen und so mache ich das, was mir als erstes in den Sinn kommt und früher immer geholfen hat, meine Dämonen zu bezwingen. Ich steuere die nächste Kneipe an.

Die Türglocke kündigt mein Erscheinen an und sofort richten sich alle Blicke auf mich. In den Ecken wird eifrig getuschelt, aber das schreckt mich keinesfalls ab. Ich bin es gewohnt, dass über mich geredet wird und die Leute die Straßenseite wechseln, wenn sie mich sehen. Anfangs ging es mir nah, wie ein Aussätziger behandelt zu werden, weshalb der Yukon Whiskey für lange Zeit mein bester

Freund war. Irgendwann habe ich all die Missachtung in den Augen der Nachbarn nicht mehr ertragen und bin in die Wildnis geflüchtet. Das Haus, welches ich für Celine und mich gebaut habe, wurde eine Zuflucht, die ich nur selten verließ. Das heizte die Gerüchteküche zusätzlich an. Die Leute in der Stadt halten mich für seltsam und haben Angst vor mir. Aus Mangel an Beweisen wurde ich damals freigesprochen. Tz, das klingt, als hätte ich Glück gehabt. Es gab schlichtweg keine Beweise, aber wenn man diesen Stempel erst einmal trägt, lässt er sich nie restlos abwaschen. Die Menschen hier brauchen einen Schuldigen, um nachts ruhiger schlafen zu können.

Mit gesenktem Kopf steuere ich direkt an die Bar und nehme etwas abseits auf einem Hocker Platz.

»Whiskey, wie immer Matt?«

»Einen Doppelten! Ach nein, gib mir die Flasche!«, knurre ich Jack entgegen.

Er hat sich immer aus allem rausgehalten und war fair zu mir. Er stellt mir ein Glas vor die Nase, schenkt mir ein und lässt die Flasche stehen. Er wirft sich das Wischtuch über die Schulter und stützt sich mit den Händen auf dem Tresen ab. Ich spüre seine Blicke auf mir, aber ich halte den Kopf gesenkt.

»Was machst du hier Matt? Warst schon ewig nicht mehr hier.«

»Ist alles etwas verwirrend im Moment.«

Ich drehe das Glas zwischen meinen Fingern, bevor ich ansetze und den Shot hinunterkippe.

»Ich will mich nicht einmischen, aber denkst du, das ist die Lösung?«

»Im Moment die Beste, die mir einfällt.«

»Du bist erwachsen, aber lass dir einen Rat von jemanden geben, der schon dreißig Jahre hinter dieser Bar steht. Das war noch nie die Lösung.«

Er zuckt mit den Schultern, dreht sich um und bedient einen anderen Gast. Der erste Shot brannte sich wie Säure die Kehle hinunter. Der zweite weniger und nach dem Dritten stellt sich allmählich die ersehnte Taubheit ein. Sowohl in meinem Rachen, als auch in meinem Kopf.

Das Klingeln der Türglocke wird von schrillem Gelächter übertönt.

»Matt!«, ruft es in meine Richtung, aber ich sehe nicht auf. Ich weiß auch so, wer es ist. Freudig kommt Sally auf mich zu getorkelt. Das ist es, was Sally und mich verbindet. Wir treffen uns betrunken in irgendeiner Kaschemme, dann lässt sie sich von mir ficken und unsere Wege trennen sich wieder. Bisher hat das super funktioniert und auch jetzt, scheint sie es darauf anzulegen, als sie sich von hinten wie eine rollige Katze an mich schmiegt, um mir ins Ohr zu hauchen.

»Wer hätte gedacht, dass dieser Abend noch so eine Wendung nimmt.«

Sie knabbert mir am Ohrläppchen und dann an meinem Hals. Ihre Hand fummelt in meinem Schritt, aber ich stoße sie grob von mir. Entsetzt schaut sie durch ihre verklebten Wimpern.

»Welche Laus ist dir denn über die Leber gelaufen?«

»Ich will nur in Ruhe meinen Whiskey trinken.«

Sally und mich verbindet die Gemeinsamkeit einsamer Abende. Sie hat mich so akzeptiert, wie ich war. Ich habe es ihr besorgt und bin wieder gegangen. Ende. Kein Kuscheln, keine Übernachtungen, nichts. Alles schön oberflächlich. Sie zwirbelt ihre hellblonden Haare um den Finger und schaut mich unschuldig an. Sie trägt wieder einen ihrer zu kurzen Röcke, die eher ein Gürtel sind und kaum über ihren Arsch reichen. Ihre gepushten Brüste fallen ihr fast aus dem Ausschnitt und ich habe das Gefühl, sie streckt sie mir extra entgegen. Ich weiß genau, wie sie sich anfühlen, wenn sie schwer in meinen Händen liegen, aber all das beeindruckt mich nicht. Es ist offiziell. Emma hat mich an den Eiern. Denn mit ihr ist es anders. Die Art, wie sie mich küsst, wie ihr Körper unter meinen

Händen erbebt oder sie sich an mich schmiegt. Alles an ihr ist so sinnlich und es gibt nichts Vergleichbares. Emma und ich sind gebrochene Seelen, jeder auf seine Weise und doch heilen wir uns gegenseitig.

»Es tut mir leid Sally.«

Ich werfe ein paar Scheine auf den Tresen und wende mich zum Gehen, aber Sally stellt sich mir in den Weg. »Was tut dir leid? Das du mich abblitzen lässt? Dass du mich hier stehen lässt, wie ein billiges Flittchen?«

»Jetzt übertreibst du.«

Ich schiebe sie beiseite und sie schnaubt frustriert, als ich die Kneipe verlasse und zurück zum Haus meiner Schwester laufe.

Ich will an ihre Tür klopfen, aber meine Hand stoppt in der Bewegung, als ich Emma's Lachen durch die Tür höre. Es klingt glücklich und unbeschwert und rammt einen Dolch in meine Eingeweide. Was mache ich hier? Sie kommt zurecht und ist ohne mich besser dran. Ich verstecke meine Hand in der Hosentasche, um nicht frustriert auf irgendetwas einzuschlagen. Ich kann nicht gehen! Wir wissen nicht, was ihr passiert ist und so lange das so ist, lasse ich sie nicht aus den Augen. Ich drehe mich um und gehe zurück zum Wagen.

Ich stelle die Rückenlehne meines Sitzes in eine bequeme Position und beobachte das Haus.

17

Meine Nächte sind unruhig und ich schlafe nur wenige Stunden und nur, weil mein Körper mich dazu zwingt. Nachdem ich mich frisch gemacht habe, gehe ich die Stufen nach unten und sehe Cathi mit einer Tasse Kaffee am Fenster stehen. Sie sieht zu Matt hinaus, der vor dem Haus kampiert. Die Treppe knarzt bei jedem meiner Schritte.

»Drei Tage«, sagt sie gedankenversunken. »Drei Tage sitzt er nun schon in seinem Auto und verlässt es nur, um auf die Toilette zu gehen.«

Ich kann mich nicht mehr daran erinnern, wie es sich anfühlt, ein normal schlagendes Herz in der

Brust zu tragen. Matt wirkt völlig verzweifelt und sein Anblick verursacht mir jedes Mal Schmerzen.

»Ich habe ihn noch nie so gesehen Emma.«

Sie trinkt einen Schluck und spricht mit mir, ohne den Blick von ihm abzuwenden. Sie bringt ihm Tee und Essen nach draußen und erzählt mir jedes Mal, wie verzweifelt er sich nach meinem Befinden erkundigt. Ich stelle mich neben sie. Durch die Gardine an den Scheiben kann er uns nicht sehen. Ich lasse die Luft geräuschvoll aus meiner Nase entweichen. Der Kummer ist ihm deutlich anzusehen. Immer tiefer rutscht er in den Sitz seines Wagens, aber er gibt nicht auf. Er setzt ein Zeichen und beweist mir, dass ich ihm wichtig bin. Cathi geht in die Küche und gießt für mich Kaffee in eine Tasse.

»Ich will mich nicht einmischen«, sie reicht ihn mir und in ihren Augen erkenne ich, dass ihr Situation zu schaffen macht, »aber ihr seid kaum zu ertragen. Alle beide. Dir geht es nicht gut. Ihm geht es nicht gut. Die Lösung wäre so einfach.« Sie wendet den Blick wieder aus dem Fenster und ich puste in meine Tasse.

»Ich kann dir da nicht reinreden. Aber denkst du nicht, dass du ihm verzeihen kannst? Er hat dich belogen und das war absolut dumm. Er hat noch nie lange über seine Handlungen und deren Folgen nachgedacht. Sieh ihn dir doch an, wenn du ihn nicht erlöst, sitzt er noch als alter Mann in diesem Wagen und stirbt einsam und allein auf seinen Ledersitzen.«

Ich verstecke mein Grinsen hinter der Tasse. Würde er wirklich auf ewig in seinem Auto wohnen?

»Er ist kein böser Mensch. Er ist einfach nur ein Trottel«, setzt sie nach.

Im Augenwinkel erkenne ich Mitgefühl in ihrer Haltung. Er ist ihr Zwillingsbruder und wenn er leidet, leidet sie mit ihm.

»Ich denke schon, dass ich ihm verzeihen kann.«

Es sind die ersten Worte, die ich an diesem Morgen an Cathi richte. Ihre Schultern straffen sich und über ihre Gesichtszüge legt sich Erleichterung. Meine Worte lassen mich selbst nicht unberührt. Es ist das erste Mal, dass ich sie laut ausspreche, nachdem sie lange durch meine Gedanken kreisten. Ich will Matt nicht aufgeben. Er beweist mir jeden Tag, den er da im Auto sitzt, wie leid ihm die Sache tut. Und wenn ich so darüber nachdenke, hat es mir wirklich geholfen, dass ich dachte, ich wäre zu Hause. Er gab mir Halt und schenkte mir Vertrauen, auch wenn es auf dem Fundament der Lüge errichtet wurde, hat sich nichts geändert. Matt ist noch immer meine Zuflucht, mein sicherer Hafen und mein Beschützer.

18

Ich verschränke meine Finger ineinander, führe sie nah an meinen Mund und blase heißen Atem in die Höhle, die meine Handflächen bilden. Auch im Sommer sind die Nächte kalt und ich warte auf die heiße Tasse Kaffee, die Cathi mir jeden Morgen ans Auto bringt. Drei Tage verharre ich nun schon vor ihrem Haus. Meine Muskeln sind verspannt und meine Glieder sind steif, aber nichts könnte mich dazu bringen, diesen Ort ohne Emma zu verlassen.

Ich hoffe, dass sie mich erlöst, bevor die Tage wieder kälter werden, sonst wird nicht mehr als ein Eisklotz von mir übrig bleiben. Ich rubble meine

Hände gegeneinander und versuche, meine kalten Zehen, einige Bewegungen zu entlocken, als es an der Scheibe klopft.

Hitze schießt durch meinen Körper. Eine Wärme die seit Tagen verloren schien. Emma. Sie steht da, mit einem Tablett in der Hand. Der Dampf aus der Tasse tänzelt verlockend in der Luft. Ich springe aus dem Auto und ihr Blick brennt sich auf meine Haut. Ich will sie berühren und will ihr die Haarsträhne, die sich aus ihrem Zopf gelöst hat, aus dem Gesicht streichen. Eine leichte Röte legt sich auf ihre Wangen. Sie ist so schön, dass es mir die Sprache verschlägt. Sie senkt verlegen den Blick. »Dein Kaffee.« Ihre Stimme vibriert und unterstreicht ihre Nervosität.

»Danke.«

Ich nehme die Tasse vom Tablett und schließe meine Hände fest um das Porzellan. Einerseits um meine Finger aufzutauen und andererseits, um mich daran zu hindern, sie zu berühren.

Ich möchte sie halten. Sie soll vergessen, dass ich sie belogen habe und mir verzeihen.

»Bis dann.«

Sie stellt das Tablett mit dem Frühstück auf das Autodach und wendet sich ab. Ich kann sie nicht gehen lassen, die Zeit war zu kurz.

»Emma warte.«

Sie steht ganz still. Der Wind spielt mit ihrem Haar und sie senkt den Kopf zum Boden, als würde es ihr Schmerzen bereiten, mich anzuhören.

»Es tut mir so leid. Ich weiß, ich habe kein Recht deine Vergebung zu fordern, aber ich kann dich darum bitten. Bitte, lass es mich wieder gut machen. Du fehlst mir so.« Ich trete einen Schritt auf sie zu, halte mich aber zurück. »Ohne dich bin ich kaputt. Mach mich wieder ganz.«

Sie dreht sich zu mir um. Zwischen uns ist zu viel Platz. Ihre Augen schimmern feucht und der Gedanke, dass diese Tränen mir gelten, dass ich der Verursacher dieser Traurigkeit bin, richtet mich zugrunde. Ich schlucke und warte auf die Worte, die mich zerstören werden. Worte, die mir den Kopf von den Schultern reißen und ihn mit dem Wind davontragen, wie Steppenläufer in der Wüste.

Sie atmet tief ein.

»Gib mir noch etwas Zeit.«

Die angestaute Luft entweicht meinen Lungen. Ihre Antwort bedeutet weder ja noch nein. Sie bedeutet Hoffnung, an die ich mich mit aller Kraft klammern werde.

»Natürlich. Ich gebe dir alle Zeit, die du brauchst.«

Sie nickt, hält noch einen Moment länger unseren Blick und geht zurück ins Haus.

Ein heftiges Poltern lässt mich hochschrecken und ich schaue in die panisch geweiteten Augen meiner Schwester, die unablässig gegen die Scheibe hämmert. Ich reiße die Tür auf und springe aus dem Sitz.

»Cathi, was ist los?«

»Emma«, sagt sie unter Schock. Ich packe sie an den Schultern und zwinge sie mich anzusehen.

»Was ist mit Emma?«

»Sie schreit und schlägt um sich, aber ich bekomme sie nicht wach.«

Sofort renne ich ins Haus und die Treppen nach oben.

19

Alles ist schwarz. Stockdunkel. Nicht ein winziger Lichtschein dringt zu mir durch, kein Schatten. Wo bin ich und warum? Hallo ist da jemand? Die Frage formuliert sich nur in meinen Kopf, denn kein Laut verlässt meinen Mund. Nur mein Wimmern schallt durch den Raum zu mir zurück. Mir ist eiskalt und mein Körper zittert unkontrollierbar. Ich kann mich nicht bewegen. Mein Herz rast und kalter Schweiß bedeckt meine Haut. Ich habe solche Angst. Es riecht muffig und nach Schimmel, wie in einem alten Kellergewölbe. Ich höre wie Tropfen in einer Pfütze aufschlagen und jeder Einzelne verursacht ein

Dröhnen in meinem Schädel. Wie eine Uhr, die laut tickt und mich daran erinnern will, dass meine Zeit bald abgelaufen ist. Sonst ist nichts zu hören, immer nur dieses dumpfe Geräusch. Trip ... Trip ... Trip ... Stoff schmiegt sich klamm an meinen Körper. Alles tut mir weh, aber es ist nicht der Schmerz, der mich ängstigt, vielmehr ist es die Ungewissheit, warum ich meine Beine und Arme nicht spüre und meinen Kopf nicht bewegen kann. Jemand hat mich fixiert. Aber wer würde mir so etwas antun?

Ich versuche, meinen Arm zu bewegen. Nichts. Meine Hand. Nichts. Meine Finger, ich setzte all meine Kraft in diese Bewegung. Nichts. Tränen laufen über meine Wangen und weiter an meinem Hals hinunter. Ich will mich winden, frei kämpfen, aber mein Körper bleibt wie gelähmt, rührt sich nicht einen Zentimeter. Ich will schreien, aber bleibe stumm. Nicht einmal meine Lippen bewegen sich. Panik steigt in mir auf. Ich hyperventiliere, bekomme nicht genug Luft und fürchte zu ersticken. Es brennt höllisch zwischen meinen Beinen, als sich heiße Flüssigkeit unter mir ergießt.

Als stoße ich nach Luft ringend durch die Wasseroberfläche, schrecke ich aus meinem Alptraum auf.

»Atme Kleines, atme! Ganz ruhig. Ich bin bei dir.«

Arme legen sich fest um meine Brust und geben mir den Halt, den ich suche.

»Matt?«

»Ich bin hier. Alles ist gut.«

Meine Finger krallen sich in seine Arme und ich sacke an seiner Brust zusammen. Tränen der Verzweiflung rinnen unaufhörlich über mein Gesicht. Was war das für ein schrecklicher Traum, der sich so real angefühlt hat? Er streichelt mir beruhigend über mein Haar und ich versinke tiefer in seine Umarmung.

»Es ist mir so peinlich.«

»Nichts muss dir peinlich sein, Emma.«

»Aber ich habe ins Bett gemacht.«

»Das macht nichts.«

»Und ich stinke.«

Ich wische mir die Tränen mit dem Handrücken aus dem Gesicht.

»Auch das ist vollkommen unwichtig. Erzähl mir was passiert ist. Was hast du geträumt?«

»Es war dunkel und kalt. Ich fühle mich nicht wohl in der Dunkelheit. Ich hatte Schmerzen.«

»Warum hast du das Licht nicht angelassen?«

»Ich weiß es nicht.«

Dann sagt er nah an meinem Ohr. »Ich hätte dich nicht anlügen dürfen, Emma. Aber schon gar nicht hätte ich dich gehen lassen sollen.«

Ich schluchze in den tränengetränkten Stoff seines Shirts. »Ich brauche dich Matt. Bitte lass uns jetzt nicht darüber reden. Bitte lass mich einfach nur vergessen.«

»Komm mit, Kleines.«

Er führt mich ins Bad und nachdem er die Wassertemperatur eingestellt hat, stellen wir uns direkt unter den warmen Strahl der Brause und schauen uns an. Wir lesen in den Augen des anderen und müssen nicht aussprechen, was in uns vorgeht. Zögerlich legt er seine Hände an meine Hüften und holt mich näher zu sich. Ich hebe die Arme in die Luft und lasse mir den nassen Stoff über den Kopf ziehen. Er tut es mir gleich und sein T-Shirt klatscht in die Duschtasse. Das Wasser prasselt auf unsere Köpfe nieder und tropft von Nase und Kinn. Mit den Fingerspitzen fahre ich die Wölbungen seiner Muskeln entlang und sehe, wie er unter meiner Berührung den Bauch anspannt. Mit seinem Finger übt er leichten Druck unter meinem Kinn aus und zwingt mich, ihn anzusehen. Seine Wimpern kleben vom Wasser zusammen und umrahmen dunkel seine karamellfarbenen Augen, die treu auf mich herabblicken. Ich lecke mir über die Lippen und er senkt den Kopf. Stirn an Stirn stehen wir uns gegenüber. Meine Hände liegen auf seiner Brust und seine streicheln über meinen Rücken. Ich spüre seine erhitzte Haut an meiner, als er sich hinunter zu meinem Mund küsst und wir miteinander verschmelzen. Es ist kein gieriger Kuss, er ist langsam und forschend. Er ist ein Versprechen. Er presst noch einmal seine Lippen auf meine und löst sich von mir, um das Duschgel erst in seinen Händen und dann auf meinem Körper zu verteilen. Mit jeder Bewegung wäscht er den Alptraum von mir und ersetzt ihn durch schönere Gefühle. Geborgenheit. Ruhe. Vertrauen. Ich vertraue Matt, auch wenn unsere Geschichte mit einer Lüge begann, so bedeutet es nicht das Ende. Nicht für mich.

Matt weicht mir nicht von der Seite, während Dr. Temblay mich untersucht.

»Haben Sie sich überlegt, wie es für Sie weitergehen soll? Möchten Sie in eine Einrichtung?«

Er schließt den Arztkoffer und schaut mich über seine Brille an.

»Nein, ich möchte nicht. Ich will bei Matt und Cathi bleiben.«

Matt legt seine Hand schützend auf meine Schulter.

»Wie Sie möchten. Es ist Ihre Entscheidung, aber bitte passen Sie auf sich auf. Diese Flashbacks sind nicht zu unterschätzen. Wir wissen nicht, was Sie triggert und es könnte zu jederzeit passieren.«

Er kritzelt etwas auf seinen Block und reißt den Zettel ab. »Hier ist die Nummer von Dr. Lewis. Ich empfehle Ihnen psychologische Betreuung bei der Aufarbeitung. Er praktiziert drei Tage in der Woche in Whitehorse und zwei hier in Dawson.«

Ich nehme ihm den Zettel ab und falte ihn zusammen.

»Danke, ich werde es mir überlegen.«

»Passen Sie auf sich auf und rufen Sie mich jederzeit an, wenn etwas sein sollte.«

Wir schütteln uns zum Abschied die Hände und Cathi, steht in der Tür, um Dr. Temblay hinaus zu begleiten.

20

Matt

»Komm her.« Ich klopfe auf die leere Seite des Bettes. Emma's Lippen verziehen sich zu einem Lächeln und sie schleicht auf allen vieren zu mir in die Arme. Ihr Kopf liegt auf meiner Brust und ihre Haare kitzeln mir im Gesicht.

»Es tut mir leid, Emma. Ich habe nicht nachgedacht, als ich dir diese Lüge aufgetischt habe. Du hast mich völlig durcheinandergebracht und es war das Erste, was mir in den Kopf geschossen ist. Dann hat mir der Gedanke, du würdest zu mir gehören, so gut gefallen, dass die Angst, du würdest mir nicht verzeihen, allmächtig wurde. Ich wollte es dir sagen, aber ich wusste nicht wie. Ich bin nicht besonders gut im Umgang mit Gefühlen.«

Sie streichelt mir über den Bauch. »Warum ist das so?«

Mir war klar, dass sie mir irgendwann diese Frage stellen würde. Ich lege den Kopf zurück an die Wand und starre an die Zimmerdecke.

»Unsere Mutter ist bei unserer Geburt gestorben.«

Emma hebt ihren Kopf und legt ihre Hand an meine Wange. »Du musst nicht darüber reden.«

»Ich möchte aber.« Ich küsse sie auf die Nasenspitze und fahre fort. »Obwohl ihr die Ärzte abgeraten haben, hat sie auf eine Hausgeburt bestanden. Sie hätte sonst das Ende ihrer Schwangerschaft im Krankenhaus verbringen müssen, weil der Weg dorthin viel zu weit gewesen wäre. Unser älterer Bruder Connor musste alles mitansehen. Er war damals zehn Jahre und ein absolutes Mamakind.«

»Ihr habt noch einen Bruder?«

»Ja, er wohnt auch hier in Dawson, aber wir haben keinen Kontakt. Aber Cathi verbringt viel Zeit mit ihm.«

»Warum du nicht?«

»Er macht mich für ihren Tod verantwortlich. Das ist natürlich totaler Blödsinn, aber er war selbst noch ein Kind.«

»Was ist passiert?«

»Cathi's Geburt verlief reibungslos, aber bei mir kam es zu Komplikationen. Wie gesagt, es ist ein weiter Weg ins Krankenhaus und sie wollte nicht, dass unser Vater sie dort hinbringt. Ich glaube sie wusste, dass sie es nicht mehr schaffen würde. Sie hat Dad angefleht, er solle das Baby retten. Er weigerte sich, aber als sie dann in seinen Armen verstarb …« Ich räuspere mich, weil es mir schwerfällt, darüber zu sprechen. Ich kenne die Geschichte selbst nur aus Erzählungen, weil Connor sie mir immer wieder vorgehalten hat. Diese Narben werden nie vollends verblassen. »... verblutet ist, hat er gehandelt. Unser Vater hat sich von Connor ein Messer bringen lassen und hat mich aus ihr herausgeschnitten. Vor den Augen eines zehnjährigen Jungen. Kannst du dir das vorstellen?«

Ich will es mir gar nicht vorstellen. Ich traue mich weder zu schlucken noch mich zu rühren.

»Mein Vater war danach nicht mehr derselbe. Er hat meine Mutter über alles geliebt und ihren Tod nie überwunden. Er flüchtete sich in den Alkohol und verkümmerte vor unseren Augen. Ich kannte ihn nicht anders, ich bin mit dem Schatten meines Vaters groß geworden, aber Connor kannte seine liebevolle Seite. Er musste schnell erwachsen werden und sich um uns kümmern. Nichts konnte meinen Vater überzeugen wieder am Leben teilzunehmen. Er ist an dem Tag mit unserer Mutter gestorben. Ich hatte immer nur Cathi.«

»Wo ist euer Vater jetzt?«

»Er ist abgehauen und wir haben ihn nie wiedergesehen. Keine Ahnung, ob er sich irgendwo ein neues Leben aufgebaut hat oder ob er überhaupt noch am Leben ist. Wir haben nie wieder etwas von ihm gehört.«

»Das ist schrecklich. Wie seid ihr damit zurechtgekommen?«

»Damit kann man nicht zurechtkommen, aber man lernt, damit zu leben. Cathi wollte studieren und ich konnte mir nicht vorstellen, ohne sie zu sein. Also habe ich sie nach British Columbia begleitet und sie unterstützt, wo ich nur konnte. Ich hatte ständig neue Jobs und es gab Wochen, da haben wir uns selten gesehen, weil ich von einem zum anderen hetzte. Ich habe mich in der Großstadt nie wohl gefühlt und konnte mit ihren Freunden aus dem Studium nichts anfangen. Ich bin nicht unbedingt der geselligste Typ.«

Ich spüre ihr Lachen an meiner Haut. Ich streichle ihre Arme entlang und beobachte, wie sich ihre kleinen Härchen aufstellen und sie sich unruhig neben mir bewegt.

»Was ist los?«, flüstere ich in ihr Haar.

Sie klettert rittlings auf meinen Schoß, küsst mich und erzeugt ein aufgeregtes Kribbeln in meinem Bauch. Es ist ein überwältigendes Gefühl, wenn einem klar wird, dass die eigene Seele ohne die des anderen nicht mehr existieren kann. So dicht wie möglich presse ich sie an mich und möchte an jeder Stelle mit ihr verbunden sein.

21

Wie Medizin breitet sich seine Energie in mir aus und erweckt mich zum Leben. Nichts ist mir in diesem Moment kostbarer als seine Nähe. Ich brauche ihn. Brauche ihn dringend. In mir explodiert ein Feuerwerk und von den Endorphinen, die durch meinen Körper rauschen, wird mir schwindelig. Er zieht mich dichter an sich und kein Blatt passt mehr zwischen uns. Doch dann unterbricht er unseren Kuss, hält mich an den Armen fest und drückt mich ein Stück von sich, um mich anzusehen.

»Bist du dir sicher?«

Schnell lege ich meinen Zeigefinger auf seine Lippen.

»Alles was mich im Augenblick interessiert bist du und alles was ich brauche bist du. Ich will dich spüren.«

Seine Augen flackern wild und alles an ihm strahlt aus, dass er es genauso braucht. Ich taste mich zum Saum seines T-Shirts und bereitwillig streckt er die Arme senkrecht in die Luft. Langsam ziehe ich es über seinen Kopf und werfe es achtlos hinter mich, dabei löse ich nicht eine Sekunde den Blick von seinen Augen. Er streicht mir mit dem Daumen über meine Unterlippe und öffnet meinen Mund, um mit seiner Zunge in mich einzutauchen.

Mein Herz schlägt viel zu schnell, als ich mich vor ihm ausziehe. Er betrachtet mich voller Ehrfurcht. Nervös senke ich meinen Blick. Sofort küsst er mich wieder und wir entledigen uns unserer Hosen, ohne unseren Kuss zu unterbrechen. Ich sitze auf seiner Härte und werfe meinen Kopf nach hinten, als ein heiseres Stöhnen meine Kehle verlässt. Ich reibe mich an seiner Länge und spüre die Feuchtigkeit zwischen meinen Schenkeln. Er küsst mein Schlüsselbein bis zu meinem Dekolleté hinunter. Mein Körper reagiert. Ich biege den Rücken durch und recke ihm meine Brüste lustvoll entgegen. Meine Nippel sind hart, als er erst den einen und dann den anderen mit seiner warmen, feuchten Zunge umspielt. Ich zerfließe unter seinen Berührungen und das verheißungsvolle Pochen in meinem Schritt verlangt nach immer mehr Druck. Rhythmisch wiege ich mich auf ihm und genieße die Reibung, die mich immer fester in seine Schultern greifen lässt.

»Erlöse mich endlich«, hauche ich.

In einer fließenden Bewegung dreht er uns um und liegt auf mir.

»So schön«, haucht er mir entgegen und Wellen der Lust lassen mich erbeben. Er erforscht mich sanft mit seinem Finger, streicht längs, durch meine Schamlippen und umkreist zärtlich meinen Eingang. Das Gefühl, als Matt seinen Finger in mich schiebt, ist so berauschend, dass ich in den Laken Halt suche und vor Lust laut aufstöhne. Sie gleiten in mich und wieder hinaus, dehnen mich und bereiten mich vor. Er lässt mich keine Sekunde aus den Augen. Ich weiß, er würde sofort stoppen, sollte mir irgendetwas unangenehm sein.

Er legt sich auf mich und ich genieße den leichten Druck der Dehnung, als er sich Stück für Stück in mich schiebt. Matt wirkt angespannt und es bilden sich kleine Fältchen um seine Augen. Er hält sich zurück, aber mit den Händen auf seinem Po, schiebe ich ihn weiter in mich. Mit leichten Stößen bahnt er sich den Weg in mein Innerstes, bis er mich komplett ausfüllt.

Er zieht sich aus mir zurück, um dann erneut tief in mich zu stoßen. Er verharrt kurz und wartet auf eine Reaktion von mir. Er soll sich nicht zurückhalten, sondern sein, wie er ist und unser Liebesspiel genauso genießen wie ich.

»Du fühlst dich unglaublich an«, wispert er und knabbert an meinem Ohrläppchen.

Wieder stößt er zu und durchbohrt mich. Ich wölbe meinen Rücken und gebe mich ihm hin. Er wird schneller und ich kralle mich in seine Schultern, um seinen Stößen standzuhalten. Sein Finger legt sich auf meinen Lustpunkt und reibt ihn im Takt seiner Bewegungen. Jeder Muskel seines Körpers ist angespannt und seine Atmung wird unregelmäßiger. Er greift in mein Haar und hält mich fest im Griff. Ein Prickeln breitet sich in meinen Körper aus und sammelt sich an der Stelle, die uns verbindet. Ich beiße ihm lustvoll in die Schulter, als mein Orgasmus über mich hereinbricht. Er stößt weiter in mich, wird gieriger, dann folgt er mir. Seine Gesichtszüge wirken dabei fast schmerzvoll. Dann schwinden seine Kräfte und er bettet seinen Kopf auf meiner Brust. Ich spüre sein hämmerndes Herz auf meinem Bauch und ich streichle ihn durch die verschwitzten Haare. Wir genießen beide den Moment und kommen zur Ruhe. Er legt sich neben mich, zieht mich an seine Brust und breitet die Decke über uns aus. Ich löse mich keine Sekunde von ihm und kuschle mich in seine Arme.

Die restliche Nacht blieb traumlos, aber immer noch steckt mir der Flashback in den Gliedern. Im Flur sind Schritte zu hören und kurz darauf eine melodische Stimme.

»Hallo, seid ihr wach?«

»Nein«, brummt Matt neben mir und presst sich näher an meinen Rücken.

»Aber du sprichst doch mit mir.«

»Nein, mach ich nicht.«

»Also ich kann sehr deutlich hören, wie du mit mir sprichst.«

»Cathi!« Matt's Tonfall wirkt mahnend.

»Schon gut. Ich geh ja schon.«

»Wir müssen aufstehen«, spreche ich ins Kissen und nehme mich selbst nicht ernst.

»Müssen wir nicht.«

»Emma?«, ruft es wieder durch die Tür. »Bist du wenigstens wach?«

»Ich mag deine Schwester.«

Matt schnauft und dreht sich auf den Rücken.

»Ja Cathi, ich komme gleich.«

Ich rolle mich aus dem Bett und nachdem ich mich im Bad frisch gemacht habe, gehe ich runter in die Küche.

»Was machst du da?«

»Ich schmiere uns ein paar Brote. Ich dachte, wir könnten heute ein bisschen am Fluss entlang spazieren.«

»Ja, das klingt toll.«

Ich schnappe mir eine Gurkenscheibe, aber als ich sie mir in den Mund stecken will, schießt Matt's Kopf herum und schnappt sie mir vor der Nase weg.

»Hey«, protestiere ich und bekomme ein unschuldiges Lächeln.

»Ich kann euch leider nicht begleiten Lady's. Ich muss etwas bei den Sullivan's reparieren.«

»Oh, dann schau gleich mal, wie es Bertha geht«, wirft Cathi ein.

»Wer ist Bertha?«

Beleidigt dreht sie sich um. »Die Kuh, die vor kurzem gekalbt hat.«

»Ach so, nein das mache ich nicht.«

Er schlingt von hinten seine Arme um mich und beißt mir spielerisch in den Hals, was mir ein heiseres Quietschen entlockt.

»Wieso nicht?«, protestiert seine Schwester.

»Weil ich schnell wieder zu Emma will.«

Cathi rollt mit den Augen und widmet sich wieder ihren Broten, während Matt's Hüften uns hin und her wiegen.

Wir schlendern den Klondike River entlang und begeben uns auf die Spuren der alten Goldgräber.

»Ich dachte, ein Spaziergang würde dir guttun«, durchbricht Cathi unser Schweigen.

»Ja, es ist wunderschön hier.«

Sie hält mich am Arm zurück und schaut mich direkt an. Ihre Mimik wirkt sorgenvoll.

»Was war das gestern? Ich hatte solche Angst. Egal, was ich versucht habe, ich habe dich nicht wach bekommen. Zum Glück war Matt da.«

Ich gehe weiter und suche nach einer Erklärung.

»Kannst du dich erinnern?«, fragt sie voller Sorge.

»Ich weiß es nicht.« Meine Augen brennen. »Ich habe Alpträume, von denen ich hoffe, dass sie nicht wahr sind«, beantworte ich ehrlich. »Aber wirklich erinnern kann ich mich nicht.«

»Vielleicht ist das im Moment wirklich besser. Lass zuerst deinen Körper heilen, bevor deine Seele an der Reihe ist.«

Wir laufen weiter das Kiesbett entlang. Über uns kreisen Raben und begleiten unseren Weg, vorbei an historischen Arbeitsgeräten aus Goldrauschzeiten und verfallenen Gebäuden.

Ein Stück weiter reihen sich frisch renovierte Häuser dicht an dicht. Nur eins sticht heraus und laut Schild im Vorgarten, ist es zu mieten. Es gefällt mir.

»Möchtest du in Dawson bleiben?«, unterbricht Cathi meine Gedanken.

»Ich weiß nicht. Vielleicht irgendwann. Ich vermisse die Stille unserer Hütte. Es ist unser Zuhause«, antworte ich schulterzuckend.

22

Seit meinem Alptraum sind zwei Wochen vergangen. Ich kann ihn nicht abschütteln, immer wieder drängt sich dieses Gefühl der Angst in den Vordergrund. In diesen Momenten spüre ich die Kälte in meinen Gliedern und rieche den muffigen Geruch abgestandener Luft. Matt lässt mich nicht aus den Augen und spürt meine Unruhe, merkt, wenn ich mich verschließe, und schafft es immer, mich aus dieser Lethargie zu befreien. Mit jedem Kuss sprengt er meine Ketten. Mit jeder Berührung ersetzt er die Kälte durch Wärme. Mit jeder Spur, die seine Hände meine Haut entlangfahren, vertreibt er die dunklen Gedanken. Gedanken, von denen ich nicht weiß, wie real sie sind.

Wir sind immer noch in Dawson City und ich sehe ihm an, wie gern er wieder in die Abgeschiedenheit seiner Hütte zurückkehren möchte. Er ist stiller als sonst und wir verbringen die meiste Zeit drinnen.

»Hörst du mir überhaupt zu?«

Ich schrecke hoch und sehe in die fragenden Augen von Cathi, die eine weitere Strähne um das heiße Eisen des Lockenstabs wickelt.

»Entschuldige, was hast du gesagt?«

Sie lässt den Stab sinken und streicht mir die Haare hinter die Schultern.

»Emma, wir müssen nicht zur Parade, wenn du nicht willst.«

»Doch. Ich war nur in Gedanken.«

»Es wird so toll«, schwärmt sie. »Ach, und du musst noch Mitglied im Sourtoe Cocktail Club werden.«

»Im Sourtoe was?«

»Lass dich überraschen.«

Sie zwinkert mir zu und macht mir damit nicht unbedingt Mut. Ich bin aufgeregt und der Gedanke an die vielen Menschen macht mich nervös. Cathi macht sich wieder an meinen Haaren zu schaffen, bis die letzte Strähne vom Lockenstab rollt und sie mich mit stolzem Blick mustert.

»Du siehst toll aus. Ich möchte noch deine Augen ein wenig betonen, nur einen dünnen Lidstrich und etwas Mascara. Der Fokus soll auf deinen schönen Lippen liegen.«

Der Blick in den Spiegel macht mich sprachlos. Meine Augen strahlen und werden von den roten Lippen und den schwarzen Wimpern betont. Meine Haare fallen lockig über die Schultern und vereinzelte Strähnen umspielen mein Gesicht.

»Du siehst so hübsch aus.«

Sie begutachtet mich wie ein Kunstwerk und scheint zufrieden mit ihrer Arbeit.

»Jetzt suchen wir dir nur etwas zum Anziehen und wir können los.«

Ihr Schlafzimmer ist in creme gestrichen und ein weißes Holzbett ist mit einem Baldachin aus feinster Seide überspannt. Gegenüber erstreckt sich ein Kleiderschrank mit Spiegeltüren über die gesamte Wand. Sie zeigt mit dem Finger meinen Körper hoch und runter.

»Los zieh das aus und schlüpfe hier rein.«

Zuerst schlüpfe ich in die hautfarbene Strumpfhose, ziehe dann ein cremefarbenes Kleid über und steige in die flachen, braunen Wildlederstiefel im Cowboystil. Ich trete einen Schritt in Richtung Spiegel, dabei bindet mir Cathi einen Gürtel, passend zu den Schuhen, um die Hüfte. Das Kleid sitzt lässig an meinem Körper, wirkt keinesfalls zu groß und reicht mir bis zu den Knien. Es hat kurze Ärmel und einen tiefen V-Ausschnitt, an dem ich augenblicklich zu zupfen beginne.

»Hey hör auf damit! Du siehst klasse aus und kannst das absolut tragen. Mit deinen welligen Haaren und diesem Outfit bist du genau das, was ich mir vorgestellt habe.«

»Was hast du dir denn vorgestellt?«, frage ich verunsichert.

»Du bist eine Bohemien Schönheit«, antwortet sie stolz. Für sich wählt sie eine ähnlich geschnittene, bunte Bluse und eine knappe Shorts, die mehr Po zeigt, als sie bedeckt.

»Wird das nicht zu kalt?«

Allein bei dem Gedanken daran, so vor die Tür zu gehen, bekomme ich Frostbeulen.

»Quatsch, ich bin die Yukon Königin, bis ich friere muss viel passieren. Wir haben Sommer.« Sie zwinkert mir zu und reicht mir eine Lederjacke.

Nachdem sie in ihre Stiefel gestiegen ist, überragt sie mich um eine Kopflänge und ich frage mich, wie sie in diesen Schuhen den Abend überstehen will. Sie greift nach ihrer Tasche und ich fasse sie am Arm, um mir ihrer Aufmerksamkeit sicher zu sein.

»Cathi«, überrascht schaut sie mich an. »Ich wollte mich noch bei dir bedanken. Für alles. Für das.« Ich zeige auf mich. »Die Klamotten. Dass du mir das Leben gerettet hast. Ich weiß nicht, was ich sagen kann. Ich -«

Sie verschränkt unsere Finger ineinander. »Hör auf, du willst doch jetzt nicht dein Make Up versauen. Du musst mir für nichts danken. Im Gegenteil, ich muss mich bei dir bedanken. Du machst meinen Bruder glücklich. Das sehe ich sofort. Weißt du wann er das letzte Mal bei der Parade war oder überhaupt unter Menschen? So und jetzt lass uns gehen und Spaß haben. Der Griesgram wartet bestimmt schon ungeduldig auf uns.«

Matt steht an der Tür, als wir die Treppe nach unten gehen. Er trägt eine zerschlissene Jeans, die in offenen Boots endet, und ein kariertes Hemd, das er bis zu den Ellenbogen hochgekrempelt hat. In dem Schatten seines Hutes sehe ich, wie seine Augen größer werden und voller Stolz zu mir hochschauen. Kaum habe ich die letzte Stufe erreicht, reißt er mich an sich und presst seine Lippen auf meine. Sofort greifen meine Hände in seinen Nacken und meine Beine werden weich, wie jedes Mal, wenn er mich berührt. Cathi zieht ihn an der Schulter von mir.

»Hey. Hey, hebt euch die Knutscherei für später auf. Matt, ich habe es oben deinem Mädchen schon gesagt und ich sage es jetzt dir. Wehe du versaust mein Kunstwerk!«

In seinem Gesicht spiegelt sich ein freches Grinsen. Mit den Fingern fahre ich den Rand meiner Lippen entlang, um die Spuren unseres Kusses zu entfernen.

»Cathi, ich kann dir nichts versprechen und du -«, mit seiner Hand hebt er mein Kinn näher zu sich, »siehst absolut bezaubernd aus. Ich habe nie etwas Schöneres gesehen.«

Er greift nach meiner Hand und streichelt sanft mit dem Daumen meinen Handrücken. »Und die hier, werde ich den ganzen Abend nicht ein einziges Mal loslassen oder ich werfe dich über die Schulter und gehe sofort mit dir nach oben, um zu erkunden, was du da noch drunter trägst.«

Mit dem Zeigefinger fährt er meinen Ausschnitt entlang und hebt den Stoff leicht an, was mein Herz sofort einen Schlag aussetzen lässt. Cathi gefällt die Idee überhaupt nicht.

»Jetzt ist es aber genug. Vergiss es, wir haben heute Spaß. Was ihr nachher treibt ist mir völlig egal. Lasst uns gehen und einen Abstecher im Sourdough Saloon machen. Emma muss noch ihre Mutprobe bestehen, um im Club aufgenommen zu werden.«

»Das ist nicht dein Ernst, Cathi.« Den Blick dem Matt ihr zuwirft, bestärkt mich nicht, durch diese Tür zu treten.

»Und wie das mein Ernst ist. Das ist Gesetz.« Sie zwinkert mir zu und ich verstehe kein Wort und auch Matt verstehe ich nicht, als er mir in einer verschmitzten Tonlage zuflüstert.

»Tut mir leid Kleines, aber so will es der Brauch«, spielerisch kneift er mir in den Po. Ein dreckiges und wohl wissendes Lachen legt sich über seine Mundwinkel.

23

Zu Fuß machen wir uns auf den Weg und ich klammere mich nervös an Matt. Ich bin beunruhigt, weil ich nicht weiß, was diese Menschenansammlung in mir auslösen wird. Seitdem ich ohne Erinnerung aufgewacht bin, hatte ich nur Kontakt mit ihm und Cathi. Wir biegen ab und stehen von jetzt auf gleich in einer feiernden Menschenmenge. Viele liegen sich fröhlich in den Armen, andere singen lautstark und einige stehen am Rand und beobachten das ganze Schauspiel aus der Ferne. Innere Unruhe erfasst mich. Ich mache mich klein und suche Schutz hinter Matt's breiten Schultern. Es ist die

Masse an Eindrücken, die auf mich niederhagelt und mich schier überfordert. Seine Hand schließt sich fester um meine und ich fühle mich weniger verloren. Matt wird mich nicht loslassen, das hat er versprochen.

Das Jubeln der Menschen weckt meine Neugier und ich stelle mich auf die Zehenspitzen, um einen Blick über die Köpfe des Publikums zu erhaschen. Bunt geschmückte Trucks bahnen sich ihren Weg durch die Feiernden. Auf ihnen tanzen Frauen in traditionellen Kostümen, die im schnellen Takt der Musik ihre langen Beine in die Luft heben.

Sie tragen weiß-rote Röcke und enganliegende Korsagen. Ihre Handschuhe reichen ihnen bis über die Ellenbogen und die Federn ihrer Haarreifen wedeln im Takt ihrer Bewegungen. Cathi ist schon in Partylaune und trinkt etwas abseits von uns die ersten Kurzen.

Matt's Lippen berühren sacht mein Ohr, als er flüstert: »Wenn du lieber gehen willst, dann sag nur ein Wort oder gib mir ein Zeichen und ich bringe dich sofort weg von hier.«

Alles in mir schreit ja, aber ich möchte Cathi nicht enttäuschen. Sie hat sich so auf diesen Abend gefreut und ich bin ihr so dankbar für alles, dass ich beschließe zu bleiben. Zumindest bis ich diese Mutprobe hinter mich gebracht habe, denn das scheint ihr viel zu bedeuten. Unsere Gesichter sind sich so nah, dass sich unsere Wangen hauchzart berühren. Dicht an ihn gedrängt, antworte ich genauso leise: »Nein alles gut. Ich muss doch noch meine Mutprobe bestehen, aber dann Mister Thompson,« mit dem Finger fahre ich den Kragen seines Hemdes entlang. »werde ich mich um Sie kümmern.«

Die Vorfreude ist ihm an der Nasenspitze anzusehen. Er blinzelt nicht einmal, als er unsere ineinander verschlungenen Hände an seinen Mund führt und hauchzart seine Lippen auf meine Haut presst. In Schlangenlinien schieben wir uns durch die Menschen. Immer wieder halte ich den Atem an, wenn jemand gegen mich stolpert oder mich berührt. Souverän versucht Matt, mich abzuschirmen, aber seine schwitzenden Handflächen verraten mir, dass auch er sich unwohl fühlt. Die Massen lichten sich und wir stehen vor einem großen holzverkleideten Gebäude mit rotem Anstrich und weißen Fensterrahmen. Über dem Eingang steht in Großbuchstaben DOWNTOWN HOTEL geschrieben.

Cathi's Gesicht ziert ein spitzbübisches Grinsen, was mich erahnen lässt, dass wir direkt vor dem berüchtigten Saloon stehen. Die Tür schwingt hinter uns einige Male auf und zu und dann befinde ich mich mitten im Wilden Westen. Die Wände sind bis auf Fensterhöhe mit dunkelbraunen Holzpaneelen und einer Tapete mit großem rotem Muster verziert.

Mit gesenktem Kopf zieht mich Matt hinter sich her und wir folgen Cathi, die hüpfend Richtung Bar verschwunden ist. Sind wir vorher in der Menge untergegangen, spüre ich jetzt jeden einzelnen Blick, der uns zielgerichtet trifft. Es scheint, als wären wir jedem Gast aufgefallen und als gilt jegliches Interesse dieser Menschen nur uns. Es ist unheimlich, denn es sind keine angenehmen freundlichen Blicke, sondern eher abschätzig und drohend.

»Keine Angst, sie gucken nicht dich an, sondern mich«, flüstert Matt mir ins Ohr.

»Wieso?«

»Das ist eine lange Geschichte.«

Die Antwort befriedigt nicht annähernd meine Neugier, aber ich belasse es vorerst dabei und beschließe, das Thema später wieder aufzugreifen. Ein Schild an der Bar erweckt mein Interesse.

»You can drink it fast, you can drink it slow, but your lips must touch the toe.«

Verwundert richte das Wort an Matt: »Was soll das bedeuten?«

Eine Antwort bleibt er mir schuldig, weil uns Cathi bereits trällernd entgegen tänzelt.

»Ich habe Getränke geholt.«

Mein Mund ist staubtrocken. Durstig greife ich nach dem blaugrünen Cocktail in ihrer Hand.

»Na, na, na, der ist nicht für dich«, ermahnt sie mich.

»Nein?«

»Das ist für dich. Taadaa. Deine Mutprobe um im Club aufgenommen zu werden.«

Sie reicht mir das Glas und ich lasse es vor Schreck fast fallen.

»Das ist doch nicht dein Ernst!«

Etwas ekliges Dunkles schwimmt in der braunen Flüssigkeit. Matt eilt mir zur Hilfe.

»Du musst das nicht tun, aber es gehört irgendwie dazu. Gehört in diesen Ort.«

»Was ist das denn überhaupt?«, will ich wissen.

»In erster Linie ist das guter Yukon Whiskey.«

»Okay, aber was ist das?«

Angewidert zeige ich auf das seltsame Etwas im Glas und scheine Matt damit zu belustigen.

»Ach das. Das ist ein mumifizierter menschlicher Zeh«, sagt er so nebenbei, als wäre es das Normalste der Welt und nicht absolut ekelerregend.

»Erzähl doch keinen Quatsch. Du verarschst mich doch.«

»Nein, tut er nicht«, bringt sich Cathi ein. »Der Legende nach haben die Brüder Liken während des

Alkoholverbots anfangs des letzten Jahrhunderts Rum mit Hundeschlitten nach Alaska geschmuggelt. Die Winter waren kalt und Frostbeulen keine Seltenheit. So verlor einer der Beiden seinen Zeh und der andere amputierte ihn mit der Holzaxt. Zack, ab.«

»Das erklärt aber noch nicht, warum dieser Zeh jetzt lustig im Whisky schwimmt.«

»Diesen Zeh legten sie in Alkohol ein und bewahrten ihn in ihrer Kabine auf. In den Siebzigern wurde dieser Zeh von Captain Dick Stevenson gefunden und er war es auch, der diese Mutprobe ins Leben gerufen hat. Er hatte dann auch die Idee zum Sourtoe Cocktail Club. Frag mich nicht warum. Trends entstehen einfach«, sagt sie zuckersüß und zuckt dabei mit den Schultern.

Mich schüttelt es bei dem Gedanken daran das Zeug zu trinken. »Und das ist jetzt der Zeh von einem der Brüder oder was? Das ist so abartig.«

Cathi wirft lachend den Kopf in den Nacken.

»Nein, mittlerweile wurde der Zeh schon mehrfach ersetzt. Viele wurden freiwillig und einige auch unfreiwillig verschluckt. Deshalb versuche das zu vermeiden, es steht mittlerweile unter Strafe und kostet eine Stange Geld.«

»Aber von wem ist dann dieser Zeh bitte?«

»Teilweise werden sie gespendet. Also los, denk nicht so lange darüber nach, bring es hinter dich und trink die Brühe. Aber denk dran, der Zeh muss deine Lippen berühren, sonst war alles umsonst.«

Meine Kehle schnürt sich eng zusammen. Ich schwenke die Flüssigkeit in meinem Glas und dieser Zeh dreht sich lustig mit dem Strudel. Erschrocken schaue ich mich im Saloon um, als Cathi mich anfeuert und gefühlt jeder Anwesende mit einstimmt.

»Trink! Trink! Trink!«, dröhnt es mir aus allen Richtungen entgegen. Selbst Matt lässt sich mitreißen. Also trinke ich. Ich setzte das Glas an meinem Mund und dieses schwarze Etwas kommt mir schon gefährlich nahe. Wie Feuer brennt sich der Whiskey meine Kehle hinunter und der Zeh berührt meine Lippe. Ich muss würgen, husten, alles auf einmal. Aber lautes Klatschen und anerkennende Pfiffe, lassen mich Haltung bewahren. Der Alkohol treibt mir Tränen in die Augen, aber ich hüpfe voller Stolz auf und ab. Als Cathi mir den fruchtigen Cocktail entgegenhält, trinke ich ihn halbleer ohne abzusetzen. Matt stoppt mich und nimmt mir das Glas aus der Hand.

»Vorsicht Kleines, nicht das du gleich betrunken bist. Ich hole dir lieber ein Glas Wasser, aber erst einmal Willkommen im Club.«

Seine Hände legen sich auf meine Wangen und ziehen mich in seine Richtung, um mich zu küssen.

Meine Zunge fühlt sich taub an, aber ich schmecke den fruchtigen Cocktail auf seiner. Mir wird etwas schwindelig, ob von Matt oder vom Alkohol, kann ich nicht genau sagen. Zögerlich löst er sich von mir und mustert mich prüfend.

»Geht es dir gut? Möchtest du lieber nach Hause?«

»Nichts da!«, mischt sich Cathi ein. »Jetzt gehen wir tanzen!«

Als wir den Saloon verlassen, ist die Sonne untergegangen. Die Stimmung hat sich verändert und die Leute wirken alkoholisierter. Sie grölen, drängeln und schubsen sich durch die Passanten.

»Bleib dicht bei mir.«

Matt greift wieder meine Hand und wir kämpfen uns zusammen durch. Ich bin nervös, fühle mich beobachtet und habe das Gefühl jeder beäugt mich von oben bis unten. Endlich erreichen wir den Minto Park. Rund um den Platz stehen Stände für Getränke und Speisen, Souvenirs für die Touristen und Handwerk. Die Leute amüsieren sich, trinken, lachen und viele tummeln sich eng aufeinander. In der Mitte wurde eine Art Tanzfläche aufgebaut. Von Baum zu Baum sind kreuz und quer Lichterketten gespannt, die eine romantische Atmosphäre schaffen.

»Oh, da hinten ist Jordan. Kann ich euch kurz allein lassen?«

Es war keine wirkliche Frage, denn ohne eine Antwort abzuwarten, dreht Cathi sich um und schwingt ihre sexy Hüften Richtung Bierstand. Ich erkenne ihn, als den Mann, der letztens vor Cathi's Tür stand. Ein unangenehmes Kribbeln steigt meine Wirbelsäule empor und verankert sich in meinem Nacken.

»Wer ist Jordan?«

»Cathi's besonderer Freund.« Matt wackelt untermalend mit den Augenbrauen. »Aber ehrlich gesagt, ich halte nichts von dem Kerl. Wenn du mich fragst, hat er nicht alle beisammen.«

»Wieso?«

»Als Kind war er dieser typische Einzelgänger. Alle hatten Angst vor ihm. Man erzählte sich, er würde in seiner Freizeit Tiere ausnehmen, oder anderen kranken Scheiß. Ich weiß nicht, ob da etwas dran ist, aber es gab viele eigenartige Situationen. Er war ein wütendes Kind, hat sich ständig geprügelt und die Mädchen betatscht. Stell dir vor, sein Vater ist Psychiater. Das sagt doch einiges.«

»Und wie ist er jetzt? Machst du dir gar keine Sorgen, um deine Schwester?«

»Doch, aber Cathi ist erwachsen und lässt sich nichts von mir sagen. Er muss wohl eine Granate im Bett sein, anders kann ich mir das nicht erklären.«

»Matt.« Ich boxe ihm in die Seite. Gespielt schmerzerfüllt drückt er seine Hand auf die Rippen und sackt in sich zusammen. »Um das wieder gut zu machen, musst du mit mir tanzen.«

»Ich weiß nicht, ob ich das kann«, entgegne ich verunsichert und streiche mir eine verirrte Strähne hinters Ohr. Aber da dirigiert mich Matt schon hinter sich her, direkt auf die Tanzfläche. Ich kenne das Lied nicht, aber es ist eine Ballade und die Pärchen um uns tanzen eng umschlungen. Er führt mich und legt seine Hände auf meinen Po, während ich meine um seinen Hals schlinge. Wir bewegen uns langsam im Takt der Musik. Seine Finger, die dabei immer mal etwas tiefer rutschen, hinterlassen ein verlockendes Prickeln. Er küsst mich auf den Scheitel und ich hebe meinen Kopf, um ihm tief in die Augen zu sehen. Er sieht glücklich aus und hat dieses gewisse Leuchten. Er beugt sich etwas zu mir runter und legt seine Stirn an meine.

»Emma, du fühlst dich so gut in meinen Armen an. Wir sollten uns auf den Heimweg machen. Denn ich habe vor dich heute nach Strich und Faden zu verwöhnen.«

Seine gehauchten Worte setzen meinen Körper unter Strom. Sein Blick verdunkelt sich und spricht eine eigene Sprache. Ich hole Luft, um etwas zu erwidern, aber die Antwort bleibt mir im Halse stecken, als rot lackierte Nägel Matt's Augen bedecken. Alles, was ich sehe, ist eine große, schlanke Frau mit platinblonden Haaren und auffallendem Make-up. Keinesfalls natürlich, aber die pure Sünde. Erschrocken wendet sich Matt der Unbekannten zu und wie in Zeitlupe realisiere ich den fehlenden Halt. Verzweifelt greife ich nach ihm und bekomme doch nur Luft zu fassen. Die Erkenntnis trifft mich wie ein Schlag. Er hat mich losgelassen. Keiner sieht die Panik, die in mir aufsteigt. Tanzende Paare stoßen mich an, schubsen mich von rechts nach links und drängen mich immer weiter an den Rand der Tanzfläche. Vorhin waren es nur wenige. In seinen Armen befand ich mich in einer eigenen kleinen Welt, unserem kleinen Kosmos. Aber jetzt bricht alles über mich herein.

Mir wird schwindlig und in schnellen, kurzen Atemzügen versuche ich meine Lungen mit Sauerstoff zu versorgen. Aber es funktioniert nicht. Ich kann mich nicht beruhigen. Meine Beine drohen unter mir nachzugeben. Wie erstarrt stehe ich hier und spüre die nahende Panikattacke. Die vielen Menschen, die eingeschränkte Bewegungsfreiheit. Körper, die mich unentwegt berühren. Ich muss sofort hier weg und brauche mehr Platz für mich. Ich drehe mich um und quetsche mich durch die Leute. Wie ein Fisch auf dem Trockenen japse ich immer wieder nach Luft, als würde sie mir jemand abdrücken, dringt nichts von ihr durch meine Kehle. Mein Magen rebelliert und ich taumle hinter einen der Stände. Mit einer Hand stütze ich mich an der Wand ab, als bittere Galle sich in meiner Speiseröhre nach oben kämpft. Mein Körper krümmt sich immer und immer wieder, bis nichts mehr in mir ist. Als stünde ich in einem dichten Nebel, höre ich die Stimmen, die sich mir nähern, nur dumpf.

»Schau mal die Süße, die ist doch schon hinüber. Vielleicht sollten wir sie nach Hause bringen.« Sein Kumpel lacht dreckig. »Oder wir gehen mit ihr ein Stück spazieren, sie braucht bestimmt ein bisschen Bewegung.«

Neue Panik nährt die alte. Alles in mir schreit nach Flucht. Ich renne in die entgegengesetzte Richtung und stoße prompt mit jemandem zusammen. Flüssigkeit schwappt aus seinem Becher und läuft mir in den Ausschnitt. Ein alkoholgeschwängerter Atem schlägt mir entgegen und entfacht neue Übelkeit.

»Entschuldigung. Alles in Ordnung, Miss?«

Eine Hand berührt mich an der Schulter. Ich krampfe und trau mich nicht, den Kopf zu heben. Ich habe keine Kontrolle über meine Beine, drehe mich um und renne. Nur weg vom Festplatz, egal wohin. Mein Verstand ist ausgeschaltet. Mein

Fluchtinstinkt lässt keinen Gedanken daran zu, wohin mich die Straße führt. Immer wieder stoße ich gegen Leute, höre nur ein »Hey warte!« Aber lasse mich nicht aufhalten. Ich hetze in den Wald und schlage Bögen zwischen den Bäumen. Mit den Händen vor meinem Gesicht versuche ich die Zweige, die mir entgegenschlagen abzuwehren. Ich höre Schritte, knackende Äste, jemand verfolgt mich. Ich renne schneller. Immer tiefer in den Wald und durch dichtes Geäst. Hastig schaue ich über die Schulter und es trifft mich die Erkenntnis, dass ich meinen Verfolger nicht abhängen konnte. Ich höre seine Rufe, aber das Adrenalin pocht so laut in meinen Ohren, dass ich die Worte nicht verstehe. Mit letzter Kraft beschleunige ich, aber jeder Schritt versinkt tiefer im Boden. Meine Muskeln werden weich und meine Lungen brennen. Meine Sicht verdunkelt sich und die Äste peitschen mir ungebremst ins Gesicht.

Zu spät bemerke ich die Erhebung einer riesigen Wurzel, an der mein Fuß hängen bleibt. Ich komme ins Straucheln, schaffe es nicht, mein Gleichgewicht wieder zu erlangen und schlage, mit dem Kopf zuerst, auf dem Waldboden auf.

24

Ich stoße sie von mir: »Was soll das!«, speie ich Sally entgegen und ihre gespielte Unschuld kenne ich nur allzu gut.

»Was hast du denn Matti? Ich dachte, du bist genau deshalb in der Stadt. Wir können wieder ein bisschen Spaß haben.«

Sie zwinkert mir zu und ich schwöre, ihre dick getuschten Wimpern kleben einen Augenblick zusammen. Sie kaut auf ihrer Unterlippe und tastet mit ihren spitzen Nägeln die Knopfleiste meines Hemdes entlang. Ich packe ihr Handgelenk und drücke es kraftvoll und unmissverständlich nach unten. Hastig suche ich mein näheres Umfeld nach meinem Mädchen ab, aber entdecke sie nicht.

»Ich bin mit meiner Freundin hier, falls du Augen im Kopf hast. Es hätte dir auffallen müssen, dass ich nicht allein bin«, knurre ich ungehalten.

»Deine Freundin? Dieses dürre Ding? Da stehst du doch gar nicht drauf und seit wann hat der einsame, geheimnisvolle Matthew Thompson, denn bitte eine Freundin? Und wo ist sie denn jetzt abgeblieben? Deine. Angebliche. Freundin?«, fragt sie schnippisch.

Keine Lust, auch nur ein Wort mit dieser Kuh zu wechseln, drehe ich mich in die Richtung, wo wir eben getanzt haben. Aber da ist sie nicht mehr. Ich lasse Sally stehen und verlasse eilig die Tanzfläche. Mehrmals umrunde ich den Schauplatz, aber es gibt keine Spur von ihr. Ich werde schneller, fast schon panisch und kalter Schweiß überzieht meine Haut. Sie kann doch nicht spurlos verschwunden sein. Ich laufe die Stände ab und gehe quer durch die Leute. Der Vorteil daran, dass die Menschen mich für einen Einsiedler und Mörder halten ist, dass sie mir alle Ausweichen und ich ungehindert durch die Massen hetzen kann. Sie ist wie vom Erdboden verschluckt, als hätte sie sich in Luft aufgelöst.

Ihr muss etwas passiert sein. Am Rand des Festplatzes entdecke ich meine Schwester, die sich angeregt mit Jordan unterhält. Er sieht sie an, als würde er sie gleich verspeisen wollen.

»Cathi! Cathi!«, rufe ich ihr entgegen.

Abrupt unterbricht sie die Unterhaltung und Jordan tritt seine Zigarette auf dem Boden aus. Sein Blick trieft vor Abneigung.

»Matt, was ist denn los?«

Ich komme vor ihr zum Stehen und stütze nach Atem ringend meine Hände auf die Schenkel.

»Hast du sie gesehen? Sag mir, dass du weißt, wo sie ist.«

»Nein habe ich nicht. Wie konnte das passieren? Wo habt ihr euch verloren?« Jetzt bebt auch ihre Stimme vor Aufregung. Die ganze Situation und die Sorge um Emma überfordern mich und ich kann nicht klar denken. Ich gerate ins Stottern und habe Schwierigkeiten, die richtigen Worte aneinanderzureihen.

»Wir haben … getanzt und … plötzlich … war da Sally und hält mir die Augen zu und als ich mich umdrehe … ist sie weg, einfach verschwunden. Ich schwöre, wenn ihr etwas zugestoßen ist. Ich -«

Meine Hände sind so fest zur Faust geballt, dass meine Nägel tiefe Abdrücke in meiner Handfläche hinterlassen.

»Bleib ruhig, sie kann nicht weit sein, vermutlich sucht sie dich auch.«

Eine Frau, die unsere Unterhaltung mithört, mischt sich ein.

»Ihr sucht ein Mädchen? Vielleicht kann ich helfen. Ich habe ein Mädchen gesehen. Sie wirkte ziemlich aufgelöst. Hat wohl zu tief in Glas geschaut.«

»Wirklich? Wo? Wir suchen unsere Freundin, sie ist nicht von hier und kennt sich nicht aus. Sie hat dunkelbraune Haare, ist recht klein und sehr zierlich, trägt eine braune Jacke über ein lockeres weißes Kleid.«

Dankbar, dass Cathi das Reden übernimmt, inhaliere ich jedes Wort dieser Frau.

»Ja, so ein Mädchen habe ich vorhin auf der anderen Seite gesehen. Ihr scheint es nicht gut gegangen zu sein, hat sich neben dem Bierstand erbrochen. Einige Jungs fanden sie ganz niedlich und wollten sie ansprechen, aber da ist sie losgerannt.«

»Wohin? In welche Richtung ist sie gerannt?«, frage ich eine Spur zu aggressiv.

»Die Straße Richtung Wald hinunter.«

»Danke.«, bekomme ich noch über die Lippen, dann sprinte ich los. Cathi versucht mit mir Schritt zu halten, aber schnell fällt sie zurück.

Wenn sie in den Wald gerannt ist, verläuft sie sich. Sie zu finden kann Tage dauern. Das Adrenalin jagt durch meine Muskeln. Warum habe ich sie bloß losgelassen! Wenn ihr etwas zugestoßen ist, werde ich mir das nie verzeihen. Ich habe es ihr versprochen. Meine einzige Aufgabe war, sie nicht loszulassen, und ich habe versagt.

25

Panisch sprinte ich zur Tür und drücke die Klinke nach unten. Nichts passiert. Ich rüttle heftig an ihr, mit aller Kraft, aber nichts bewegt sich. Kalter Schweiß bricht aus all meinen Poren. Hektisch blicke ich mich im Zimmer um. Ich muss mich beeilen, um einen Weg nach draußen zu finden. Ich muss hier raus, bevor er zurückkommt. Das Fenster. Meine einzige Chance ist das Fenster. Mit aller Kraft zerre und drücke ich, aber es lässt sich nicht einen Millimeter bewegen. Mein Herz hämmert mir bis in den Kopf und mein Puls rauscht in meinen Ohren. Mein Körper ist in absoluter Alarmbereit-

schaft. Nicht auszudenken, was er mir antun wird, wenn er mich jetzt erwischt. Er hat an alles gedacht, hat mein Gefängnis abgeriegelt. Ich muss die Scheibe zerschlagen und ich muss es schnell tun. Mir bleibt keine Zeit.

Ich greife mir den Stuhl am Esstisch und renne mit den Stuhlbeinen voran ins Fenster. Es scheppert laut und das Glas zerspringt in tausend Teile, aber die Zierleisten aus Holz sitzen bombenfest im Rahmen. Die Toilettenspülung wird betätigt und ich höre ihn schreien. Er ruft mich drohend. Nur wenige Augenblicke und er ist hier und die Chance zur Flucht wird sich vermutlich nie wieder auftun.

Ich muss es versuchen, habe keine andere Wahl und zwänge mich durch das schmale Rechteck. Dass er mich die letzten Monate regelrecht ausgehungert hat, kommt mir nun zu Gute. Ich quetsche meinen hageren Körper durch den begrenzten Spalt. Die Reste der Scheibe, die unten im Rahmen stecken, schneiden mir den Bauch auf.

Meine Hände berühren den Boden, meine Fingernägel bohren sich ins Holz und ich zieh mich die letzten Zentimeter nach draußen. Mir wird schwindlig, mein Kreislauf ist überfordert und ich brauche einen Moment, um mich zu sammeln. Ich taste meinen Bauch ab und meine Finger ertasten eine warme Flüssigkeit. Rot. Blut. Es durchtränkt mein

Nachthemd und läuft mir am Bein hinunter. Ich kann ihn sehen, höre ihn fluchen und dann renne ich. Renne, ohne mich umzudrehen und ohne zu wissen wohin, immer tiefer in den Wald hinein. Wenn ich dort sterbe, ist es okay, aber nicht bei ihm, nicht in diesem verdammten Haus. Ich will frei sein, wenn ich diese Welt verlasse, er soll mich nicht über meinen Tod hinaus besitzen.

Spitze Äste und herausstehende Wurzeln schneiden mir meine nackten Füße auf. Kein Schmerz drängt sich in mein Bewusstsein, das Adrenalin in meinen Adern lässt mich nichts spüren, nur funktionieren. Ich weiß nicht, wie weit ich mich von meinem Martyrium entfernt habe, aber ich brauche Luft. Eine Pause. Ich verstecke mich hinter einen breiten Stamm und bin still. So still wie mein Körper es zulässt, mit dem unbändigen Verlangen meiner Lunge nach Sauerstoff. Mein Atem steigt als kleine helle Wolken in die Luft. Ich lasse mich am Baum nach unten gleiten und gönne mir eine kurze Verschnaufpause. Meine Glieder sind starr und vollkommen angespannt. Ich konzentriere mich nur auf die Geräusche in meiner Umgebung. Still, zu still. Kein Wind weht, keine Blätter rascheln, keine Schritte sind zu hören. Ich ziehe die Knie fest an meinen Körper und lege meine Arme und meinen Kopf auf ihnen ab.

Meine Atmung beruhigt sich etwas und ich versuche, meine Kräfte zu sammeln. Ich kann hier nicht bleiben. Ich muss weiter. Ich ziehe mich am Stamm nach oben und laufe, ob tiefer in den Wald oder in Richtung Zivilisation, weiß ich nicht. Es sieht alles gleich aus und ich versuche, in Bewegung zu bleiben, um meinen Körper nicht auszukühlen und um mehr Abstand zwischen mir und ihm zu bringen.

Eine Hand klatscht mir schmerzhaft ins Gesicht und reißt mich aus meinem Flashback. Meine Pupillen rollen hin und her, suchen einen Fixpunkt, auf den ich meine Konzentration lenken kann. Sie bleiben an einem mir vertrauten Augenpaar hängen. Nein, es wirkt vertraut und doch wieder nicht.

»Hey beruhige dich Mädchen! Du hast mich fast auf die Straße gestoßen, als du an mir vorbei gestürmt bist. Du bist gerannt, als wäre der Teufel hinter dir her. Bist du auf der Flucht? Ich habe dir noch hinterhergerufen, aber du bist stur weiter in Richtung Wald gerannt und glaub mir, das ist keine gute Idee. Wenn man sich hier nicht auskennt, ist es fast unmöglich wieder raus zu finden. Deshalb bin ich dir hinterher.«

Seine Stimme wirkt gleichermaßen beängstigend, wie beruhigend auf mich.

»Okay.«

Mehr Worte finde ich im Moment nicht. Nur verschwommen holen mich die Erinnerungen dieses Abends ein.

»Kannst du mich zurückbringen? Ich bin mit jemanden hier und der macht sich bestimmt Sorgen und wird mich suchen.«

»Dafür bin ich hier. Kannst du aufstehen?«

Mühsam versuche ich, auf die Beine zu kommen, aber mein Knöchel schmerzt beim Auftreten. Ich verliere den Halt und finde mich in seinen Armen wieder. Er fängt mich auf und stützt mich, als meine Finger sich fest in seinen Pullover krallen und ich mich kraftlos an seinen Körper presse.

»Nicht so stürmisch«, versucht er die Situation aufzulockern. »Bei mir läuft nichts vor dem dritten Date.«

Verlegen versuche ich in den Stand zukommen.

»War nur Spaß. Leg deinen Arm um meine Schultern«, fordert er mich auf.

Die ganze Situation verunsichert mich, aber ich bin auf seine Hilfe angewiesen. Ich muss zurück zu Matt, deshalb mache ich, was er sagt. Im selben Moment greift sein Arm unter meine Beine und ich hänge in der Luft.

»Zum Glück wiegst du nichts«, witzelt er, aber ich kann darüber nicht Lachen.

Er redet die ganze Zeit, aber ich höre nicht hin. Meine Gedanken kreisen um die Ereignisse dieses Abends und um meinen Flashback, der mir tief in den Knochen steckt. Die neuen Erkenntnisse legen mich in Ketten. Ich bin geflohen und der, der mir das angetan hat, ist immer noch da.

Der Wald lichtet sich und ich erkenne Matt, der wie ein Irrer auf uns zu rennt. Vor mir spielt sich alles wie in einem Film ab. Ich höre ihn schreien, dass er mich sofort runterlassen soll. Ich spüre wieder Boden unter meinen Füßen, aber falle direkt auf die Knie. Im ersten Moment glaube ich, Matt steuert auf mich zu, aber seine Faust landet direkt im Gesicht meines Retters und sein Blut spritzt mir entgegen. Der Mann liegt auf dem Boden. Matt ragt über ihm auf und seine Fäuste schlagen immer wieder zu. Sein Gesicht verzerrt sich im Blaulicht der Streifenwagen, aber auch die Rufe des Beamten halten ihn nicht auf. Er ist wie im Blutrausch und lässt sich nicht bändigen. Ein weiterer Mann in Uniform kommt hinzu und zu zweit schaffen sie es, Matt von dem Mann zu lösen und auf den Rasen zudrücken. Seine Hände werden auf seinem Rücken verschränkt und Handschellen klicken.

»Süße.« Cathi Stimme reißt mich aus meiner Trance. Ich sehe Matt nach, wie er abgeführt und in den Streifenwagen verfrachtet wird.

»Was machen sie mit ihm? Wo bringen sie ihn hin?«

Entsetzt und mit der Situation überfordert, suche ich die Antwort in den Augen meiner Freundin. Aber ihr Blick wirkt leer und angespannt.

»Hey, es wird alles gut. Viel wichtiger ist doch wie es dir geht?«

»Ich bin okay. Denke ich.«

Dabei taste ich mich auf Verletzung ab, aber das Blut stammt nicht von mir.

Zwanzig Minuten später ist die Prellung an meinem Fuß bandagiert und mein Arm liegt auf Cathi's Schultern. Sie stützt mich auf dem Weg zu ihrem Haus. Keiner von uns beiden verliert ein Wort. Wir nehmen nicht einmal die Menschen wahr, die weiterhin lustig auf den Straßen tanzen. Auch Cathi scheint die Situation um Matt zu bedrücken.

Sie bringt mich ins Gästezimmer und drückt mir einen Kuss auf die Stirn. »Ich bin gleich wieder da. Ich muss nur ein paar Telefonate führen. Willst du, dass ich Dr. Temblay anrufe?«

»Nein«, antworte ich, ohne sie anzusehen. »Wo ist Matt?«

»Das versuche ich jetzt herauszufinden.«

Sie geht und ich bleibe allein zurück. Meine Lider werden schwer, aber ich habe Angst einzuschlafen. Angst vor neuen Erinnerungen, die auf mich einströmen könnten, jetzt wo die Tür einmal geöffnet ist. Ich möchte gar nicht mehr erfahren, was mir passiert ist. Ich will nicht zurück an diesen schrecklichen Ort. Aber ich kann dieses beklemmende Gefühl der Hilflosigkeit nicht ignorieren. Ich weiß nicht, wer mir das angetan hat, aber er, er weiß, wer ich bin.

Ich muss es Matt erzählen, aber ich möchte ihn nicht in Gefahr bringen und ihm nicht die Verantwortung meiner Sicherheit übertragen. Er ist schon ausgeflippt, als mir jemand zurück aus dem Wald geholfen hat. Warum hat er so reagiert und den Mann niedergeschlagen?

Die Sehnsucht nach ihm frisst mich auf. Ich rutsche ans Kopfende meines Bettes und richte meinen Blick aus dem Fenster. Starre nach draußen und blende alles um mich herum aus. Die restliche Nacht bewege ich mich nicht und starre immer noch vor mich her, als die ersten Sonnenstrahlen des Tages das Zimmer fluten. Alles wirkt friedlich, aber in mir tobt ein Sturm, der kein Ventil findet. Ich bewege mich keinen Millimeter und vergesse sogar, zu blinzeln. Ich weiß nicht wie lang Cathi schon bei mir im Zimmer ist und vergeblich versucht, die Verbindung zwischen mir und dem Fenster zu kappen. Ich habe nicht geschlafen, aber ich war auch nicht wach. Ohne Matt habe ich Angst vor der Nacht und der Dunkelheit hinter meinen geschlossenen Lidern.

Ihre Lippen bewegen sich, aber ihre Worte dringen nicht zu mir durch.

Es wird hell, als Dr. Temblay mir mit einer Lampe in die Augen leuchtet. Kaltes Metall legt sich auf Brust und Rücken und meine Temperatur wird gemessen.

Liebevoll fahren Cathi's zarten Finger mein Gesicht entlang und streichen mir die Haare hinter die Schultern. Sie zieht mir Stiefel und Kleid aus. Ein nasser Lappen wischt über mein Gesicht, dann die Arme rauf und runter. Die Spuren der letzten Nacht werden von meinem Körper gewaschen. Zumindest äußerlich. Die Narben auf meiner Seele werden bleiben. Mein Körper ist anwesend, aber mein Geist ist es nicht.

Etwas Weiches, Kuscheliges streift meine Haut. Erst hebt sie meinen Arm an und steckt ihn in den Ärmel, dann schiebt sie meinen Oberkörper nach vorne und schwingt den Bademantel um meine Schultern. Nachdem der zweite Arm im Frottee steckt, rafft sie vorn alles zusammen und fixiert ihr Werk mit einem eher notdürftigen Knoten. Spucke, vermischt mit Zahnpasta, tropft auf das Handtuch, welches wie ein Lätzchen um meinen Hals liegt. Das Wasser zum Spülen nehme ich nicht entgegen, so dass ihr nichts anderes übrig bleibt, als die Reste mit dem Handtuch zu entfernen.

Mit meiner Hand in ihrer bleibt sie neben mir sitzen und beobachtet mich. Irgendwann gibt sie auf und verabschiedet sich mit einem Kuss auf meine Stirn. Dann bin ich wieder allein und beobachte durch die Scheibe, wie die Äste, sich im Wind wiegen.

26

Mit den Gedanken bei Emma sitze ich auf der Pritsche und habe jegliches Zeitgefühl verloren. Die Zelle ist im hinteren Bereich des Police Office. Es ist vielmehr ein fensterloser Raum mit einer Wand aus Gitterstäben und einem Klo ohne Deckel. Wie ein Schwerverbrecher hat der Sheriff mich eintreten lassen, hinter mir die Türen verriegelt und mir erst dann die Handschellen abgenommen. Er hatte noch nie viel für mich übrig und ich wette, er holt sich gerade einen runter auf diese Genugtuung.

Die Wände scheinen immer näherzukommen und der Raum wird kleiner. Nervös wippe ich mit dem

Fuß auf und ab und versuche, Ruhe zu bewahren. Aber die Erinnerungen an meine Untersuchungshaft schlagen ein wie Blitze. Ich brauche das Gefühl von Freiheit und den Wind um meine Nase, deshalb habe ich mich für ein Leben in der Wildnis entschieden. Zum x-ten Mal zähle ich die Löcher im Betonboden. Es sind einhundertzwanzig. Ich komme immer auf dasselbe Ergebnis. Würde ich mich nicht mit diesem Scheiß ablenken, würde ich völlig den Verstand verlieren. Es ist nicht nur die Platzangst, die mir zu schaffen macht und mir die Luft abdrückt, sondern mehr die Sorge um Emma. Ich habe gesehen, wie sie völlig erschöpft in sich zusammenbrach und dann meinen Bruder. Die schlimmsten Bilder spielten sich in meinem Hirn ab. Ich bin auf ihn los und wollte ihm die Scheiße aus dem Leib prügeln. Jetzt weiß ich es besser, sie hat mich gebraucht und nichts hätte mich davon abbringen dürfen, mich um sie zu kümmern. Der zweite Fehler an einem Abend.

»Matthew Thompson.« Ein rauer Ton dringt durch die Gitterstäbe. »Du kannst gehen.«

Der Schlüssel dreht sich laut im Schloss. Schnell stehe ich auf und will durch die Tür, aber da stoppt er mich.

»Ich behalte dich im Auge, Thompson. Dein Bruder will keine Anzeige erstatten, das ist dein

Glück. Der Nächste an den du gerätst ist vielleicht nicht so gnädig. Haben wir uns verstanden?«

Wütend wie ein Stier schnaube ich durch meine Nase.

»Ob wir uns verstanden haben?«, fragt der Sheriff erneut, aber dieses Mal energischer.

»Verstanden«, zwinge ich mich zu einer Antwort. Dann lässt er mich durchtreten.

»Ich schaue später nach dem Mädchen.«

Ich reagiere nicht mehr auf ihn. Ich muss zu ihr.

Ich atme tief durch, bevor ich an Cathi's Tür klopfe. Der Sheriff hat es durchgezogen und mich für vierundzwanzig Stunden in die Ausnüchterungszelle gesteckt. Dabei hatte ich kaum etwas getrunken. Es war die Hölle, die Erinnerungen kamen wieder hoch und fesselten mich auf die Pritsche. Aber die Gedanken an mein Mädchen und die Ungewissheit, ob es ihr gut geht, waren das Schlimmste.

Die Tür wird aufgerissen und vor mir steht eine aufgelöste Cathi. Die Sorge ist ihr ins Gesicht geschrieben und sie scheint selbst nicht in den Schlaf gefunden zu haben. Darauf lassen zumindest die Schatten unter ihren Augen und ihre graue Haut schließen.

»Matt!« Cathi zuckt merklich zusammen und legt sich die Hand auf ihr Herz »Du hast mich erschreckt.«

»Das wollte ich nicht. Tut mir leid.«

»Wo kommst du jetzt her? Ich wollte mich eben auf den Weg machen, um dich abzuholen. Geht es dir gut?«

»Ich wollte laufen und meinen Kopf frei kriegen, bevor ich Emma gegenübertrete. Wo ist sie?«

Mit Schwung und schon einem Bein auf der Stufe stoppt mich Cathi. »Matt, warte!«

Ich halte inne und drehe mich sorgenvoll in ihre Richtung.

»Lass uns bitte kurz reden. Nur einen Moment.« Sie wirkt beunruhigt.

»Was ist mit ihr? Geht es ihr gut?«

»Sie ist nicht ansprechbar und steht unter Schock. Dr. Tembley war schon hier und hat eindringlich auf mich eingeredet, sie einem Psychiater vorzustellen. Sie starrt nur Löcher in die Luft. Ihr Zustand ist wirklich beängstigend. Der Sheriff war heute Nachmittag hier, wollte nach ihr sehen und sie befragen. Aber ich habe ihm die Situation erklärt und dass sie sich körperlich wieder einigermaßen erholt hat, sie sich aber immer noch nicht erinnern kann. Aber das wusste er ja bereits. Er wollte sich kurz selbst davon überzeugen, aber sie hat auch nicht auf ihn reagiert. Eigentlich reagiert sie auf nichts.«

Jede Minute, die ich länger hier rumstehe, versetzt mir einen Stich ins Herz. »Ich muss jetzt zu ihr Cathi.«

»Ich denke sie braucht Hilfe.«

»Sie bekommt von mir alles was sie braucht«, erwidere ich aufbrausend.

»Das meine ich nicht. Du solltest sie hierlassen. Sie benötigt psychologische Betreuung. Jemand muss mit ihr aufarbeiten, was ihr passiert ist. Und sie sollte auch nicht irgendwo alleine bleiben. Du hast einen Job, du wirst dringend gebraucht, die Leute rechnen mit dir!«

»Cathi! Lass sie das bitte entscheiden. Ich unterstütze sie bei allem was sie möchte, aber ich entscheide nichts über ihren Kopf hinweg und jetzt lass mich bitte zu ihr.« Meine Stimme bricht fast bei diesen Worten. Es zieht mich wie ein Magnet die Treppe hinauf.

»Geh bitte vorher duschen und zieh dir etwas anderes an. Auf deinen Klamotten klebt Blut. Das sollte nicht das Erste sein, was sie sieht.«

Ich schaue an mir herab, auf meine verschmutzte Kleidung und stimme ihr zu. Ich will die Situation keinesfalls verschlimmern. »Das mache ich.« Auf dem Weg nach oben, drehe ich mich doch noch einmal zu Cathi um.

»Wie geht es Connor?«

»Was hast du dir nur dabei gedacht ihn niederzuschlagen!«, sagt Cathi in mahnenden Ton. »Ihm geht es soweit gut. Er hat ein blaues Auge und eine geprellte Rippe. Aber was ist nur in dich gefahren? Du weißt, dass dich solche Aktionen bei den Leuten nur noch unbeliebter machen. Ich habe ihn gebeten keine Anzeige zu erstatten.«

»Ich habe rotgesehen. Die Leute hier interessieren mich kein Stück. Sollen sie doch denken, was sie wollen. Er soll seine dreckigen Wichsgriffel von meinem Mädchen lassen. Er hat mir schon einmal die Frau genommen. Ein zweites Mal lasse ich es nicht zu!«

Meine Hände ballen sich fest zu Fäusten und Cathi presst wütend die Luft durch ihre Nase.

»Aber denkst du dabei auch an Emma? Wenn du sie in deinem Leben willst und für mich sieht es absolut danach aus, musst du ihr einen guten Start ermöglichen. Was denkst du, was die Leute reden werden, wenn sie an deiner Seite ist. Reiß dich einfach ein bisschen zusammen. Das ist doch wirklich nicht zu viel verlangt.« Sie wirkt kraftlos und resigniert. »Wir reden später darüber. Geh jetzt zu ihr.«

Ich nehme zwei Stufen auf einmal, reiße mir im Bad die Klamotten vom Leib und stelle das Wasser in der Dusche auf eiskalt. Ich muss mich sammeln und meine Gedanken sortieren. Ich weiß, Cathi hat recht. Sie ist hier in der Stadt unter ärztlicher Betreuung besser aufgehoben als bei mir, aber ich kann sie nicht hierlassen. Sie gehört zu mir. Ich stütze mich mit beiden Händen an die Fliesen und lasse das Wasser über meinen Kopf und Rücken hinunterfließen. Was mache ich jetzt? Cathi klopft an der Tür und reißt mich aus meinen Gedanken.

»Frische Sachen liegen vor der Tür.«, ruft sie durch die Tür.

»Danke«

Ich habe Kleidung bei ihr deponiert, falls ich mich spontan entschließe, eine Nacht zu bleiben. Manchmal wird es zu spät oder das Wetter schlägt um, dann bleibe ich widerwillig in der Stadt. Ich drehe das Wasser ab und hinterlasse nasse Fußtapsen auf dem Boden. Ich angle mir meine Klamotten durch den Türspalt und ziehe sie mir schnell über. Eine Jeans und ein T-Shirt reichen. Mein Herz wummert heftig gegen meine Brust, als ich ohne anzuklopfen, die Tür zu ihrem Zimmer öffne. In ihrem rosa Bademantel, der ihren Körper nur halb bedeckt, sitzt sie wie ein Häufchen Elend auf dem Bett. Sie starrt aus dem Fenster und sieht aus, als hätte sie die ganze Nacht kein Auge zugetan. Es macht mich fertig sie so zu sehen. Zögerlich gehe ich auf sie zu und setzte mich zu ihr auf die Bettkante. Keine Reaktion. Sie nimmt keine Notiz von mir und scheint, meine Anwesenheit nicht zu bemerken. Mit einer Hand packe ich sie im Nacken und presse meine Lippen fest auf ihre. Sie keucht und ihre Augen weiten sich. Sie wird weich unter meinen Berührungen, als sie realisiert, dass ich es bin. Sie ist wieder bei mir und ihre Hände begeben sich automatisch auf die Suche nach mir. Eine legt sie mir auf die Wange und streichelt mit ihrem Daumen über meinen Bart. Ihre Nähe drängt die Sorgen, die mich innerlich zerfressen haben, in den Hintergrund. Alles, was zählt, ist sie.

»Matt?« Ihre Stimme bricht. »Du bist wieder hier.«

»Es tut mir leid. Ich verspreche, ich lass dich nie wieder allein.«

Sie richtet sich auf, klettert auf meinen Schoß und legt ihre Arme um meinen Hals. Ich halte still, als sich ihre Lippen nähern und erst, als ihre Zunge um Einlass bittet, öffne ich meinen Mund für sie. Mit jeder Berührung unserer Zungenspitzen wird sie weicher in meinen Händen. Ich löse mich von ihr und betrachte sie genauer.

»Was ist passiert?«

Sie atmet tief ein. »Ich weiß es nicht. Ich hatte eine Panikattacke und habe es dort nicht mehr ausgehalten. Die Menschen und der Lärm, alles brach über mich herein. Der restliche Abend sind nur verschwommene Erinnerungen. Ich weiß nur noch, dass ich in den Wald gerannt und gestürzt bin, dann hat mich jemand gefunden.«

»Connor«, knurre ich.

»Connor? Dein Bruder?«

»Ja und ich mag den Gedanken nicht, dass er in deiner Nähe war und jetzt muss ich ihm auch noch dankbar sein.«

»Matt, bringst du mich nach Hause?«

»Alles was du willst.«

Sie löst die Kordel ihres Bademantels und ich verfolge jede ihrer Bewegungen. Mit der flachen Hand streiche ich ihren Bauch hinauf und schiebe das Frottee von ihren Schultern. Ich sauge an ihrem Hals und dränge sie zurück in die Kissen. Als müsste ich sie mir genau einprägen, verteile ich hauchzarte Küsse auf jeder Stelle ihrer Haut.

In dieser Nacht lieben wir uns.

27

Ich bin kurz orientierungslos, als ich in unserem Bett aufwache. Wir sind wieder zu Hause. Meine Augen sind mir zugefallen, nachdem wir die Stadtgrenze passiert haben. Ab diesem Zeitpunkt weiß ich nichts mehr. Draußen ist es dunkel, aber etwas flackert und erhellt die Nacht in warmem Licht. Matt liegt nicht neben mir und ohne ihn kann ich nicht mehr einschlafen. Durch das Fenster sehe ich ihn am Feuer sitzen. Er sieht traurig aus, mit den angezogenen Beinen und dem Kopf auf den Knien.

Ich nehme mir die Decke und lege sie mir beim Gehen über die Schultern.

Verunsichert trete ich zu ihm ans Feuer.

»Hey.« Erst jetzt nimmt er mich wahr. »Warum bist du nicht im Bett?«

»Komm zu mir Emma.«

Er streckt die Hand nach mir aus und führt mich zwischen seine Beine. Ich lehne meinen Kopf an seine Brust und er schließt mich in seine Arme. Pete schaut kurz auf, sondiert die Lage und rollt sich schmatzend vor dem Feuer zusammen.

»Du hast so fest geschlafen, ich wollte dich nicht wecken. Du bist nicht einmal wach geworden, als ich dich hoch ins Bett getragen habe. Ich wollte mich zu dir legen, aber ich denke die ganze Zeit darüber nach, wie ich ... Ich habe dir noch nicht die ganze Wahrheit gesagt.«

Ich drehe den Kopf in seine Richtung. Es trennen uns nur wenige Zentimeter, aber er schaut mich nicht an. Sein Blick ist starr auf das Feuer gerichtet und der Funkenflug der Flammen spiegelt sich in seiner Iris wider. Aber irgendetwas ist anders. Da ist etwas, was ich vorher nicht bei ihm gesehen habe. Angst. Die Last seiner Vergangenheit wiegt schwer auf seinen Schultern. Ich gebe ihm die Zeit, die er braucht, um sich zu sammeln und fortzufahren.

»Als wir in British Columbia lebten, habe ich bei einem meiner Barjobs eine Frau kennengelernt. Sie war so anders, als alle anderen und ich verliebte mich sofort in sie. Durch sie habe ich alles mit anderen Augen gesehen und die Zeit wurde für mich erträglicher. Aber Cathi's Studium näherte sich dem Ende und eine Entscheidung musste getroffen werden. Bleiben wir dort oder fahren wir nach Hause? Nur eins war klar. Cathi und ich würden zusammenbleiben. Ich heiratete diese Frau überstürzt und wir kamen zurück nach Dawson City. Ihre Eltern waren gegen unsere Ehe, aber sie hielt zu mir. Ich war nicht der Mann, den sie sich als Schwiegersohn gewünscht haben. Kein Geld, keinen Job, keine Perspektiven und dann entriss ich ihnen auch noch ihre einzige Tochter. Ich konnte verstehen, warum sie mit ihr brachen und sie vor eine Entscheidung stellten. Ich wusste, dass es uns irgendwann wieder einholen würde. Celine fand hier Arbeit im Friseursalon der Miller's und brachte frischen Wind in den Ort. Jeder mochte sie und ihre aufgeschlossene, fröhliche Art. Auf die Leute hier wirkte sie regelrecht exotisch und sie versprühte den Charme der großen weiten Welt. Du musst wissen, die meisten in Dawson City haben es noch nie über die Stadtgrenze hinaus geschafft. Cathi erfüllte sich ihren Traum von ihrer eigenen Tierarztpraxis und ich unterstützte beide, wo ich nur konnte. Ich verdiente mein Geld, indem ich handwerkliche Aufgaben auf den Farmen übernahm und ich war sehr erfolgreich bei der Suche nach Gold. Als könnte ich es riechen, grub ich immer an den richtigen Stellen. Diese beiden Frauen waren alles für mich. Aber Celine, die anfangs Feuer und Flamme für diesen Ort war, fing schnell an sich zu langweilen. Irgendwann hat man eben alles gesehen, was einem hier geboten wird. Und so ging es ihr wie mir in der Großstadt, nur haben wir die Rollen getauscht. Jetzt war ich der, der vor Glück strotzte und Celine die, die darunter litt. Sie trieb sich auf der Suche nach Spaß und Abwechslung in den Kneipen rum, während ich immer öfter hier draußen war, um dieses Haus für uns zu bauen. Es war keine Ehe mehr. Wir verbrachten nur noch wenig Zeit miteinander und gingen uns meistens aus dem Weg. Mir war klar, dass sie mich betrog. In so einem kleinen Ort bleibt nichts geheim. Ich spürte die bemitleidenden Blicke der Frauen, genauso wie die siegessicheren der Männer. Mich drängte es immer mehr hieraus, fernab der Stadt. Aber sie war für Haus und Familie irgendwo im Nirgendwo nicht geschaffen und ich wusste schon immer, dass ich viel von ihr verlangte. Ich dachte oder vielmehr hoffte ich, es wäre nur eine Phase und wenn sie wieder zur Vernunft kommt, wird es wieder so, wie wir es uns gewünscht haben. Zu diesem Zeitpunkt hätte ich noch alles für sie getan und auch alles verziehen, obwohl sie mich so sehr verletzt hat. Hier draußen fand ich meine Zuflucht und genoss die Abgeschiedenheit. Vor allem die wissenden Blicke der Menschen in der Stadt brannten sich in mein Bewusstsein. Ich weiß nicht, mit wie vielen Männern sie im Bett war. Mit all dem hätte ich noch umgehen können, hätte ich gespürt, dass sie mich liebt. Aber es gab keine warmen Worte oder Zärtlichkeiten in irgendeiner Form. Wir sahen uns ja auch kaum noch. Irgendwann habe ich sie darauf angesprochen. Sie schrie mich an und hat mir vorgeworfen, ich würde sie im Bett einfach nur noch langweilen. Sie war so eiskalt und ich erkannte die Frau nicht wieder, in die ich mich einst verliebte. Die Frau die ich liebte, war sensibel und feinfühlig und hatte nichts Raues oder Anrüchiges an sich. Im Nachhinein denke ich, sie hat sich hier verloren und wollte sich einfach wieder spüren. Connor hat Cathi irgendwann erzählt, er hätte eine Frau kennengelernt und würde mit ihr die Stadt verlassen. Als ich Celine dabei erwischte, wie sie heimlich ihren Koffer packte, konnte ich eins und eins zusammenzählen und stellte sie erneut zur Rede.«

Er legt seinen Kopf auf meiner Schulter ab. »Der Yukon hatte sie verändert. Sie war verbittert und aggressiv. Sie schrie wie eine Furie und spuckte mir ihre Worte ins Gesicht, wie sehr sie das alles hier hasst und dass sie jemanden gefunden hat, der sie versteht und ihr all ihre Träume erfüllen will. Mir sind die Sicherungen durchgebrannt und ich habe sie von mir gestoßen. Dabei ist sie gestürzt und hat sich den Kopf an der Tischkante gestoßen. Es tat mir so leid und ich entschuldigte mich mehrfach bei ihr. Sie hat mir einfach so wehgetan, dass ich für einen kurzen Moment die Kontrolle verloren habe. Sie nannte mich Schlappschwanz, zog ihren Koffer hinter sich her und ging durch die Tür. Das waren ihre letzten Worte an mich. Danach habe ich sie nie wieder gesehen.«

»Matt das ist schrecklich, aber auch dafür kannst du nichts. Ihr habt euch jung kennengelernt und in verschiedene Richtungen entwickelt.«

»Ich bin sicher nicht unschuldig. Ich habe sie in die Einöde entführt und ihr nicht die Aufmerksamkeit geschenkt, die sie verdient hätte. Ich habe einen freiheitsliebenden Vogel die Flügel gekappt und in einen viel zu kleinen Käfig gesteckt. Sie war frei und dennoch eingesperrt. Ich möchte dir nicht das gleiche zumuten. So einen Verlauf ertrage ich kein zweites Mal.«

Alles in mir schreit, dass es bei uns anders ist, aber kann ich mir sicher sein? Tief in meinem Herzen fühle ich es, aber …

»Die Geschichte ist noch nicht zu Ende. Verträgst du noch mehr?« Ich schlucke hart und wische meine feuchten Handflächen an der Decke ab. Ich fürchte mich ein wenig vor dem, was jetzt folgt, aber ich nicke.

»An dem Abend hatte sie auf halber Strecke Richtung Dawson eine Autopanne. Einer ihrer Reifen hat Luft verloren. Am nächsten Tag, wurde es verlassen und ohne eine Spur von ihr aufgefunden. Mein Bruder kam her und hat mich angeschrien, wo sie wäre. Aber ich wusste es doch auch nicht. Aber Connor entdeckte Blut an der Tischkante. Mir ist es vorher nicht aufgefallen, aber es musste von dem Sturz herrühren. Wir sind aufeinander los und haben all unsere Wut aneinander ausgelassen. Am Ende mussten wir beide ordentlich einstecken. Er hat sie geliebt. Er hat sie geliebt, wie ich sie schon sehr lange nicht mehr lieben konnte.«

»Wo ist Celine jetzt?«

»Ich habe keine Ahnung. Sie wurde lange Zeit gesucht, aber sie blieb verschwunden. Ein Verbrechen wurde nicht ausgeschlossen und jeder ist davon ausgegangen, dass sie irgendwo im Wald verscharrt liegt. Connor und ich galten als tatverdächtig. Während ich nicht eine Sekunde geglaubt habe, er könnte etwas damit zu tun haben, hat Connor mich ohne zu zögern für ihr Verschwinden verantwortlich gemacht. Erst habe ich seine Mutter umgebracht und dann auch noch seine große Liebe. Wir waren mehrere Wochen in Untersuchungshaft, aber sie konnten uns nichts nachweisen. Ihr Fall wurde nie aufgeklärt, aber ich habe die Hoffnung bis heute nicht aufgegeben, dass sie einfach nur untergetaucht ist. Es wurde vermutet, dass sie in die Stadt trampen wollte und dann an den Falschen geraten ist. An irgendjemanden auf der Durchreise. Aber für Connor und für die Leute in der Stadt, gibt es nur einen Schuldigen und das bin ich.«

Er wirkt völlig hilflos. Ich lege seine Arme fester um mich und will ihm die Sicherheit geben, dass ich ihn nicht verlasse.

»Bist du deshalb auf Connor losgegangen?«

Er zieht tief die Luft ein. »Er ist dein verdammter Retter. Er hat dich aus dem Wald geführt, aber ich hätte es sein müssen. Ich konnte schon Celine nicht beschützen und ich konnte dich nicht beschützen. Ich hätte dich an diesem Abend niemals loslassen, dich nicht einen Moment aus den Augen lassen dürfen. Aber zum Glück haben wir ja den tollen Connor«, sagt er sarkastisch. »Er ist immer da, wenn ich es nicht auf die Reihe kriege. Als ich gesehen habe, wie er dich auf den Armen trägt, bin ich durchgedreht. Ich will dich nicht an ihn verlieren. Denn das ist meine größte Angst, dich wieder zu verlieren.«

Seine Brust hebt und senkt sich schwer in meinem Rücken. Ich drehe mich zu ihm, nehme seinen Kopf zwischen meine Hände und zwinge ihn, mich anzusehen.

»Das ist nicht fair! Aber ich glaube dir Matt! Ich weiß du wärst zu so etwas nicht fähig. Dein Herz ist rein und voller Gefühl, auch wenn man es erst aus der Dunkelheit hervorlocken muss. Es tut mir so leid, was du durchmachen musstest.«

»Es ist nichts im Vergleich zu dem, was dir widerfahren ist.«

Ich zucke merklich zusammen, die nächsten Worte wollen mir kaum über die Lippen. »Das wissen wir nicht.«

Obwohl ich mehr weiß, als ich Matt erzählt habe. Jetzt geht es um ihn. Ich kann ihm nicht, von meinem Flashback erzählen. Seine Sorgenfalten hinterlassen schon jetzt tiefe Furchen auf seiner Stirn. Er will stark sein und ist doch so sensibel. Ich liebe diese neue Seite an ihm nur noch mehr. Den Beschützer und den Helden, genau wie den einsamen Jungen und den gebrochenen Mann. All das ist Matt und hat ihn zu dem gemacht, der er heute ist.

»Mach die Augen zu«, bittet er mich und ich schließe sie. Er sucht etwas in seiner Hosentasche und legt mir seinen Fund in die Hand.

»Jetzt kannst du sie wieder öffnen.«

In meiner Hand liegt ein Kettchen mit einem goldenen Herz.

»Es ist aus dem Gold, das wir gefunden haben. Ich wollte uns eine Erinnerung schaffen. Es ist der Tag, an dem mir ohne Zweifel klar wurde, dass ich mich in dich verliebt habe.«

»Oh Matt, es ist wunderschön.«

Er küsst die Träne weg, die sich vor Rührung aus meinem Augenwinkel gelöst hat. »Legst du sie mir um?«

Er führt die Kette um meinen Hals und schließt den kleinen Verschluss. Wir schauen uns an. Das Holz in meinem Rücken knistert und die Flammen schlagen nicht mehr so hoch, wie zu Beginn unserer Unterhaltung.

»Ich liebe dich, Matt.«

Ich habe nicht bemerkt, wie verspannt seine Schultern waren. Erst jetzt, als die Last von ihnen abfällt, erkenne ich, wie sehr er auf diese Worte gehofft hat. Seine Hand fährt in mein Haar und dirigiert meinen Kopf nah an sein Gesicht.

»Ich liebe dich auch, Emma Thompson.«

Er zwinkert und ich schmunzle an seinen Lippen, bevor sein Geschmack mich ganz und gar einnimmt. Als ich die Augen öffne, schweift mein Blick zu den Bäumen, die dicht an dicht unheimliche Schatten im Mondlicht werfen. Dazwischen ein Glimmen. Und ein weiteres Mal. Ein kleines oranges Pünktchen, dort hinten im Wald. Ein kalter Schauer überzieht mich und hinterlässt eine Gänsehaut.

Matt reibt über meine Arme, um mehr Wärme zu erzeugen.

»Ist dir kalt? Wir können auch ins Haus gehen.«

Ich schüttle nur mit dem Kopf und kneife meine Augen zusammen, in der Hoffnung, wenn ich sie wieder öffne, habe ich es mir nur eingebildet. Aber es ist da. Ich fühle mich beobachtet, traue aber meiner eigenen Wahrnehmung nicht. Ich will nicht, dass Matt denkt, ich werde verrückt, deshalb sage ich nichts.

»Mir ist doch ein bisschen kalt. Lass uns reingehen.«

28

Die Sonne kämpft sich ihren Weg durch die dichte Wolkendecke. Wir liegen genauso verknotet wie wir eingeschlafen sind.

Diese drei heiligen Worte hallen in meinem Kopf nach. Liebe beschreibt nicht annähernd, was ich für diese Frau empfinde. Ich habe in meinem Leben geliebt, das dachte ich zumindest. Aber meine Gefühle für Emma sind stärker. Ich gehöre ihr. Mein Körper, meine Seele, sie kann alles von mir haben. Sie schläft tief und fest und ein süßes Schnarchen erfüllt den Raum. Vorsichtig schiebe ich sie von mir und sie murmelt etwas vor sich hin. Ich streiche ihr die Haare von den Schultern und küsse die kleine Mulde an ihrem Hals. Zart streichle ich über ihre Brüste und werde wieder hart. Sie ist wie die stärkste Droge, einmal probiert, und ich komme nicht mehr von ihr los. Ich will mich an ihrem Duft berauschen, brauche die Wärme ihres Körpers und die süßen Klänge der Lust aus ihrem Mund. Sie räkelt sich verschlafen unter meinen Berührungen.

»Matt, ich schlafe noch«, nörgelt sie, aber es klingt nicht nach Protest. Vielmehr schwingt ein klägliches Flehen in diesen Worten. Sie dreht sich lasziv auf den Bauch und streckt mir ihren kleinen Hintern entgegen. Meine Finger fahren sacht ihre Wirbelsäule nach unten. Sie lächelt und ihre Atmung stockt. Sie genießt die Liebkosungen und fordert mich auf, sie zu erkunden. Sie stöhnt und vergräbt ihren Kopf im Kissen, als mein Finger in sie gleitet. Das Schmatzen ihrer Nässe lässt mich hart werden. Ich verteile ihre Feuchtigkeit auf meiner Erektion und finde sofort den Weg ins Paradies. Sie ist so eng, so perfekt und ich schiebe mich quälend langsam von hinten in sie.

»Oh Matt, was machst du mit mir?«, keucht sie in die Kissen.

»Ich kann nicht anders. Du machst mich wahnsinnig. Finde dich damit ab, dass ich nie wieder damit aufhören werde.«

»Ich will nicht das du aufhörst. Niemals!«

Von draußen ist das kurze Aufheulen einer Sirene zu hören und ich vergrabe frustriert meinen Kopf in ihrem Haar. »Ich kann diesen Typen nicht ausstehen.«

Unter Qualen entziehe ich mich ihrer Wärme und steige in meine Jeans. Emma kuschelt sich in die Decke.

»Ich denke, er ist wegen dir hier«, versuche ich sie davon abzuhalten wieder einzuschlafen.

»Schon gut. Ich stehe auf.«

Ich öffne die Tür, als Cambell aus dem Streifenwagen steigt. Hinter mir höre ich Emma mit nackten Füßen über das Holz tapsen. Ich drehe mich zu ihr und mein Herz setzt einen Schlag aus. Sie hat sich ein luftiges Kleid übergezogen und sieht so sexy aus, dass ihr mein Schwanz in der Hose fröhlich zuwinkt. Sie stellt sich neben mich und hält meine Hand. Wie eine Nadel einen Ballon zum Platzen bringt, reißt mich die Stimme des Sheriffs aus der rosa Wolke.

»Guten Morgen Matthew. Miss.«

Seine Finger liegen bei der Begrüßung an seiner Hutkrempe. Ich drücke ihre Hand fester und sie legt ihre Freie beruhigend auf meinen Oberarm. Es war kein freundliches *Guten Morgen*, eher abwertend und von oben herab. Er beäugt uns argwöhnisch. Sein Blick gleitet zu mir und weiter zu unseren ineinander verschlungenen Händen.

»Sheriff? Wie können wir Ihnen helfen?«

»Ich wollte mich überzeugen, dass es der unbekannten Miss gut geht.«

Sein Blick wandert prüfend über ihren Körper. Wenn er sie weiter mustert, kann ich für nichts garantieren.

»Sie haben ja für eine Menge Aufregung gesorgt«, richtet er das Wort an Emma und tritt einen Schritt auf uns zu. Schützend schiebe ich sie ein Stück hinter mich.

»Danke, mir geht es gut«, antwortet sie knapp.

»Sheriff, wie Sie sehen, ist alles in Ordnung und wir wollten eben frühstücken, wenn also weiter nichts ist.« Ich lasse die Worte wie eine Frage zwischen uns stehen.

»Das sehe ich«, faucht Cambell. »Allerdings halte ich es für keine gute Idee, wenn die Miss bei dir bleibt.«

»Ach ja, aber das interessiert mich nicht.« Mein Körper spannt sich an.

»Mich schon, denn ich habe das Gefühl. Wir haben hier ein Muster. Dein Bruder kommt der Frau aus dem Wald zur Hilfe, die augenscheinlich zu dir gehört und du schlägst ihn nieder. Das hatten wir doch alles schon einmal. Erinnerst du dich? Nur leider ist die Frau von damals, heute vermutlich nicht mehr unter uns.«

Seine Augen nehmen ein triumphierendes Leuchten an. »Wissen sie denn, bei wem Sie da untergekommen sind Miss? Dass Matthew des Mordes an seiner eigenen Frau verdächtigt ist?«

Mir wird eiskalt und jegliche Gesichtsfarbe entweicht mir. Wie kann er es wagen?

»Sheriff, Sie stehen hier vor meinem Haus und bei allem Respekt -«

Emma unterbricht mich. »Ich fühle mich sehr wohl und sicher hier. Vielen Dank, dass Sie sich, um mich Sorgen, aber wir kommen zurecht.« *Schachmatt.*

Damit scheint er sich vorerst geschlagen zu geben.

»Ich werde wieder nach Ihnen sehen Miss. Schönen Tag noch.«

Mit einem Nicken und einen letzten prüfenden Blick zu mir geht er zurück zu seinem Wagen.

29

»Gavin, muss das heute sein? Ich -« Seine Stirn legt sich in Falten. Frustriert setzt er sich auf den Küchenstuhl und stützt seinen Kopf in die Handfläche. Nachdem Sheriff Cambell sich verabschiedet hat, klingelte Matt's Telefon. Ich setzte mich ihm gegenüber und beiße in mein Marmeladenbrot. Etwas von dem süßen Aufstrich fällt mir dabei ins Dekolletee.

Er stottert: »Okay, ich komme, aber ich habe vorher noch etwas zu erledigen.«

Sofort nimmt er das Telefon vom Ohr, ohne sich von seinem Gesprächspartner zu verabschieden, und wirft es achtlos auf den Tisch. Er erhebt sich und ragt groß vor mir auf.

»Du kleines ungeschicktes Mädchen. Du hast dich ganz schmutzig gemacht.«

»Ach ja Mr. Thompson? Das ist mir gar nicht aufgefallen«, erwidere ich gespielt unwissend. »Was machen wir denn jetzt?«

»Hmm, ich gehe davon aus, du möchtest, dass ich das in Ordnung bringe.«

Meine Antwort wird in einem leidenschaftlichen Kuss erstickt. Er packt fest unter meinen Po und hebt mich an, ohne unser Zungenspiel zu unterbrechen. Er trägt mich zur Couch und legt mich behutsam in die Polster. Er geht vor mir in die Knie und zwingt meine Beine auseinander. Eine flüchtige Unterbrechung des einfallenden Lichts lässt mich zum Fenster schauen. Ich bilde mir ein, einen Schatten erkannt zu haben. Es war nur eine Momentaufnahme, aber ich werde stocksteif.

»Was ist los?«, fragt Matt alarmiert und folgt meinem Blick, aber der Schatten bleibt verschwunden. Diese Zweifel machen mich mürbe. Ich werde wahnsinnig.

»Du bist ganz blass. Habe ich dir weh getan?«

Schnell streiche ich mein Kleid nach unten.

»Kleines?« Angst schwingt in seiner Stimme.

»Nein, hast du nicht. Ich weiß nicht, ich dachte, ich hätte was gesehen.«

Argwöhnisch fixiere ich das Fenster. Ich kann mich nicht davon lösen, aus Angst, ich könnte etwas übersehen. Wieder schaut Matt hinter sich, aber mir ist klar, dass es da nichts zu sehen gibt. Er schaut wieder zu mir und ich mag den Gesichtsausdruck nicht, den er mir entgegenbringt.

»Ich werde Gavin absagen. Er muss ohne mich klarkommen.«

»Nein. Es ist alles gut.«

»Bist du sicher? Ich habe kein gutes Gefühl dabei.«

»Bitte Matt, es hat sich angehört als wäre es wichtig. Und Pete ist doch hier. Der passt auf mich auf.«

In dem Moment hebt der Wolf seinen Kopf und schlägt mit seinem Schwanz aufgeregt auf den Boden.

»Das stimmt natürlich. Komm her Buddy.«

Matt schnalzt mit der Zunge und klopft neben mir auf die Couch. Daraufhin wirft sich ein massiger Wolfskörper dicht an mich und schubst mich dabei fast runter.

»Auf Gavins Farm ist ein Ast auf das Dach des Schweinestalls gefallen und hat fast alles unter sich begraben. Er benötigt jede helfende Hand.«

Er küsst mich flüchtig auf den Mund und zaubert ein kleines, schwarzes Telefon aus seiner Hosentasche.

»Das hat Cathi besorgt. Ihre und meine Nummer sind eingespeichert. Bitte Emma, versprich mir, sollte irgendetwas sein, egal was, ruf mich an!«

»Das mache ich. Versprochen.«

»Leider ist der Empfang bei Gavin nicht besonders gut. Solltest du mich nicht erreichen, ruf Cathi an.«

»Okay.«

An der Tür verabschieden wir uns, als wären wir wochenlang getrennt voneinander, dabei will Matt in zwei Stunden zurück sein. Ich beobachte seinen Wagen, bis ich die Rücklichter, durch die dichten Bäume nicht mehr erkenne. Der Wind frischt auf und ich streiche über meine Arme. Alles scheint ruhig. Zu ruhig? Ich kann nicht weit in den Wald hineinsehen, suche aber immer wieder die Grenze nach Auffälligkeiten ab. Ich schüttle über mich selbst den Kopf und gehe zurück ins Haus. Meine Paranoia bringt mich noch um. Ich schnappe mir ein Buch aus dem Regal und lege mich ins Bett. Pete legt den Kopf auf meinem Fuß ab und schmiegt sich nah an mich. Vertieft in die Geschichte erschrecke ich, als ein lautes Piepen die Stille zerreißt. Selbst

Pete stellt die Ohren auf, kuschelt sich aber wieder an mich und stuft die Situation als ungefährlich ein.

Gott, ich mach mich nur selbst verrückt. Ich nehme das Telefon und klicke die Nachricht von Matt an.

Matt

Bin angekommen. Ich vermisse dich jetzt schon. Ich liebe dich <3

Ich

Ich liebe dich <3

Grinsend lege ich das Handy beiseite und blättere auf die nächste Seite im Buch. Ein Geräusch, ähnlich einem Klopfen, lenkt mich von der Geschichte ab und erweckt meine Aufmerksamkeit.

Konzentriert lausche ich ins Zimmer. Pete's Haare stellen sich auf und ein tiefes Knurren dringt aus seinem Rumpf. Vielleicht ist es Cathi. Ich springe auf, um nachzusehen, aber es ist niemand an der Tür und ein Auto steht auch nicht vor dem Haus. Die Bäume wiegen sich im Wind und Regen platscht auf den staubigen Boden. Die Wolken schieben sich vor die Sonne und es wird schlagartig dunkel.

Pete winselt aufgeregt neben mir und macht mich nur nervöser. Ich beschließe, Matt anzurufen und laufe zurück ins Zimmer, aber irgendetwas lässt mich stocken. Meine Glieder versteifen sich, die Haare an meinen Armen stellen sich auf. Ich kann es mir nicht erklären, aber ich fühle mich beobachtet, obwohl ich weiß, dass dieses Haus ohne Auto nicht erreichbar ist.

Der Wind bricht sich mittlerweile knarrend an den Fenstern und ein leises Pfeifen dringt durch die Ritzen. Angst lässt mir mein Blut in den Adern gefrieren.

Zurück im Zimmer wähle ich sofort Matt's Nummer, aber höre nur eine Frauenstimme, die mir mitteilt, dass der Gesprächspartner vorübergehend nicht erreichbar ist. Mist! Ich versuche es wieder. Kein Durchkommen. Ich versuche es bei Cathi. Nichts.

ICH

KANNST DU BITTE SCHNELL NACH HAUSE KOMMEN!

Ich versuche, mich dennoch zu beruhigen. Es ist lediglich meine Psyche, die mir einen Streich spielt.

»Bleib ruhig, Emma. Es ist nur ein Unwetter«, beschwöre ich mich selbst und spreche es immer und immer wieder wie ein Mantra. Ein Poltern aus dem Wohnzimmer lässt mich aufschreien. Was war das verdammt?

Vorsichtig drehe ich den Kopf aus meinem Zimmer in die Richtung, aus der das Geräusch kam. Sofort drängt sich Pete an mir vorbei. Die Tür zur Terrasse schwingt im Wind auf und zu und poltert jedes Mal laut gegen die Wand. Ich kann gar nicht so schnell reagieren, wie der Wolf durch die Terrassentür ins Unwetter rennt.

»Pete! Pete komm her!«, rufe ich ihm nach.

Regen ergießt sich auf dem Holzboden und ich fürchte, jeden Moment zerbersten die Scheiben. Ein Blitz erhellt die Nacht und wird von einem qualvollen Jaulen begleitet. Pete! Panik durchströmt mich. Ich will raus und nach ihm sehen, aber etwas in mir sperrt sich das Haus zu verlassen. Ich renne zur Tür, um sie zu schließen, dabei komme ich auf den nassen Boden ins Rutschen und Straucheln. Mein Gewicht verlagert sich nach hinten und zeitgleich mit dem nächsten Blitzschlag, schlägt mein Hinterkopf hart auf dem Dielenboden auf. Die Sicht verschwimmt und ich drohe das Bewusstsein zu verlieren. Schemenhaft erkenne ich schwarze Boots, die sich vor mein Sichtfeld schieben.

»Da bist du ja Süße. Ich habe dich vermisst und musste lange nach dir suchen.«

Hände greifen in meine Haare und ziehen mich weiter ins Haus zurück. Meine Kopfhaut brennt unter der Last meines Gewichts. Einzelne Büschel dehnen meine Haut und reißen aus. Aber da ist ein neues Geräusch. Die Hand löst sich abrupt aus meinem Haar und ich falle erneut, wie ein nasser Sack in die Tiefe.

»Scheiße. Wir sehen uns noch!«

Das Klappern meiner Zähne holt mich aus dem Dämmerschlaf. Ich zittere vor Kälte und Angst. Tonlos atme ich ein und aus, achte auf jedes Geräusch hinter der schweren Eisentür, aber kein Laut dringt hindurch. Nur mein eigener Herzschlag hämmert in meinen Ohren wieder. Tränen laufen aus meinen geschlossenen Lidern. Ich weiß, was ich sehen werde, wenn ich sie öffne. Ich bin hier eingeschlossen und diesem Monster ausgeliefert. Dieser Raum ist ein Verlies. Ich kenne jede Unebenheit und jeden Riss in den trostlosen grauen Wänden. Aus der Erde zieht Feuchtigkeit nach oben und bildet verwaschene Muster auf dem Putz. Schimmel breitet sich bis unter die Decke aus. Außer diesem Bettge-

stell aus rostigem Eisen, ein fast verrottetes Waschbecken mit einem Wasserhahn, aus dem nur braune Brühe läuft und ein Eimer für meine Hinterlassenschaften, ist der Raum leer. Er hält mich wie ein Tier oder sogar schlimmer. Die Kette an meinen Fußknöchel reicht nicht bis zur Tür und das poröse Metall schürft mir die Haut auf. Ich kann das wunde Fleisch nicht gut versorgen, außer einer Kernseife besitze ich nichts. Notdürftig habe ich es mit einem Stück Bettlaken verbunden, aber der Eiter dringt immer weiter durch den Stoff. Allmählich habe ich keine Kraft mehr. Mein Körper funktioniert nur noch. Alle Gefühle und Emotionen sind nahezu abgeschaltet. Manchmal erlaube ich mir, an meine Familie zu denken. An früher, als beide noch lebten, bevor der LKW ungebremst in das Stauende fuhr und sie zerquetschte. Ich werde diesen Tag niemals vergessen. Fremde Menschen holten mich aus der Schule ab und nicht meine Mama. Den Tag, an dem ich nicht mehr nach Hause durfte, sondern in einem Heim unterkam. Entrissen von allem was mir lieb war. Mein Zimmer mit den rosa Wänden und dem Himmelbett. Meinem Spielzeug und die alte Spieluhr meiner Mama, die sie selbst von ihrer Mutter geerbt hat. Ich war eine von vielen, in einem viel zu kleinen Raum. Niemals für mich. Mit siebzehn begann ich, mich jedes Wochenende davon zu schleichen, um mich der Nacht hinzugeben. In den Clubs der Stadt lebte ich mich aus und tanzte meine Sorgen fort. Es war die Nacht vor meinem achtzehnten Geburtstag, als ich wieder aus dem Fenster stieg. An diesem Abend hatte ich nur einen Drink, aber die Schwüle des Clubs legte sich auf meine Haut und verstopfte meine Poren, drückte mir die Luft ab und ließ mich schwindelig werden. Die flackernden Lichter ergaben nur ein verschwommenes Bild. Meine Arme und Beine wurden schwer und ich so müde, dass ich ins Taumeln geriet. Jemand stützte mich und führte mich an die frische Luft. Der Sauerstoff schlug ein, wie eine Bombe und machte mich besinnungslos. Ich wurde auf den Rücksitz eines Autos gelegt und erwachte erst, als ich mich in diesem kalten Raum wiederfand. Statt der ersehnten Freiheit bin ich hier in diesem Loch und verliere den Lebensmut jeden Tag ein bisschen mehr. Oft überlege ich, diesem Schrecken ein Ende zu setzen. Die Kette meiner Fußfessel hatte ich schon mehr als einmal um den Hals gewickelt, aber dann verließ mich der Mut und ich musste feststellen, dass der letzte Funke Lebenswillen noch nicht erloschen ist. Es gibt dieses Fünkchen Hoffnung in mir, er könnte leichtsinnig werden oder es ergibt sich eine Chance zur Flucht. Vielleicht hat er irgendwann genug von mir. Aber ich bin nicht blöd, er wird mich nicht durch diese Tür spazieren lassen und mir einen schönen Lebensabend wünschen. Er wird mich umbringen.

Ich habe keine Kraft mehr, gegen ihn anzukämpfen. Jedes Mal wenn er sich an mir vergeht, verlasse ich meinen Körper und zurückbleibt eine leere Hülle, die er benutzt und beschmutzt wie eine Puppe. Ich weiß nicht einmal, wie viel Zeit seit meiner Ankunft vergangen ist. Wie lange sind meine Eltern schon tot? Wie oft hatte ich Geburtstag? Wie spät ist es? Nur dieses permanente Flackern der Glühbirne, welche am Kabel aus der Decke baumelt, spendet etwas Licht und wirft gruselige Schatten an die Wände. Zweimal am Tag stellt er mir eine Schale mit irgendeinem ekelhaften Brei in mein Gefängnis. Das ist der einzige Anhaltspunkt, um mich zu orientieren und nicht den Verstand zu verlieren. Aber ob morgens oder abends, es ist immer die gleiche durchgequirlte Pampe. Es schmeckt so widerlich, dass sich alles in mir sperrt es runterzuschlucken. Verweigere ich mich, bekomme ich es schmerzlich zu spüren. Beim letzten Mal konnte ich kaum mehr liegen. Erst fuhr er fast zärtlich meine Gesichtskonturen mit dem Finger ab, um mich dann fest an den Haaren zu packen und mir die Schüssel grob ins Gesicht zu drücken. Ich bekam keine Luft und der Ekel ließ mich erbrechen. Er zwang mich, zu essen bis nichts mehr übrig war.

Mein Körper ist ein einziger Scherbenhaufen. Jedes Mal, wenn sich der Schlüssel im Schloss dreht, muss ich mich beeilen. Wenn er den Raum betritt, erwartet er mich kniend, mit gesenktem Kopf, vorzufinden. Es geht wieder los. Ich höre es. Der Schlüssel dreht sich einmal. Kalter Schweiß benetzt meine Haut. Zweimal. Das Adrenalin fließt durch meine Adern und endet mit einem lauten Pochen in meinem Schädel. Dreimal. Ich springe aus dem Bett, Tränen verschleiern mir die Sicht und meine Beine zittern, als ich rechtzeitig schmerzvoll auf meinen Knien lande und er in der Tür steht.

»Sehr brav. Hast du mich schon vermisst meine Süße?«

Ich weiß, er will die Worte hören und es wäre nur klug, sie auszusprechen. Meine Lippen bleiben jedes Mal versiegelt. Alles in mir sträubt sich. Er greift grob mein Kinn und dreht es so, dass ich ihn ansehen muss. Aber meine Sicht bleibt verschwommen. Zum einen wegen der Tränen und zum anderen, wirft die spärliche Beleuchtung nur Schatten und verhüllt seine Konturen in der Dunkelheit.

»Willst du mir nicht antworten?«

Sein Ton wird härter. Klingt es im ersten Moment, als wäre er mir heute freundlich gesinnt, bröckelt die Fassade binnen von Sekunden. »Sag es, verdammt nochmal!«

Ich presse meine Augen und Lippen fest zusammen und weigere mich vehement, die Worte auszusprechen, die er so dringend von mir hören will. Mein Kopf schleudert zur Seite und fällt mir fast vom Hals, als seine flache Hand mit enormer Wucht meine Wange trifft. Ich habe keine Kraft, mich abzufangen, und lande hart auf dem Betonboden. Blut tropft aus Nase und Mund und bildet eine kleine Pfütze direkt unter meinem Gesicht. Die Platzwunde, die fast verheilt schien, ist wieder aufgerissen.

»Sofort wieder auf die Knie, Fräulein. Wenn du es nicht sagen willst, kannst du mir auch zeigen, wie sehr du mich vermisst hast!«

Er nestelt an seiner Gürtelschnalle. Seine Hände sind gepflegt. Kein Dreck unter den Nägeln, keine Schwielen, das ergibt alles überhaupt keinen Sinn. Nach außen lässt nichts darauf schließen, welche Bestie in ihm steckt. Er reibt seinen Schwanz direkt vor meine Nase immer wieder auf und ab und braucht nicht lang, bis er seine volle Größe erreicht hat.

»Mund auf, Süße!« Ekel überkommt mich und meine Zähne beißen so fest aufeinander, dass es knirscht.

»Mach schon oder willst du das ich nachhelfe!«

Mit Daumen und Zeigefinger hält er mir so lange die Nase zu, bis ich automatisch nach Luft japse. In dem Moment schiebt er ihn mir tief in den Rachen. Mein Körper verkrampft und versucht, den Fremdkörper abzustoßen. Ich weiß, er steht drauf, wenn ich nicht sofort mache, was er sagt. Ich teste meine Grenzen immer wieder aufs Neue. Er wird schneller fertig, wenn ich mich sträube und nicht sofort seinen Befehlen nachkomme. Er packt meinen Kopf mit beiden Händen, gibt mir keinen Handlungsspielraum, als er sich immer und immer wieder in meine Kehle stößt. Mir wird die Luft knapp und ich spüre das Versagen meiner Lungen. Die Ohnmacht, die mich jeden Augenblick zu überwältigen droht. Oft sehne ich sie herbei, sie bedeutet ein wenig Frieden an diesem trostlosen Ort. Tränen vermischen sich mit dem Speichel, der mir links und rechts, wie Wasser aus den Mundwinkeln rinnt. Wenige Augenblicke später ergießt er sich in meinem Rachen, kostet jede Sekunde tief in mir aus, bis er mich freigibt und ich hustend und nach Luft ringend auf den Boden zusammenbreche. Er verabschiedet sich mit einem festen Tritt in meinen Magen.

»Du warst wieder ein braves Kätzchen, wir sehen uns später.«

Die Tür fällt ins Schloss und meine Dämme brechen. Alles, was ich ihm nicht zeige, die Genug-

tuung, die ich ihm nicht geben will, entlädt sich geballt wie ein Tornado. Zu viele Tränen habe ich hier schon vergossen und mich gefragt, wann diese endlich aufgebraucht seien, aber ein Ende scheint nicht in Sicht.

30

Gott sei Dank, Cathi ist schon bei ihr. Die Anspannung löst sich allmählich, als ich neben ihrem Auto zum Stehen komme. Sofort reiße ich die Wagentür auf und renne ins Haus. Als ich die Schwelle übertrete, verliere ich den Kontakt zum Boden und ich gerate ins Schlingern. In letzter Sekunde fange ich mich ab und verhindere so unsanft aufzuschlagen.

Skeptisch schaue ich auf den Fußboden. Was zur Hölle ist hier passiert? Der Boden ist mit Schlamm verdreckt und nass, was der Grund dafür ist, dass sich die Holzdielen zu einer Rutschbahn verwandelt haben. Ich ziehe mir die Schuhe aus und gehe auf

Socken den Flur zum Schlafzimmer entlang. Mein Herz rast und springt mir fast aus der Brust.

Da liegt sie, tief in die Decke gewickelt und wie ein Embryo eingerollt. Als ich ins Auto stieg und ihre zarte Gestalt im Rückspiegel immer kleiner wurde, bis sie verschwand, hatte ich ein mieses Gefühl, sie allein zu lassen. Nach dem Vorfall am Canada Day ist die Angst, sie wieder zu verlieren, so präsent, dass ich durchdrehe, wenn sie nicht bei mir ist. Mehr denn je ist mir bewusst, wie schnell der Mensch den man liebt, aus dem Leben gerissen werden kann. Von einer Sekunde auf die andere verändert sich alles und niemand hält die Welt an.

Dieses Gefühl des Verlusts begleitet mich, wenn sie nicht bei mir ist. Deshalb griff ich sofort zum Telefon, als ich aus dem Wald auf die Straße bog, um Cathi anzurufen. Ich bat sie, Emma Gesellschaft zu leisten, bis ich mit der Arbeit bei Gavin fertig bin. Sie bestätigte mir, sich sofort auf den Weg zu machen und allmählich löste sich die Unruhe, die mich umtrieb. Der Blick in den Himmel verhieß nichts Gutes. Kaum erreichte ich die Farm, zogen die ersten Gewitterwolken auf und krachender Donner verkündete den bevorstehenden Wolkenbruch. Das Wetter hier ist unberechenbar, in einem Moment scheint die Sonne und im nächsten gibt es einen heftigen Sturm mit Winden, die alles niederwalzen, was sich ihnen in den Weg stellt. Wie vermutet, hatte ich kein Netz. Nur der Gedanke, dass meine Schwester auf dem Weg zu ihr war, ließ mich Ruhe bewahren und wenigstens das Nötigste erledigen.

Als ich auf dem Rückweg ein paar Kilometer hinter mir gelassen hatte und meinem Ziel ein ganzes Stück näherkam, hatte ich wieder Empfang. Das Signal einer eingehenden Nachricht ließ mich vor Anspannung fast das Lenkrad verreißen. Vor zwei Stunden hatte Emma geschrieben, *ich soll nach Hause kommen.*

Panik stieg in mir auf und am liebsten hätte ich ins Lenkrad gebissen. Stattdessen umklammerte ich es fest und trat mit mahlendem Kiefer das Gaspedal durch. Die Strecke ist bei Unwetter nicht ungefährlich. Deshalb versuchte ich, meine Konzentration zu bündeln und mich aufs Fahren zu konzentrieren. Nicht selten fallen Bäume, wie Dominosteine auf die Straße, erschlagen einen oder versperren den Weg.

Jetzt stehe ich hier und ihr Anblick verursacht mir Schmerzen. Nichts reißt mir mehr den Boden unter den Füßen weg als die Verletzlichkeit dieser Frau. Cathi sitzt neben ihr auf der Bettkante und streichelt sanft über ihren Kopf. Ich trete auf sie zu, um ihren Platz einzunehmen, aber sie stoppt mich mit erhobener Hand. »Matt, bitte warte«, flüstert sie. »Lass uns einen Moment vor die Tür gehen.«

Sie greift nach meinem Arm, führt mich wieder hinaus und schließt leise die Tür hinter uns. Sie atmet tief ein und überlegt sich ihre nächsten Worte mit Bedacht.

»Cathi, um Himmels willen sprich mit mir!«

Ich bin nervös und meine Sorgen fressen mich auf.

»Ich habe sie im Flur gefunden. Die Tür stand weit auf und der Boden war nass. Vermutlich ist sie ausgerutscht und auf dem Kopf gefallen. Jedenfalls war sie ohnmächtig und -«

»Ist sie verletzt? Muss sie ins Krankenhaus?«

»Das ist es nicht.« Cathi atmet tief ein und aus. »Ich habe sie wach bekommen, aber -«

»Cathi, stottere nicht so rum und sag mir bitte, was los ist.«

Ich bin kurz vorm durchdrehen und würde sie am liebsten schütteln, bis ihr die Worte aus dem Mund fallen.

»Sie hat die Augen aufgerissen, geschrien und um sich geschlagen. Matt ihre Augen – « Sie stockt. Warum stockt sie? »Ihre Augen waren leer, glanzlos und gleichzeitig voller Angst. Ich konnte sie kaum beruhigen. Sie hat nicht auf mich reagiert. Ich habe ihr ein Beruhigungsmittel gespritzt und sie ins Bett gebracht.«

»Was willst du damit sagen?«

»Sie weiß es Matt. Ich bin mir sicher, sie weiß, was ihr passiert ist. Ich habe es in ihren Augen und in ihren verkrampften Gesichtszügen gesehen. Sie war gefangen in ihrer Erinnerung.«

»Scheiße!« Meine Faust trifft hart auf die Wand.

»Und ich war wieder nicht bei ihr.«

»Gib nicht dir die Schuld. Vermutlich wäre es früher oder später sowieso passiert. Ich bleibe über Nacht. Ich will bei ihr sein, falls irgendetwas ist und bei dem Wetter komme ich so oder so nicht weg.«

»Ja klar, sag Bescheid solltest du was brauchen.«

Meine Hand liegt schon auf der Türklinke.

»Ach und Matt.«

»Ich weiß, was du sagen willst.« Die Erkenntnis kam mir selbst.

»Das schaffst du nicht mehr allein. Sie benötigt professionelle Hilfe.«

Ich nicke zustimmend, denn ich bin der gleichen Meinung. Leise und auf Zehenspitzen trete ich ins Zimmer. Sie schläft tief und fest. Vorsichtig lege ich mich hinter sie auf das Bett und ziehe sie näher an mich. Sie so zu sehen, kostet mich fast meinen Verstand. Ich fühle mich hilflos und bin nicht in der Lage, ihren Kummer auf mich zuladen. Es zermürbt mich, nicht zu wissen wie ich ihr helfen und das Geschehene vergessen lassen kann. Gleich morgen kümmere ich mich darum, ein Haus in Dawson City anzumieten. Sie braucht psychologische Betreuung. Außerdem wäre Cathi in der Nähe und für sie da, wenn ich unterwegs bin.

Die Nacht ist kurz. Immer wieder gleite ich in einen leichten Schlaf, aber schrecke bei der kleinsten Regung von ihr hoch. Wie ein Schutzschild liegt mein Körper um ihren. Normalerweise beruhigt sie das, aber diesmal hört sie nicht auf, vor sich hin zu murmeln. Ich verstehe die Worte nicht und versuche, sie zu beruhigen, doch plötzlich durchbrechen ihre Schreie die Stille der Nacht. Ich schalte das kleine Nachtlicht an, packe sie an den Schultern und schüttle sie. Flehe sie an, endlich aufzuwachen. Sie schreckt hoch und sitzt kerzengerade mit weit aufgerissen Augen im Bett. Augen, die durch mich hindurchsehen. Das ist nicht mein Mädchen, dass ich heute Morgen in den Armen hielt. Dieser Mensch ist gebrochen und gezeichnet. Sie fällt zurück ins Kissen und senkt die Lider. Ich glaube ihr nicht, dass sie schläft. Sie schließt mich aus. Die restliche Nacht bekomme ich kein Auge mehr zu und wache über sie.

Zwei Wochen sind vergangen und ihr Zustand ist unverändert. Sie bleibt im Bett und spricht kein Wort. Nicht mit Cathi und nicht mit mir. Wir wechseln uns ab und lassen sie nicht eine Sekunde allein. Sie wirkt so instabil, dass sich der Gedanke in meinem Kopf festsetzt, sie wäre in der Lage sich etwas anzutun. Die meiste Zeit bin ich da, aber in den letzten Tagen war ich häufiger in der Stadt, um mir Häuser anzusehen. Ich war bei Dr. Lewis und habe einen Termin für Emma vereinbart. Er wirkte sehr besorgt und hat sofort zugestimmt, sie sobald wie möglich zu behandeln. Meine Versuche mit ihr darüber zu sprechen, verliefen ins Leere. Sie schaut an mir vorbei. Ich erhalte weder eine Zustimmung, noch reagiert sie auf mich. Ein Zwinkern oder ein kleines Lächeln würde mir alles bedeuten. Ich vermisse sie, vermisse ihr Leuchten und ihre Berührungen. Einmal am Tag stelle ich sie unter die Dusche und wasche sie, aber was beim ersten Mal gut funktioniert hat und ihren Körper Erwachen ließ, hilft jetzt nicht mehr. Sie bedeckt sich sofort wieder mit einem Handtuch und kriecht zurück ins Bett. Sie isst nur Mäuseportionen. Manchmal habe ich das Gefühl, sie zwingt es hinunter nur um mir einen Gefallen zu tun.

Die Nächte sind kurz, denn ich schlafe nie fest. Sobald sie wieder ein Alptraum heimsucht, bin ich da, um sie zurückzuholen. Zurück zu mir, in unsere Realität. Aber sie werden schlimmer. Ich fühle mich so machtlos. Ich wäre gern der Held, der sie beschützt und aus der Dunkelheit befreit, aber ich bin es nicht.

Es gibt keinen anderen Weg. Ich habe alles vorbereitet und wir ziehen heute in die Stadt. Ich habe ein Haus mit Garten für uns gefunden. Es hat eine einfache Ausstattung und eine kleine Veranda mit Blick auf den Fluss. Die Nähe zum Yukon River hat mir am Ende bei meiner Entscheidung den letzten Stoß gegeben und ich hoffe, dass sie sich dort wohlfühlen wird. Die Koffer sind gepackt und größtenteils verladen. Jetzt steht mir die härteste Prüfung bevor. Sie zu überzeugen das Bett zu verlassen und ins Auto zu steigen.

Ich setze mich zu ihr auf die Bettkante. Ihre Hand wirkt so winzig in meiner.

»Kleines, wir müssen los. Wir ziehen heute in die Stadt. Ich habe dir davon erzählt. Erinnerst du dich?«

Ich habe mit mehr Widerstand gerechnet. Ohne Diskussion richtet sie sich auf und wechselt die Kleidung.

»Soll ich dir helfen?«

Wie erwartet, erhalte ich keine Reaktion auf meine Frage. Sie schlüpft ohne Resonanz in die

Kleidung, die ich ihr zurechtgelegt habe und verlässt den Raum.

Seit zwei Wochen tritt sie das erste Mal wieder vor die Tür. Ich habe gehofft, sie würde einen Moment innehalten. Die Sonne auf ihrer Haut spüren und die frische Luft atmen wollen. Stattdessen komme ich kaum hinterher, um ihr die Autotür zu öffnen. Sie hält kurz inne.

»Wo ist Pete?«

Die ersten Worte, die sie nach zwei Wochen Funkstille, an mich richtet und sie fragt, wo der verdammte Wolf ist? Meine Antwort fällt daher etwas unterkühlt aus.

»Er ist ein Wolf. Er verschwindet für mehrere Tage im Wald. Das ist ganz normal.« Sie nickt verhalten.

Ich verschweige ihr, dass es durchaus ungewöhnlich ist. Pete war noch nie so lange unterwegs. Aber er ist ein Raubtier. Er kommt klar. Emma ist meine Priorität. Ich helfe ihr beim Einsteigen und schnalle sie an, bevor ich mich selbst in den Sitz neben ihr fallen lasse. Wir schweigen die gesamte Fahrt und sie hat keine Ahnung, was sie mir damit antut. Mir wäre alles recht. Egal, ob sie mich anschreit oder auf mich einprügelt. Alles wäre mir lieber als diese leere Hülle neben mir. Eine kleine Emotion, ein kleiner Gefühlsausbruch und ich wäre glücklich.

Ich schaue zu ihr rüber und mein Puls schießt in die Höhe. Sie ist blass und Schweiß steht ihr auf der Stirn.

»Was ist los. Soll ich anhalten?«

Es ist eine rhetorische Frage, denn ich stelle den Motor ab, während ich die Worte ausspreche. Sofort reißt sie die Tür auf und schafft es, Halt am nächsten Baum zu finden, bevor sie sich übergibt. Mehrmals.

Ich raffe ihre Haare zu einem Zopf zusammen und streichle ihr über den Rücken, bis es vorbei ist. Sie wischt sich den Mund am Ärmel ihres Pullovers ab und steigt ohne ein Wort wieder ins Auto. Völlig perplex stehe ich hier und schaue ihr wie ein Trottel hinterher. Warum quält sie mich so?

Ich atme tief durch und gehe zurück zum Wagen. Sie schaut starr in den Wald. Meine Hände liegen so fest um das Lenkrad, dass meine Knöchel weiß hervortreten.

»Ich mache einen Termin bei Dr. Temblay.« Sie reagiert nicht.

31

Matt parkt vor dem Haus, an dem mich Cathi gefragt hat, ob ich lieber in der Stadt wohnen möchte. Es kommt mir vor, als läge diese Frage ewig zurück. Meinen Zufluchtsort gibt es nicht mehr. Die Hütte, die mich in Sicherheit wiegte, wurde mit einem Wimpernschlag zu meiner Hölle. Die Einsamkeit, die ich dort genoss, verwandelte sich in ein brennendes Inferno. Ich kann mir nicht mehr vorstellen, dorthin zurückzukehren.

Vor der Haustür kramt Matt nervös in seiner Hosentasche nach dem Schlüssel. Ein triumphierendes Lächeln kündigt seinen Fund an, aber seine Hände zittern und der Schlüssel findet nicht ins Loch.

Mein Herz brennt. Abgewiesen zu werden und ständig gegen eine Mauer aus Ignoranz zu laufen, hat er nicht verdient. Ich würde diese Mauer selbst gern einreißen. Die Ketten, die mich fest an meine Tagträume binden, sprengen und gestärkt aus dem Schutt hervortreten. Stattdessen ziehe ich mich immer tiefer in meine Dunkelheit zurück. In deren Schatten verstecke ich mich vor den Händen, die mich berühren, nach mir greifen und an mir zerren, um mich meiner Seele zu berauben. Die Kälte dieses Gefängnisses spüre ich in jeder Faser meines seins. Sie fließt durch meine Venen direkt in mein Herz und umwickelt es mit Stacheldraht. Ich wünschte, ich hätte nie erfahren, was mein Schicksal war. Matt's Schultern sacken jeden Tag ein Stück tiefer. Die Resignation ist ihm deutlich anzusehen. Wann gibt er auf? Wann kommt der Punkt, an dem er einsieht, dass in mir kein Fünkchen Wärme mehr ist. Vor meiner Erinnerung war die Nähe zu ihm meine Zuflucht. Jetzt fürchte ich, er könnte sich vor meinen Augen in das Monster aus meinen Albträumen verwandeln. Diese Angst sitzt tief und beherrscht mich. Selbst in Freiheit hat er die Kontrolle über mich und er ist hier. Er verfolgt mich und wird sich zurückholen, was er verloren hat.

An dem Tag, als Cathi mich auf dem Wohnzimmerboden gefunden hat, war ich nicht allein. Ich bin nicht nur gestürzt. Da war jemand. Es gab keine Spuren, aber er war da, in meinem sicheren Hafen und hat mir den einzigen Ort genommen, der ein Zuhause für mich war.

Ich nehme ihm den Schlüssel aus der Hand und schließe auf. Er wirkt erschrocken, aber ich gehe an ihm vorbei ins Haus.

Es wirkt in die Jahre gekommen, aber es ist gemütlich. Matt lehnt mit verschränkten Armen im Türrahmen und beobachtet mich. Ich würde ihm gern sagen, wie dankbar ich ihm bin, aber wieder wende ich mich ab und gehe die Stufen nach oben, um das Bad zu suchen.

Die Fliesen sind alt, aber mit einem Vintagemuster verziert. Überhaupt wirkt das gesamte Haus wie aus einer anderen Zeit und das gefällt mir. Matt hat alles bereitgelegt und sogar eine Duftkerze steht auf dem Waschtisch. Ich drehe den Wasserhahn auf kalt, benetze mein Gesicht und spüle mir den Mund aus. Ich stütze mich am Rand des Waschbeckens ab und das Wasser fließt unaufhörlich weiter, während ich das Mädchen im Spiegel näher betrachte. Ich schiebe mir die Haare hinter meine Ohren. Sie tut es mir gleich. Mit den Fingerspitzen taste ich mich an den Konturen meines Gesichts entlang und auch das macht sie. Wie ein Geist schaut sie mir mit glanzlosen Augen entgegen. Bewegt sich völlig synchron und doch ist sie anders. Ich hauche gegen den Spiegel und das Mädchen verschwimmt hinter dem feuchten Dunst. Wo eben ihr Gesicht war, schreibe ich: *Wer bist du?*

Mit der Handfläche verwische ich die Buchstaben, als ich Matt's Schritte im Flur höre. Beim Verlassen des Badezimmers stoße ich mit ihm zusammen.

»Wir müssen reden«, sind seine knappen Worte, aber ich schüttle nur mit dem Kopf und gehe wieder nach unten. Ich spüre seinen Blick im Rücken und die Schuldgefühle brennen sich heiß in meinen Nacken.

Mit den Armen auf dem Geländer abgestützt, beobachte ich die Strömung des Flusses. Er legt mir eine Decke über die Schultern und reicht mir eine dampfende Tasse Tee. Ich führe sie nah an meinen Mund und puste hinein. Vorsichtig schlürfe ich kleine Schlucke, ohne mich zu verbrühen, und genieße die Wärme, die sich in mir ausbreitet, aber nichts vermag die Kälte in mir zu vertreiben.

»Gefällt es dir hier?«

Ich bleibe stumm.

»Ich weiß, es ist kein Märchenschloss. Es ist klein und ein bisschen schmutzig, aber ich verspreche dir, ich werde hier alles in Ordnung bringen. Ich repariere und putze. Du musst dich um nichts kümmern.«

Geknickt fährt er sich durch die Haare. »Emma, denkst du es ist besser, wenn ich dich in dieses Frauenhaus bringe? Willst du lieber dort hin?«

Ruckartig drehe ich mich zu ihm um und schüttle verzweifelt mit dem Kopf. Nein, nein, das will ich nicht. Er stützt sich ebenfalls auf das Geländer, schaut auf das Wasser und redet, ohne mich dabei anzusehen. Als könnte er die Worte nicht aussprechen, wenn er mir dabei in die Augen sehen müsste.

»Ich habe das Gefühl, dass ich dir nicht helfen kann. Du verschließt dich immer mehr vor mir und die Leute dort haben Erfahrung.« Jetzt dreht er doch den Kopf zu mir. »Emma, ich liebe dich und ich will doch nur, dass es dir wieder besser geht.«

»Matt, bitte mach das nicht.«

In mir platzt ein Knoten. Die bloße Vorstellung, dass alles ohne ihn durchstehen zu müssen, lässt die Panik wieder wachsen.

»Ich mache mir doch nur Sorgen um dich. Gib mir bitte eine Chance für dich da zu sein.«

Ohne, um Erlaubnis zu bitten, zieht er mich in seine Arme. All die ungeweinten Tränen der letzten zwei Wochen brechen aus mir heraus und benetzen den Stoff seines Oberteils. Er flüstert beruhigende Worte und hält meinen Kopf fest an seine Brust gedrückt. Wir sprechen nicht. Es ist die menschliche Nähe, die zählt. Arme, die mich auffangen, wenn ich falle.

Er zittert, als er mich hält. Seine Augen wirken so traurig und verloren und ich bin schuld daran. Ich streiche ihm über den Bart. Er ist länger geworden. Er senkt den Blick, vermutlich, weil er nicht weiß, wie er mit mir umgehen soll.

»Matt, bitte sieh mich an.«

Wie in Zeitlupe hebt er den Kopf und seine Gesichtszüge werden sanfter.

»Weißt du denn nicht, wie viel du mir bedeutest? Egal wie weit ich mich von dir entferne und wie tief meine Dämonen mich in die Dunkelheit ziehen, ich werde immer wieder zu dir zurückkehren. Du bist das Licht, das mir den Weg hinaus leuchtet. Und ist es auch winzig am Horizont, finde ich es und komme dir entgegen, bis es in Gänze erstrahlt und keinen Platz mehr für die Schatten lässt. Es muss einen Grund dafür geben, dass ich es bis zu deinem Haus geschafft habe. Ich liebe dich. Bitte verzeih mir, dass ich nicht schneller bei deinem Licht war. Der Weg war voller Steine.«

»Ich würde mein ganzes Leben auf dich warten und wäre die Chance dich zurückzuholen auch noch so klein.«

»Matt, es tut mir leid.« Er greift nach meinen Händen. »Es tut mir leid, dass ich dir solchen Kummer mache.«

Er will antworten, aber ich schüttle den Kopf.

»Lass mich bitte ausreden. Ich weiß, dass du mir widersprechen willst. Aber ich sehe dich, auch wenn es die letzten Tage nicht so wirkte. Ich sehe dich und deine Verzweiflung. Alleine schaffe ich es nicht. Ich werde diese Therapie machen und werde alles dafür tun, um wieder zu mir selbst zu finden. Für dich und für mich.«

Er kommt mir näher und will mich küssen. Ich versteife mich, aus Angst, er könnte die Gestalt dieses Monsters annehmen, aber ich sehe nur Matt. Keine Fratze, die sich in mein Gedächtnis schleicht und keine Erinnerung an die schlimmste Zeit meines Lebens. Nur Matt, der mich fragend und um Erlaubnis bittend anschaut. Ich nicke zaghaft und unsere Münder nähern sich quälend langsam. Mein Herz pocht heftig in der Brust. Dann die Erlösung, mit dem Griff in meinem Nacken fixiert er mich und seine weichen Lippen treffen auf meine.

»Ich brauche kein Märchenschloss«, flüstere ich nah an seinem Mund. »Ich möchte einfach da sein, wo du bist.«

32

Das Wasser prasselt heiß in mein Gesicht. Warmer Dunst breitet sich in dem kleinen Badezimmer aus und beschlägt das Glas. Seit einer Woche leben wir in diesem Haus. Matt kümmert sich rührend um mich, aber es ist nicht wie vorher. Er wahrt Distanz, um mich zu schützen. Einen Schutz, den ich nicht brauche. All meine Versuche, ihm näher zu kommen scheitern. Das Wasser kühlt ab und ich nutze die letzte Restwärme, um eilig die Seife abzuwaschen.

»Bist du so weit? Frühstück ist fertig«, ruft er aus dem Erdgeschoss.

Ich trockne mich ab und trete vor den beschlagenen Spiegel. Ich schreibe, *Du bist stark* in den Dunst und lasse die Worte stehen. Im Kleiderschrank suche ich nach einem sommerlichen Kleid, mit kurzen Ärmeln und raffe, auf dem Weg nach unten, meine Haare zu einem Zopf zusammen. Auf der letzten Treppenstufe verharre ich. Immer wenn ich diesen Mann sehe, verschlägt es mir den Atem. Matt steht in der Küche und trägt eine tiefsitzende Jeans, die alle seine Reize untermalt. Auf ein Shirt hat er verzichtet und es kribbelt mir in den Fingerspitzen, die Wellen auf seinem Bauch entlang zu streichen. Er rückt den Stuhl zurück und bittet mich stumm, Platz zu nehmen.

»Du siehst schön aus«, sagt er verträumt. »Bist du aufgeregt wegen deinem Termin?«

»Ja, sehr.«

Ich stochere lustlos in dem Müsli. Die Nervosität schnürt mir den Magen zu.

»Ich kenne diesen Menschen nicht und doch soll ich ihn in die Tiefe meiner Seele blicken lassen. Ich weiß nicht, ob ich dem gewachsen bin, aber ich will es versuchen.«

Nicht einmal Matt habe ich alles erzählt und jetzt soll ich einen Wildfremden in meinen Kopf lassen?

»Emma, ich möchte dir alle Zeit der Welt geben, aber ich wünsche mir so sehr, dass du mich teilhaben lässt. Ich will dir helfen und für dich da sein.« Er greift über den Tisch nach meiner Hand. »Ich weiß, dass du dich erinnern kannst.«

Mein Löffel fällt klirrend zurück in die Schüssel und ich starre in den Müslibrei vor mir.

»Ich möchte nicht darüber reden.«

»Aber wieso nicht? Vertraust du mir nicht?«

»Ich will nicht, okay!« Ich entreiße ihm die Hand und mein Herz pocht hart gegen meine Brust. »Ich habe Angst, du könntest mich mit anderen Augen sehen«, flüstere ich. »Ich sehe es doch jetzt schon in deinem Blick. Ich möchte die Frau sein, die du begehrst und nicht das verletzte kleine Mädchen. Du kannst es nicht ungeschehen machen.«

Ich stehe auf, schiebe sein Müsli zur Seite und setze mich vor ihm auf den Tisch. Er lehnt sich zurück und zieht fragend eine Augenbraue in die Stirn.

»Es gibt da etwas, bei dem du mir helfen könntest.«

»Emma, was soll das?«

Ich spreize die Beine und er schiebt sie wieder zusammen.

»Wir haben Zeit«, versucht er sich zu erklären.

Scham und Wut nehmen gleichermaßen von mir Besitz. Ich springe von der Tischplatte und stapfe frustriert aus der Küche.

Ich höre, wie die Schüssel auf dem Boden zerspringt, dann werde ich hart gegen die Wand gedrückt.

»Ich kann nicht anders.« Sind seine letzten Worte, bevor sein Körper mich fest gegen die Wand drückt und unsere Zungen beginnen zu kämpfen. Meine Haare sind um seine Faust gewickelt und mein Hals überdehnt. Er lässt mir keine Chance zu fliehen, aber ich denke nicht an Flucht. Mein Körper wird weich und ich ergebe mich jeder seiner Berührungen. Er reibt seine Erektion an meinen Bauch, was ich mit einem Wimmern beantworte. Mit jedem Stoß stöhnt er mir sein Verlangen in den Mund. Die Nässe in meinem Höschen zeigt mir deutlich, dass ich bereit dafür bin. Ich unterbreche unseren Kuss, um an dem Saum meines Kleides zu greifen, aber ich verheddere mich im Stoff.

»Warte, ich helfe dir.«

Er greift nach dem Kleid und seine Hände fahren mit dem Stoff zwischen seinen Fingern, zärtlich an meinen Seiten nach oben. Langsam strecke ich die Arme in die Luft und er folgt mir, verschließt unsere Hände über unsere Köpfe. Es fühlt sich an, als würde uns das Stück Stoff aneinanderketten. Er küsst mich sanft, kaum spürbar, bevor er es fallen lässt. Er lächelt mich an und streicht mir, meine Haare hinter die Schulter. Seine Finger streichen zärtlich über mein Dekolleté und mein Herz springt mir fast aus der Brust.

»Du bist so schön. Ich schwöre dir, ich habe noch nie etwas Schöneres gesehen.«

Er schaut mich an und ich sehe das Gesagte in seinen Augen. Er streichelt über die Wölbung meiner Brüste und ich recke mich ihm entgegen. Mit Daumen und Zeigefinger zwirbelt er meine Brustspitzen, die sich ihm hart entgegenrecken. Ich verliere den Verstand. Er knabbert an meinem Ohrläppchen, küsst sich meinen Hals hinunter und flüstert mehr zu sich selbst.

»Was machst du nur mit mir? Ich weiß nicht, wie lange ich mich noch zurückhalten kann.«

»Dann halt dich nicht zurück.«, keuche ich ihm entgegen.

Das war sein Stichwort. Kaum habe ich es ausgesprochen, hebt er mich auf seine Hüfte und liebkost meine empfindlichen Brustwarzen mit seiner Zunge. Saugt und knabbert an ihnen, dass mir vor Verlangen schwindelig wird. Sein holziger Duft steigt mir in die Nase und setzt sich dort fest. Ohne seine Lippen von meiner Haut zu lösen, trägt er mich ins Schlafzimmer und wirft mich auf die Matratze. Er folgt mir und bedeckt meinen Körper mit Küssen, während seine Hand in meinem Höschen verschwindet.

»Mmm, so bereit für mich«, stöhnt er.

Mit schnellen Fingern öffne ich seinen Gürtel und verliere mich in seiner Boxershorts. Er selbst ist auch etwas nass und ich verteile den Tropfen sanft auf seiner Spitze, bevor ich seine ganze Länge entlangstreiche. Seine Haut fühlt sich unter meinen Händen an, wie weiche Seide. Animiert von seiner Atmung, die immer schneller wird, massiere ich ihn fester, bis er abrupt mein Treiben stoppt.

Er streift sich die Hose in die Kniekehlen und presst sich hart zwischen meine Schenkel. Als hätte das letzte Puzzleteil seinen Platz gefunden, ergeben unsere Körper ein Ganzes.

»Bitte erlöse mich«, wimmere ich. Drei kleine Worte, mehr ist nicht nötig. Seine Erregung reibt in meinem Schritt und drückt immer fester gegen mich.

»Tut mir leid. Ich kauf dir einen Neuen.«

Mühelos zerreißt er den Slip und verschafft sich Zugang und nur einen Wimpernschlag später, platziert er sich an der Stelle, an der ich ihn so dringend brauche. Er stößt fest in mich und ich wölbe mich ihm entgegen. Unser Rhythmus ist schnell und erbarmungslos. Wie der erste Druck nach einem kalten Entzug strömt er wie eine Droge durch meine Sinne. Ich spüre seine Kraft in jedem seiner Stöße. Hart und rau nimmt er mich. Spricht mit seinem

Körper eine Sprache, die nur wir verstehen. Ungesagte Worte über Angst und Verlust. Er rächt sich an mir. Bittersüße Rache für die Zurückweisungen der vergangenen Tage. Seine Muskeln spannen sich an und seine Mimik verzieht sich zu einem qualvollen Stöhnen. Ich folge ihm, wohin auch immer er geht.

»Ich liebe dich Matt.« Ich streiche ihm eine verschwitzte Strähne aus der Stirn.

Seine Augen brennen, als er mich ansieht. »Ich liebe dich.« Er räuspert sich. »Schließ mich nicht aus! Das ist unser Leben. Ich möchte nichts weiter, als das es dir gut geht und weiß einfach nicht, wie ich dir helfen kann, wenn du dich vor mir verschließt. Ich möchte nicht nur deine Zukunft sein. Deine Vergangenheit ist genauso ein Teil von dir und die Schatten liegen nicht nur auf dir. Hast du eine Ahnung, wie ich mich die letzten Wochen gefühlt habe?«

Er schluckt den Kloß in seinem Hals hinunter. »Ich habe dich gefunden, als du nichts als ein Häufchen Elend warst, gebrochen und hilflos. Ich habe mich in diese Person genauso verliebt, wie in die starke junge Frau, zu der du dich entwickelt hast. Und nichts, wirklich gar nichts, könnte irgendetwas daran ändern. Wie kannst du das nur denken?«

Seine Hände zittern vor Anspannung und sein Blick hält mich gefangen. »Das macht mich fertig.

Ich liebe dich, verdammt nochmal und ich fühle mich so hilflos.«

»Ich habe solche Angst«, schluchze ich.

»Ich bin da. Ich passe auf dich auf.«

Matt stellt den Motor ab, als wir vor der Praxis von Dr. Lewis zum Stehen kommen. Er verschränkt die Finger in seinem Schoß und unser Schweigen breitet sich unangenehm im Wageninneren aus.

»Möchtest du, dass ich mit reinkomme?«, durchbricht er unsere Starre.

»Nein lass nur. Ich schaffe das. Fahr du nach Hause und erledige eines von den vielen Projekten, die du dir vorgenommen hast.«

Ich lächle ihn an und er lächelt zurück. Aber es wirkt nicht echt. Die Sorgenfalten auf seiner Stirn kann er nicht leugnen.

»Ich bin so stolz auf dich. Der Termin ist für zwei Stunden angesetzt. Ich werde rechtzeitig wieder hier sein. Hast du dein Handy eingesteckt?«

»Ja«, provokativ schwenke ich es vor seiner Nase hin und her. Mit wackeligen Beinen steige ich aus dem Wagen und beuge mich hinein, um mich zu verabschieden.

Er beobachtet mich, bis die Tür hinter mir ins Schloss fällt. Die Praxis ist hell und äußerst geschmackvoll eingerichtet. Auf dem Tresen der

Rezeption steht eine große silberne Vase mit einem opulenten Trockengesteck.

»Kann ich Ihnen helfen?«

Vor Schreck zucke ich zusammen. Hinter der Vase habe ich die kleine Frau gar nicht wahrgenommen. Ihre Haare sind zu einem strengen Dutt gebunden und mit dem Zeigefinger schiebt sie sich die Brille hoch auf die Nase.

»Ja … Hallo. Ich habe ein Termin bei Dr. Lewis.«

»Ihr Name bitte.«

»Ähm«, nervös wippe ich auf den Fußballen auf und ab.

»Naja … also.«

»Ach Any, das ist doch junge Dame ohne Erinnerung«, ertönt eine Stimme hinter mir. Ich drehe mich um und schaue in das Gesicht eines gutaussehenden Mannes, um die fünfzig. Er ist schlank und groß. Sein dunkles Haar ist streng nach hinten frisiert und an den Schläfen grau meliert. Seine Augen sind grau wie Beton und wirken kühl und abgeklärt. Sie stehen im völligen Gegensatz zu seiner Erscheinung.

»Ist alles in Ordnung Miss?«

Ich habe nicht bemerkt, dass meine Finger sich fest an die Theke der Rezeption krallen. Erst als sein Blick auf ihnen verharrt, löse ich sie und verstecke sie hinter meinem Rücken.

»Kommen Sie! Gehen wir in mein Büro.«

Vor der Tür am Ende des Korridors stoppt er und bedeutet mir, mit einer schwungvollen Handbewegung, dass er mir den Vortritt lässt.

Mein Blick schweift durch die Räumlichkeiten. Auch hier wurde der Stil aus dem Wartezimmer fortgeführt, die einzige Ausnahme, ist der dunkle Schreibtisch aus Eichenholz an der Wand. Mittig im Raum stehen zwei bequeme Sessel mit einem kleinen Tisch in der Mitte, auf welchem eine Karaffe gefüllt mit Wasser und Gläser bereitstehen. Er schließt die Tür hinter uns und ich drehe mich ruckartig zu ihm. Mir gefriert das Blut in den Adern und meine Aufregung raubt mir schier den Atem.

»Bitte setzen Sie sich«, fordert er mich auf und nickt in Richtung Sitzgruppe. Ich lasse mich in das kalte Leder plumpsen und er nimmt ebenfalls Platz.

Mein Puls rast und der Raum erscheint mir mit jedem Atemzug kleiner. Meine Härchen stellen sich auf und Schweiß verteilt sich auf meiner Haut. Unter meinen Armen sind diese Spuren deutlich zu erkennen. Ich kreise meine Schultern und versuche zu entspannen. Dr. Lewis will mir helfen. Er ist meine letzte Chance auf ein normales Leben.

»Miss, geht es Ihnen nicht gut?«, fragt er skeptisch. Verzweifelt versuche ich, Silben zu Wörtern und Wörter zu einem vollständigen Satz zu formen.

»Oh nein ... mir geht es gut ... Ich bin ein bisschen angespannt.«

Dr. Lewis lehnt sich lässig in seinen Sessel zurück.

»Ich möchte Sie keinesfalls überfordern und wir können jederzeit abbrechen, sollte es Ihnen zu viel werden. Aber ich kann Ihnen nur helfen, wenn Sie offen zu mir sind.«

»Ich verstehe. Ich möchte das wirklich. Ich möchte, dass Sie mir helfen.« Der letzte Satz ist mehr ein Flüstern.

»Schön. Schön. Beginnen wir doch mit einer einfachen Frage. Wie geht es Ihnen heute Miss? Die Spuren Ihres Traumas sind Ihnen kaum mehr anzusehen.«

»Woher wissen Sie?«

»Ihr Lebensgefährte hat mir erzählt, in welchem Zustand er und seine Schwester Sie gefunden haben und das Ihnen jegliche Erinnerung fehlt. Dass Sie weder Kenntnis darüber haben, was Ihnen widerfahren ist und auch nichts aus Ihrer Vergangenheit. Ist das so weit richtig?«

Wie er Lebensgefährte betont, gefällt mir nicht. Es klingt, als würde es ihm Schmerzen bereiten, es auszusprechen. Die Art, wie er mein jetziges Leben zusammenfasst, als würde er einen Einkaufszettel vorlesen und nicht über meinen schlimmsten Alptraum sprechen, lässt mich im Sessel kleiner werden.

»Ja, das ist richtig«, zwinge ich mich zur Antwort.

»Ich hatte Träume. Flashbacks.«

»Ach, ist das so?«, unterbricht er mich und kritzelt auf die leeren Seiten seines Notizbuchs. »Sehr interessant. Und wie weit hat sich Ihr Erinnerungsvermögen normalisiert?«

Mit dem Kugelschreiber klopft er an den Einband und macht mich damit zusehends nervöser. Um Dr. Lewis nicht direkt anzusehen, fixiere ich das Glas Wasser auf dem Tisch. Ein Tropfen bildet sich auf dem vor Kälte beschlagenen Glas, rinnt nach unten bis auf die Tischplatte und verläuft zu einem unschönen Rand. Die Eiswürfel haben sich in der Zwischenzeit komplett aufgelöst.

»Es ist nicht viel«, stammle ich. »Ich kann mich an den Tag erinnern, an dem ich entführt wurde, aber an kein Gesicht. Ich kann mich an Situationen erinnern, aber an keine Person und keine Details. Ich weiß, dass ich in einem Club war, aber dieser Abend ist nur eine verschwommene Erinnerung«, beende ich meine Aufzählung.

»Erzählen Sie weiter«, drängt mich Dr. Lewis. Der Griff um seinen Kugelschreiber ist dabei so fest, dass die Farbe seiner Nägel von Rosa zu Weiß wechselt.

»Dann Nichts. Jemand führte mich nach draußen, aber was dann passierte, weiß ich nicht mehr.«

»Ist das Ihre einzige Erinnerung?«

»Nein.«

»An was können Sie sich noch erinnern?«

Seine Augen entwickeln ein seltsam aufgeregtes Leuchten.

»An einen Raum, mehr ein Verlies. Es war kalt und modrig und da war dieser Mann.«

»Welche Erinnerung haben Sie an diesen Mann?«

»Ich weiß nicht, ich ...«

»Denken Sie nach!«, drängt er mich. Er wirkt auf mich, wie ein verrückter Wissenschaftler, der kurz davor ist Frankenstein ins Leben zu holen. Seine Kiefer mahlen und erzeugen ein unangenehmes Geräusch von knirschenden Zähnen.

»Er ist ein Monster!«, speie ich ihm entgegen, als hätten die Worte sich zu einem Klumpen in meinem Bauch geformt, um sie ihm vor die Füße zu spucken. »Was wollen Sie denn von mir hören? Er war der Teufel. Ein wahrgewordener Alptraum.« Luft entweicht meinen Lungen und ich atme in kräftigen Stößen.

»Dieser Mann, was hat er mit Ihnen gemacht?«

»Ich kann nicht.«

»Sie müssen darüber sprechen.«

Panik durchströmt mich. Das kann ich nicht. Mit niemanden. Wenn ich es ausspreche, wird es real.

Panisch springe ich aus dem Sessel.

»Tut mir leid Dr. Lewis, aber ich kann nicht. Ich möchte jetzt gehen.« Meine Stimme ist fest, aber in mir bricht alles zusammen.

»Ich dachte ich soll Ihnen helfen?«, entgegnet er emotionslos. Seine Mimik wirkt unterkühlt. »Und wir haben noch eine ganze Stunde. Lassen Sie die nicht ungenutzt verstreichen.«

Seine Züge nehmen wieder weichere Formen an. Er scheint bemerkt zu haben, dass es unpassend war. Ich reiche ihm die Hand zum Abschied. Er packt fest zu und ich kann mich nicht aus seinem Griff lösen.

»Vielen Dank Dr. Lewis. Ich weiß Ihre Zeit ist kostbar und es tut mir wirklich sehr leid, aber heute bin ich noch nicht bereit. Es ist mir doch zu viel im Moment.«

Sein Händedruck nimmt an Kraft zu.

»Wir sehen uns übermorgen.«

»Auf Wiedersehen Dr. Lewis.«

»Auf Wiedersehen. A …« Er räuspert sich. »Auf baldigen Erfolg Ihrer Therapie.«

Zügig und ohne ein weiteres Wort verlasse ich den Raum.

Dr. Lewis kam mir so merkwürdig vor, als wäre er persönlich betroffen. Geht ihm die Geschichte all seiner Patienten so nah? Dieses Gespräch hat bei mir ein mulmiges Gefühl hinterlassen. Ich trete aus der Tür in die Nachmittagssonne und nehme mir einen Augenblick, um zur Ruhe zu kommen. Die Wärme und das Licht sind für mich nicht selbstverständlich. Ich blinzle gegen die Sonne, die über die Dächer scheint, und spüre ein Brennen im Nacken. Ich drehe mich und schaue direkt in den prüfenden Blick von Dr. Lewis. Mit starrer Miene steht er am Fenster und sieht mir nach.

Mein Mund wird trocken. Auf wackeligen Beinen wende ich mich ab, um zwischen den Häusern zu verschwinden. Auf den Straßen herrscht reges Treiben und ich versuche, zwischen den Menschen unterzugehen und nicht aufzufallen. Aber dieses Kribbeln in meinem Nacken werde ich nicht los. Schritt um Schritt, nehme ich Tempo auf und ich bemerke das Loch im Boden nicht. Mein Fuß versinkt und ich verliere das Gleichgewicht. In letzter Sekunde strecke ich meine Hände aus, um den Sturz abzufangen. Dennoch lande ich hart und stöhne schmerzvoll auf. Warum sind die Gehwege hier aus Holz und nicht aus Stein, wie in jeder anderen Stadt? Ein Splitter drückt sich in meine Haut und

Blut fließt aus meinen aufgeschürften Knien und Handflächen.

Dieser Tag killt mich. Eine helfende Hand schiebt sich in mein Blickfeld. Ich schaue an ihr hoch und in das Gesicht von Connor. Matt's Bruder taucht wieder genau im richtigen Moment auf. Mit einem schüchternen Lächeln ergreife ich seine Hand und lass mir von ihm auf die Beine helfen.

»Hallo Connor, wie kommt es, dass du immer da bist, wenn ich in Not gerate?«, frage ich ihn freundlich und klopfe mir dabei den Staub aus meinem Kleid.

»Na vielleicht passe ich ja auf dich auf«, antwortet er mit einem süffisanten Lächeln.

»Das Gefühl habe ich allerdings auch.«

»Du blutest«, stellt er fest und zaubert ein Taschentuch aus seiner Hosentasche hervor. Er hockt sich vor mich und presst es auf meine Wunde.

»Hör mal Connor, ich möchte mich bei dir bedanken. Wenn du mich nicht gefunden hättest -« Ich breche ab, weil ich nicht darüber nachdenken möchte, was dann passiert wäre. »Und ich muss mich für Matt entschuldigen. Er hätte nicht so ausrasten dürfen.«

Seine Lippen bilden eine schmale Linie, als er den Namen seines Bruders hört. »Entschuldige dich nicht für ihn! Er ist einfach irre und du tätest besser daran, wenn du dich von ihm fernhältst.«

Der Hass, der in seinen Worten mitschwingt, ärgert mich. »Matt hat mir von eurer Kindheit und dem schwierigen Verhältnis zwischen euch erzählt. Bitte versteh mich nicht falsch. Ich möchte mich auch gar nicht einmischen, aber Matt kann nichts für den Tod eurer Mutter.«

»Nein, dafür vielleicht nicht, aber an dem Tod von Celine, dafür trägt er die Schuld.«

Er spuckt mir diese Worte förmlich entgegen und ich bereue es umgehend, ihn gereizt zu haben, aber wir reden hier von dem Mann, der mich ins Leben zurückholt. Einem Mann, der so voll von Liebe ist, dass er nicht fähig wäre, einen Menschen zu töten.

»Connor, auch davon hat er mir erzählt und er ist unschuldig, nicht nur in meinen Augen, sondern auch vor dem Gesetz. Es konnte ihm nichts nachgewiesen werden.«

»Ach hat er dich auch so schön eingelullt? Bitte tue mir den Gefallen und unterschätze ihn nicht.« Beim Schlucken wippt mein Kehlkopf deutlich auf und ab.

»Hallo Connor«, unterbricht jemand unser Gespräch. »Wie ich sehe, hast du schon Bekanntschaft mit der liebreizenden Emma gemacht. Kaum ist eine Neue in der Stadt, streckst du schon wieder deine ekelhaften Wichsgriffel aus.«

»Ach, halt's Maul Jordan. Geh zu Daddy und lass dir dein krankes Hirn therapieren.« Die Luft knistert vor Testosteron.

»Emma!«, tönt es von der anderen Straßenseite. Matt kommt auf mich zu gerannt und erlöst mich aus dieser bizarren Situation.

»Geht es dir gut? Was ist passiert?«

Er mustert mich und bleibt an meinen geschundenen Beinen hängen.

»Ja, mir geht es gut. Ich bin blöd in das Loch getreten.« Ich deute auf den Boden. »Ich bin hingefallen, aber außer ein paar Schürfwunden ist nichts passiert.«

»Du musst besser auf dich aufpassen.« Er nimmt meine Hände in seine und untersucht sie auf Verletzungen. »Was machst du überhaupt hier?«

»Ich -«

Sein Blick verdunkelt sich, als er Connor und Jordan wahrnimmt. Beide schauen gebannt auf unsere verknoteten Hände. Connor wird rot und die Ader an seinem Hals tritt deutlich hervor. Ist er wütend?

Ich glühe vor Anspannung, denn jetzt fixieren sich die Brüder wie Tiere und die Situation eskaliert. Mein Tag war wirklich schon aufregend genug.

»Was machst du schon wieder hier, Connor?«, knurrt er.

»Matt! Er hat mir nur geholfen«, versuche ich die Gemüter zu beruhigen. Jordan schüttelt mit dem Kopf und verschwindet, ohne sich zu verabschieden, zwischen den Menschen. Ich sehe ihm nach und bleibe mit den beiden Streithähnen allein zurück.

»Wenn du mich fragst, einmal zu viel. Warum bist du genau zur rechten Zeit zur Stelle, Connor? Beobachtest du uns? Kannst du es nicht ertragen, dass ich mein Glück gefunden habe? Dadurch wird sie nicht wieder lebendig, du solltest beginnen nach vorn zu schauen.«

Diesmal ist es Matt, den die Faust mitten ins Gesicht trifft und zu Boden gehen lässt. Er spuckt Blut auf den Bürgersteig, bevor sich seine Augen dämonisch verdunkeln. Er springt wieder auf die Beine und stürzt auf Connor zu, aber ich stelle mich ihm in den Weg und lege ihm beruhigend meine Hand auf die Brust.

»Matt, lass uns bitte einfach gehen.«

Er atmet schnell und seine Halsschlagader bebt. Ich streichle über seine Wange und seine Gesichtszüge entspannen sich. Ohne zu zögern, führt er mich an seinem Bruder vorbei zum Auto. Ich werfe Connor noch einen entschuldigenden Blick über die Schulter zu und steige ein.

33

Träge erwache ich aus der Ohnmacht. Meine Sinne schärfen sich, begleitet von dem stechenden Schmerz in meinem Schädel. Bei jedem Atemzug dringt ein Pfeifton durch meine blutverkrustete Nase. Aber selbst das sperrt diesen modrigen Geruch nicht aus. Mir ist kalt und meine Kleidung hat die Feuchtigkeit der Wände wie ein Schwamm aufgesogen. Mit der Zunge ertaste ich die aufgeplatzte Lippe und der Schmerz lässt mich kurz zusammenfahren. Zögerlich und nur einen Spalt weit, öffnete ich die Augen. Beide sind zugeschwol-

len und erlauben mir kaum, etwas von der Umgebung aufzunehmen. Die einzige Lichtquelle ist die kleine Glühbirne an der Decke. Mit einer Hand erkunde ich den Rest meines Zustands. Auf meiner Stirn prangt eine große Beule und meine Rippe schmerzt. Vorsichtig setze ich mich auf, dabei wird mir so schwindelig, dass ich kurz davor bin wieder das Bewusstsein zu verlieren. Ich sehne mich nach der Schwärze, aber ich muss bei Verstand bleiben. Ich ziehe die Knie nah an die Brust und stoße auf einen Widerstand. Ich bin ans Bett gekettet. Meine zitternden Finger graben sich tief in mein Fleisch. Erinnerungsfetzen schießen wie Lichtblitze durch meine Gedanken. Sein schwerer Körper auf mir und der erste Schlag mit der flachen Hand. Das Brennen auf meiner Haut. Ich wehrte mich mit Leibeskräften, aber er war stärker. Ich schlug um mich und erwischte ihn im Gesicht. Mit den Fingernägeln hinterließ ich tiefe Kratzspuren auf seiner Wange. Sein Blut tropfte mir auf die Haut und er schlug mich erneut. Diesmal bekam ich seine Faust zu spüren. Eine nach der anderen traf mich hart ins Gesicht und den Oberkörper. Er packte mich an den Haaren und schlug meinen Kopf gegen den Bettpfosten. Da blieb ich zum ersten Mal regungslos. Ich hustete Blut und bekam kaum Luft. Ich gab auf. Er riss sich seine Hose runter und spreizte mir die

Beine, bevor er sich mit nur einem Stoß tief in mich versenkte. Der Schmerz ersetzte die Angst und der metallische Geruch von Blut umwob mich wie eine Nebelwolke. Dunkle Flüssigkeit verteilte sich unter mir. Ab diesem Zeitpunkt verließ ich meinen Körper. Wie ein Zuschauer blickte ich auf die Szenerie hinab. Die leeren Augen des Mädchens schauten starr an die Decke, während stille Tränen sich mit Blut vermischten. Nur ein leises Keuchen verliert sich aus ihren fest zusammengepressten Lippen bei jedem Stoß seines verschwitzten Körpers. Der Körper eines Monsters, welcher sich gnadenlos immer und immer wieder in sie trieb. Er grunzte wie ein Schwein, als er sich in ihr ergoss und auf ihr zusammenbrach. Sein Gewicht drückte den letzten Rest Sauerstoff aus den Lungen dieses Mädchens.

Hinter der Tür sind Schritte zu hören. Die schwere Eisentür schiebt sich auf und da steht er. Details kann ich durch die Schwellung meiner Augen nicht erkennen. Seine Stimme lässt mir das Blut in den Adern gefrieren. Atmen. Ich muss weiter atmen.

»Na kleine Alessa, hast du gut geschlafen?« Ich zittere wie Espenlaub. Er streichelt mir über das Haar und zwirbelt eine Locke um seine Finger. Bevor er fest zupackt und meinen Kopf grob in den Nacken zwingt. Er überdehnt meinen Hals und ich

kann nicht schlucken. Seine scheußliche Fratze verschwimmt vor mir und verzerrt immer mehr. Der Raum klart auf und ich reiße keuchend die Augen auf.

Matt stützt sich über mich und sieht verzweifelt aus. Ich bin nicht mehr in diesem Verlies. Ich bin in Sicherheit, denn es sind seine Hände, die mich berühren.

»Emma! Gott, du hast mir solche Angst eingejagt. Du warst völlig außer Kontrolle und ich habe dich nicht wach bekommen.«

»Alessa.«

»Was? Was meinst du, Kleines?«

»Mein Name ist Alessa.«

Wie ein Befreiungsschlag kämpfen sich die Worte aus meinem Mund. Als hätte die ganze Zeit etwas an meinen Beinen gezogen, um mich unter Wasser zu halten, und jetzt, da ich die Oberfläche durchstoße, atme ich wieder freier. Matt hat jegliche Farbe verloren und begreift nicht sofort, was ich ihm zu sagen versuche.

»Alessa? Das ist ein schöner Name. Möchtest du mir erzählen, was du geträumt hast?«

Er streicht mir eine Haarsträhne hinter mein Ohr. Wie zarte Federn haucht er Küsse auf meinen Hals und verbannt die dunklen Bilder. Er dreht sich auf den Rücken und zieht mich mit sich. Tief kuschele ich mich in seine Armbeuge. Dieser Mensch ist alles, was ich jetzt brauche und immer brauchen werde. Mit diesem Gedanken verschwindet der letzte Zweifel und in dieser Nacht erzähle ich Matt alles.

Er stellt keine Fragen und unterbricht mich nicht. Das Knirschen seiner Zähne und seinen angespannten Rumpf kann er jedoch nicht verbergen. Als ich nichts mehr zu sagen habe, ist es so still, das eine auf den Boden fallende Stecknadel ein Erdbeben auslösen würde. Matt bricht als Erster das Schweigen. Mit der Hand streicht er sich die Haare aus der Stirn und zieht mich fester an seine Brust, obwohl das kaum möglich ist. Sein Herz stolpert in einem mir bisher unbekannten Takt. Ich hauche ihm einen Kuss auf die pochende Haut und ermutige ihn damit, auszusprechen was ihm auf der Seele brennt.

»Wir kennen deinen Namen. Wir können zum Sheriff gehen. Gleich morgen. Vielleicht finden wir jetzt doch etwas raus. Es muss dich damals jemand als vermisst gemeldet haben.«

Er hat recht, aber bin ich bereit dafür? Und ist es überhaupt wichtig? In diesem Heim gab es niemanden, an den ich emotional gebunden war. Mein Leben beginnt jetzt und hier.

»Matt bitte lass uns damit noch etwas warten.«

Er zieht fragend die Stirn kraus und scheint davon nicht begeistert zu sein, diesen Schritt unnötig hinaus zu zögern, aber er muss es respektieren.

»Alles klar. Wir machen es so, wie du es für richtig hältst.«

34

Wir parken vor der Praxis. Mein zweiter Termin mit Dr. Lewis beginnt in zehn Minuten und meine Körperhaltung spiegelt deutlich mein Stresslevel wider. Ich fixiere den Eingang durch die von toten Insekten verschmierte Frontscheibe seines Pick-ups. Meine Handflächen fühlen sich nass an, aber Matt greift nach einer und drückt sanft seine Lippen darauf.

»Bist du bereit?«, flüstert er an meinen Handrücken. Ich zucke mit den Schultern. Das unangenehme Gefühl der letzten Sitzung sitzt mir tief in den Knochen. Irgendetwas bereitet mir Unbehagen.

Mit festem Blick schaue ich in seine sorgenvollen Augen.

»Ja, ich schaffe das. Für uns.«

Ich ziehe am Griff des Türöffners, aber er hält mich am Arm zurück.

»Ich bin so stolz auf dich. Versuch heute durchzuhalten. Ich bin in einer Stunde wieder da und falls nicht, ruf mich an. Ich möchte keinesfalls, dass du dich wieder allein auf den Weg machst.«

Ich nicke, aber das reicht ihm nicht. Er fragt energischer: »Okay, Alessa?«

Meinen Namen zu hören, fühlt sich fremd an. Gespielt genervt, verdrehe ich die Augen. »Ja, ich rufe dich an. Versprochen.«

»Wehe, wenn nicht«, sagt er mit diesem rauen Ton in der Stimme und der darauffolgende Kuss, lässt mich wünschen, der Termin würde nicht anstehen. Ich löse mich nur schwer von ihm und steige aus dem Wagen.

In zivil und der Handtasche unter dem Arm, hetzt die Angestellte auf mich zu und das schnelle Klackern ihrer Absätze, hallt von den Wänden wider. Etwas verunsichert versuche ich, ihre Aufmerksamkeit auf mich zu lenken.

»Entschuldigung?« Erst jetzt nimmt sie mich wahr. »Bin ich zu spät?« Ein Blick auf die Wanduhr verrät mir, dass ich fünf Minuten zu früh bin.

»Nein, sie sind pünktlich. Sie sind die letzte Patientin für heute und Dr. Lewis war so nett mir den Rest des Tages frei zu geben und ich wollte schnell flüchten, bevor er es sich anders überlegt. Das wäre leider nicht das erste Mal. Bitte nehmen Sie einen Moment Platz. Dr. Lewis ist gleich für Sie da.«

Mit der Hand deutet sie in den Wartebereich und verlässt daraufhin eilig die Räumlichkeiten. Ich setze mich und der Stuhl knarrt unter meinem Gewicht. An der Wand hängt ein Lufterfrischer, der im gleichen Moment einen angenehmen blumigen Duft versprüht.

Nervös schaue ich mich im Wartezimmer um. Es herrscht absolute Stille, nur das Ticken der Wanduhr und die Stimmen in meinem Kopf sind zu hören. Das gefällt mir nicht. Ich will hier weg. Die Zeitschrift, in der ich blättere, in dem Versuch mich von meiner Aufregung abzulenken, lege ich zurück auf den Tisch. Ich drehe mich zum Ausgang und da steht Dr. Lewis freudestrahlend im Wartebereich. Ich habe ihn gar nicht kommen hören.

»Da sind sie ja. Bitte entschuldigen Sie die Verspätung. Wollen wir?« Ich nicke mechanisch und bohre die Fingernägel tief in die Innenseite meiner Faust. Dr. Lewis scheint mein Unbehagen zu bemerken.

»Möchten Sie ein Glas Wasser?«

»Ja, bitte.«

Ich setze mich in den mir bekannten Sessel, nehme ihm das Glas ab und trinke es in einem Zug leer. Dr. Lewis steht am Schreibtisch und schiebt einige Papiere von links nach rechts. Seine Augen wandern immer wieder zu mir. Er wirkt abwartend, dabei warte ich doch auf ihn.

Ich spüre ein leichtes Kribbeln in den Zehen, welches sich weiter die Waden hocharbeitet. Ein Gefühl von Taubheit breitet sich in mir aus und meine Augenlider werden schwer. Er läuft um den Schreibtisch und kommt prüfend auf mich zu. Mein Mund ist staubtrocken und ich kann mich nicht rühren.

»Also Miss, wie ging es Ihnen nach unserer ersten Sitzung?«, fragt er höhnisch und schiebt sich die Brille ein Stück höher auf die Nase.

Die Worte kommen nur lallend über meine Lippen. Was ist los mit mir? Meine Zunge liegt wie Beton in meinem Mund. Mein Speichel schmeckt bitter und läuft mir aus dem Mundwinkel.

»Was ist los, kleine Alessa? Hat es dir die Sprache verschlagen?«

Woher kennt er meinen Namen? Ich habe nichts in diese Richtung erwähnt. Meine Lider flattern unkontrolliert, während mein Blick auf Dr. Lewis gerichtet ist. Er steht gebeugt über mir und tupft mir den Speichel vom Mund. Sein Atem riecht muffig. In meinen Kopf liegen die Puzzleteile wild verstreut auf einem großen Tisch und ich stecke panisch die verschiedenen Ecken aneinander, aber mir fehlt das letzte Teil, um das Bild zu komplettieren. Diese Hände. Sein Gesicht mit den hellen Streifen auf der Wange. Feine Narben. Kratzspuren? Mein Herz pocht bis an meine Schädeldecke. Ich hätte meinem unguten Bauchgefühl vertrauen sollen. Jetzt ist es zu spät. Matt, wo bist du?

»Hab` keine Angst.« Seine schmierigen Finger streichen mir die Haare aus der Stirn und umfassen dann mit festem Griff mein Kinn. »Ich bringe dich nach Hause.«

Am schlimmsten ist sein Tonfall, der sich in einem schrillen Singsang in meinem Gehör festsetzt. Da sind keine Schuldgefühle. Nichts lässt darauf schließen, wie verrückt er ist. Ich schüttele vehement mit dem Kopf, aber nur für mich, denn zwischen seinen Händen bewegt ich mich keinen Millimeter.

Die Erkenntnis trifft mich wie ein Schlag. Ich versuche, Arme und Beine zu bewegen. Alles fühlt sich an, als gehörten sie nicht zu mir. Ein Stöhnen, halb aus Panik, halb vor Anstrengung, kommt mir stumpf über die Lippen. Gelähmt. Ich bin gelähmt. Die Töne aus meinem Mund sind sinnlose Geräusche und die Träne, die mir aus dem Augenwinkel rinnt, leckt er mir von der Wange.

In einem humorlosen Lachen spricht er weiter:

»Du hast doch nicht wirklich geglaubt, dass ich mein kleines Spielzeug einfach so entkommen lasse.« In seinem Gesicht spiegelte sich pure Ironie. »Aww, wie niedlich, das hast du wirklich geglaubt oder?« Seine Lippen sind nah an meinem Ohr und sein Atem schlägt sich auf meiner Haut nieder. Dieser Geruch, ich habe ihn vergessen, aber jetzt ist alles wieder da. Mein Entführer, er hat mich gefunden und diesmal, wird er mir keine weitere Chance zur Flucht lassen, da bin ich mir sicher.

»Du wirst gleich in einen tiefen Schlaf fallen und wenn du wieder aufwachst, bist du schon in deinem Zimmer. Du wirst dich wundern, denn ich habe es noch viel schöner für dich hergerichtet. Aber eins kann ich dir schon verraten, du wirst deine Fußfessel nie wieder los.«

Ich schreie aus Leibeskräften, aber in der Spiegelung seiner Brille, sehe ich ein stilles, regloses Mädchen. In diesem Moment bin ich dankbar, dass die Dunkelheit mich wieder Willkommen heißt.

35

Der Parkplatz vor der Praxis ist leer und wirkt wie ausgestorben. Hat sie ihre Stunde etwa schon wieder abgebrochen und sich allein auf den Weg gemacht? Wütend steige ich aus dem Auto und gehe Richtung Eingang. Als ich die Klinke nach unten und mit Schwung gegen die Tür drücke, stoße ich auf Widerstand. Erst jetzt sehe ich das Schild mit der Aufschrift *Geschlossen*, welches mit Klebestreifen an die Scheibe befestigt wurde. Darunter stehen die Öffnungszeiten. Ein erneuter Blick auf meine Armbanduhr sagt mir, dass die Praxis noch zwei Stunden geöffnet sein müsste. Vielleicht hat seine Empfangsdame heute eher Schluss und er hat abgeschlossen, um die Sitzung mit Alessa nicht zu stören. Ich drücke die Klingel und mein Fuß tippt nervös auf und ab. Nichts passiert. Die Praxis bleibt dunkel und wie ausgestorben. Ich wähle ihre Nummer, aber das Telefon ist ausgeschaltet.

Ich parke vor unserem Haus und renne wie ein Verrückter hinein, aber es gibt keine Spur von ihr. Diese Stadt ist nicht groß und ich bin extra einen Umweg gefahren. Sie ist wie vom Erdboden verschluckt. Ein ungutes Gefühl betäubt meine Sinne. Cathi! Vielleicht ist sie bei ihr. Sofort rufe ich sie an.

»Hallo?«

»Cathi, ist Alessa bei dir?«

»Wer?«

»Alessa! Ach so, du weißt es noch nicht. Sie kann sich wieder an ihren Namen erinnern.«

»Aha und warum weiß ich davon noch nichts? Nein, sie ist nicht hier. Was ist denn los?«

»Ich wollte sie von ihrer Therapiestunde abholen, aber da war niemand mehr. Ich bin durch die Stadt gefahren, aber auch da war sie nicht. Cathi, hier stimmt etwas nicht. Ich habe ein ganz ungutes Gefühl.«

»Matt beruhige dich. Sie sitzt bestimmt in irgendeinem Kaffee und -«

»Connor!«, platzt es aus mir heraus und meine Augenlider verengen sich zu schmalen Schlitzen.

»Was ist mit Connor?«

»Cathi, kannst du versuchen ihn zu erreichen? Frag ihn, wo er ist.«

»Was soll Connor damit zu tun haben?«

»Bitte, Cathi! Ich bin in fünf Minuten bei dir.«

Als ich die Tür zu Cathi's Praxis aufstoße, reißt der Windzug einige Papiere vom Empfangstresen. Ihr Stuhl knallt lautstark gegen die dahinterliegende Wand, als sie vor Schreck auf die Beine springt. Kopfschüttelnd und mit der Hand auf der Brust, kommt sie um den Tresen und bückt sich nach den Dokumenten, um sie sorgfältig übereinanderzustapeln. Etwas verärgert murmelt sie. »Ich konnte ihn nicht erreichen, vielleicht hat er kein Netz. Matt beruhige dich doch erstmal.«

»Beruhigen? Wie soll ich mich den bitte beruhigen. Was redest du da?« Meine Faust schlägt hart auf das Holz der Theke. »Verdammt Cathi! Alessa ist nicht aufzufinden und ich werde mich erst wieder beruhigen, wenn ich sie wieder bei mir habe.«

Ich raufe mir die Haare und in meinem Kopf spielen sich die schlimmsten Szenarien ab. Sie streichelt mir beruhigend über den Rücken.

»Komm wir machen uns zusammen auf den Weg und suchen nach ihr.«

36

Mit dem Kopf an die Fensterscheibe gelehnt, weckt mich das Ruckeln des fahrenden Autos. Die Muskeln um meine Augen zucken und meine Pupillen kreisen hinter meinen Lidern. Ein stechender Schmerz, wie tausend Nadelstiche, lässt mich wissen, dass wieder Blut in meinen Adern zirkuliert. Unauffällig klopfe ich mit den Fingern und bewege die Füße in der Dunkelheit des Innenraumes. Es verlangt meine vollste Konzentration, aber es gelingt mir. Ich kann nicht lange über den nächsten Schritt nachdenken, dafür bleibt mir keine Zeit. Ich muss jetzt handeln, bevor es zu spät ist. Lieber sterbe ich heute und hier, als mich wieder in seine Fänge zu begeben. Langsam wandert meine Hand in Richtung Türgriff. Ich bin nicht angeschnallt. Er hat vermutlich nicht damit gerechnet, dass ich vor unserer Ankunft wieder bei Sinnen bin. Es ist der pure Überlebenswille, der mich antreibt, als ich an dem Griff ziehe, die Wagentür auftrete und mich aus dem Auto fallen lasse. Ich lande hart auf der Schulter und rolle einige Male um die eigene Achse, bis mich ein Baum bremst. Die Drogen in meinem Blut lassen mich das wahre Ausmaß der Verletzungen nicht spüren und genau das nutze ich zu meinem Vorteil. Ich muss rennen. Es sind nur diese wenigen Sekunden, die mir ein Vorsprung verschaffen. Die Sekunden, die es braucht, um den Wagen zum Stehen zu bringen, auszusteigen und die Verfolgung aufzunehmen. Die Schwärze der Nacht ist auf meiner Seite. Deshalb renne ich, wie schon einmal, tief in den Wald. Wieder schlagen mir Äste entgegen, aber ich renne weiter. Renne, um mein Leben ohne einen Blick über die Schulter zu werfen, bis ich hinter einem Baum zusammensacke und zu Atem kommen muss. Habe ich es geschafft? Habe ich ihn abgehängt? Ich weiß es nicht. Suchend schaue ich ins dunkle Dickicht des Waldes. Es ist nichts zu erkennen. Erleichtert atme ich aus und drehe mich wieder zurück. Eine Faust trifft mich hart auf den

Kiefer und ich falle wie ein gefällter Baum zu Boden. Haltsuchend grabe ich die Finger tief in den Waldboden, drehe mich auf den Bauch und ziehe mich kriechend weiter. Nur weg von ihm. Sein Stiefel trifft meinen Unterarm und meine Schreie dröhnen durch den Wald. Der Schmerz, der meinen Körper wie ein Tornado durchfährt, lässt mich kurzzeitig das Bewusstsein verlieren. Als ich wieder aufwache, liegt er schon auf mir. Meine Hände hält er fest über meinem Kopf fixiert. Ich halte die Luft an, um seinen stinkenden Atem nicht zu inhalieren.

»Du hast doch nicht wirklich geglaubt mir entkommen zu können«, spuckt er mir ins Gesicht. Ich zittere am ganzen Körper und kalter Schweiß rinnt meine Schläfe hinab. »Wir können es uns schwer machen oder wir können es uns leicht machen. Du entscheidest. Entweder bist du jetzt ein braves Mädchen oder ich muss dich dazu bringen ein braves Mädchen zu sein. Was meinst du Kätzchen? Kannst du ein braves Mädchen sein?«

Meine Lippen bleiben versiegelt, aber da schlägt er mir seine flache Hand ins Gesicht und hinterlässt ein heißes Brennen. Sein Daumen und Zeigefinger drücken links und rechts auf meine Wange, so dass ich gezwungen bin den Mund zu öffnen.

»Alessa, sag es mir. Wirst du ein braves Mädchen sein?«

»Ich werde brav sein«, versuche ich ihn zu beruhigen. Seine aufgeregten Hände nesteln an seiner Hose und ich weiß, was mir bevorsteht. Es ist nur der Anfang seines kranken Spiels. Ich beobachte, wie sich das Blätterdach der Bäume im Wind wiegt. Er zerrt an dem Bund meiner Hose. Irre Augen sehen auf mich hinab. Aus dem Nichts ertönt eine Stimme aus dem Dickicht, die ich hier nicht erwartet hätte.

»Geh runter von ihr!«

Er hält inne und sein Kopf schießt in die Richtung, in der die Gestalt langsam Form annimmt. Es ist Jordan. Er lässt von mir ab und steht auf. Mit schmerzendem Körper krabbele ich rückwärts und lehne mich gegen den Stamm.

»Was willst du hier, Sohn?«, presst er genervt durch die Zähne.

»Das muss jetzt ein Ende haben.« Im Mondlicht blitzt etwas auf, was er mit festem Griff umschlossen hält. Jordan hat ein Messer. »Ich schaue mir eure Spielchen nicht länger an. Das ist krank!«

»Du bist krank Sohn. Lass uns reden. Hast du deine Medikamente nicht genommen?«

»Du hast mich krank gemacht«, schreit er dem Psychiater entgegen. »Dein kranker Kopf ist schuld, dass ich nie Kind sein durfte. Aber ich habe die

Schnauze voll. Das geht zu weit und es endet genau hier und jetzt!«

»Ach, ist das so? Was hast du vor. Willst du mich mit deiner dreckigen Klinge aufschlitzen?« Er breitet seine Arme aus und bietet ihm seine empfindlichste Stelle an.

»Dann solltest du es sofort tun. Denn eins sag ich dir, wenn ich dich in die Finger kriege, dann -«

Plötzlich geschehen viele Dinge gleichzeitig, schnell und mit dem bloßen Auge kaum zu erkennen. Etwas springt Dr. Lewis von hinten in den Rücken und lässt ihn nach vorn überkippen. Er wendet sich und hält kurz vor seiner Kehle den zähnefletschenden Kopf eines Wolfes fest in den Händen. Pete. Ein ohrenbetäubender Knall lässt die Bäume erzittern und Jordan zu Boden gehen. Der Krach reißt mich aus meiner Schockstarre und mit gesenktem Kopf krabble ich zu Jordan hinüber, der sich fest die Hand seitlich auf den Bauch drückt. Das Sprechen kostet ihm immense Kraft und die Worte kommen ihm nur stockend über seine Lippen. »Schnell. Nimm das Messer. Bring es zu Ende, bevor es dein Ende ist.«

Ich denke nicht lange nach. Mit festem Griff umfasse ich das Messer und krieche zurück zu meinem Peiniger, der den zähnefletschenden Wolf mit aller Kraft von sich drückt. Fest umschließe ich den Griff der Klinge. Meine Hände zittern. Meine Augen brennen. Ich will zustechen. Ich will es beenden. Ich kann nicht. Das Messer gleitet aus meinen Fingern und landet geräuschlos im Moos. Ein weiterer Schuss ertönt, streift mein Ohr und trifft Pete. Der Wolf jault auf und bricht leblos auf dem Psychiater zusammen. Ich presse mir fest die Hände auf die Ohren, um diesen grässlichen Piepton loszuwerden, der mir fast das Trommelfell zerfetzt. Aber das dämonische Lachen von Lewis sperren sie nicht aus. Er fegt das Tier ungehalten von seinem Körper und mein Herz schlägt mir bis zum Hals. Ich hätte zustechen sollen. Jetzt muss ich fliehen. Taumelnd komme ich auf die Beine, aber schon nach einem Schritt, knicken sie unter mir weg. Die Finger fest in dem feuchten Boden verankert, ziehe ich meine bleischweren Füße hinter mir her. Hände packen meine Knöchel und schleifen mich die zwei Meter, die ich gut gemacht habe, wieder zurück. Ich drehe mich um und trete ihm mit aller Kraft gegen sein Knie. Sein schmerzerfüllter Schrei hallt laut durch den Wald. Sein Gesicht verzieht sich zu einer Fratze und als mich sein Blick trifft, sehe ich das pure Böse in seinen Augen. Er stürzt sich auf mich. Seine Hände legen sich um meine Kehle und drücken mir die Luft ab. Spucke tropft in mein Gesicht. Panisch suche ich Halt im Waldboden und ertaste das Messer. Dieses Mal zögere ich nicht und ramme der Fratze die Klinge seitlich in die Kehle. Blut spritzt mir entgegen und haftet klebrig auf meiner Haut, aber dieses Mal ist es nicht meins. Er röchelt und roter Speichel quillt in Blasen aus seinem Mund. Seine Augen sind weit aufgerissen und das bleiben sie, bis jedes Leben aus ihnen entweicht und er mich unter sich begräbt.

»Schmorr in der Hölle.« Sind meine letzten Worte an dieses Monster. Ich habe einen Menschen getötet, aber war er das überhaupt? Ein Mensch?

Ich bekomme wieder Luft, als sein Körper von mir gestoßen wird. Jemand zieht mich an den Haaren auf die Beine und treibt mich vor sich her. Ich trete nach hinten und treffe sein Schienbein. Er schreit auf. Dann trifft mich etwas Hartes auf den Hinterkopf und ich gehe in die Knie.

37

Als wir bei Sheriff Cambell halten, ist es bereits dunkel. Hastig springe ich aus dem Wagen und schmeiße die Tür hinter mir zu. Mit schnellen Schritten schließt Cathi zu mir auf und von ihrer anfänglichen Ruhe ist nichts mehr übrig.

Ich bin zu keinem klaren Gedanken fähig. In dem einen Moment hatte ich alles und mit einem Wimpernschlag bricht meine Welt in sich zusammen. Meine Anspannung schlägt in Frustration um. Mit geballten Fäusten gehe ich auf den Sheriff zu. Meine Nägel treiben mir dabei so tief ins Fleisch, dass ich blute.

»Sie ist weg!«, schreie ich ihm entgegen.

Er beißt von seinem Brot ab und spült es mit einem Schluck Kaffee runter. Ich flippe gleich aus.

»Was ist es dieses Mal, Matthew?« Er kaut und liest die Uhrzeit von seiner Armbanduhr. »In zehn Minuten habe ich Feierabend.«

In mir tobt ein Sturm von Aggression, der mir die Kehle zuschnürt und jeden Moment aus mir herausbricht. Meine Schultern sind steinhart und meine Knöchel knacken. Ich bin kurz davor mich zu vergessen, als ich die Hand meiner Schwester am Oberarm spüre.

»Matt, lass mich das übernehmen«, fordert sie beschwichtigend. Mit einem flachen Nicken gebe ich ihr die Bestätigung, die sie in meinem Gesicht sucht.

»Sheriff, unsere Freundin ist seit heute Nachmittag verschwunden. Sie ist von ihrer Therapiestunde nicht nach Hause gekommen. Wir machen uns unendlich viele Sorgen, dass ihr etwas passiert sein könnte.«

Er antwortet Cathi ohne den Blick von mir zu lösen. Mir ist klar, dass es für ihn schon einen Verdächtigen gibt, was mich nur noch wütender macht. Nie wäre ich in der Lage meinem Mädchen irgendetwas anzutun.

»Verstehe. Wann hast du sie denn zuletzt gesehen, Matthew?«

Meine Schwester übernimmt weiterhin das Reden für mich. »Matt hat sie bei Dr. Lewis abgesetzt, aber als er sie abholen wollte, war die Praxis bereits geschlossen und seitdem gibt es keine Spur von ihr.«

»Die Miss, hat sich bestimmt nur verlaufen, wäre ja nicht das erste Mal.«

Cathi schlägt mit beiden Händen fest auf das Holz des Empfangs. Das ist eine ganze neue Seite an meiner Schwester. Die Adern an ihren Schläfen treten deutlich hervor und ihr Gesicht hat eine beängstigende rote Farbe angenommen.

»Sheriff Cambell, jetzt hören Sie mir zu! Selbst wenn sie sich nur verlaufen hat, müssen wir sie sofort suchen und sie finden, bevor sie in Panik gerät und das wäre noch das beste Szenario. Alessa kann sich wieder erinnern und der Mensch, der ihr all das angetan hat, ist irgendwo da draußen. Was ist, wenn er sie gefunden hat? Wenn sie wieder in seiner Gewalt ist? Ich kann nicht verstehen, wie Sie hier sitzen können und -«

Das Klingeln ihres Handys unterbricht die angespannte Situation.

»Hallo?«

»Jordan, ich kann jetzt nicht ... Was? Wo bist du? Ich verstehe dich kaum … Wen verfolgst du? ... Emma? … Bist du sicher? Jordan? ... Jordan?«

Sie nimmt das Telefon vom Ohr und es gleitet ihr aus den Händen.

Das Blut schwindet zusehends aus ihrem Gesicht und sofort packe ich sie an den Schultern. Einerseits um sie zu stützen, aber auch um sie zu drängen, endlich zu sprechen.

»Was hat er gesagt?«

»Er hatte keinen guten Empfang. Ich habe nicht alles verstanden.«

Ihre Pupillen flackern und ich schüttle sie etwas zu fest. »Aber was, Cathi? Was hast du verstanden? Du hast ihren Namen gesagt.«

Sheriff Cambell hebt seinen dicken Arsch endlich aus dem Stuhl und scheint zu begreifen, wie ernst die Lage ist.

»So, wie ich es mir zusammenreime, hat er sie bewusstlos in einem Auto gesehen und verfolgt dieses seitdem. Ich habe nicht verstanden, wen er verfolgt, aber er muss ihn gekannt haben. Die Verbindung war so schlecht und dann wurde das Gespräch unterbrochen.«

»Hat er gesagt, in welche Richtung er fährt?«

»Richtung Westen.«

Mehr brauche ich nicht zu hören. Sofort hetze ich aus der Tür zum Wagen.

»Thompson? Du kannst so nicht fahren. Ihr Fahrt mit mir«, schreit Cambell mir nach.

Es gefällt mir nicht, aber er hat recht. Alessa nützt es nichts, wenn ich mich um den nächsten Baum wickle, weil ich unkonzentriert bin. Cathi steigt hinten in den Streifenwagen ein und ich nehme vorne platz. Meine Gedanken kreisen unaufhörlich um Alessa. Sie befindet sich wieder in den Fängen dieses Monsters, das spüre ich in jeder Faser meines Körpers. Im Lichtkegel der Scheinwerfer wird ein parkendes Auto sichtbar.

»Das ist Connor's Wagen«, stelle ich erschrocken fest, als wir direkt dahinter zum Stehen kommen. Der Gurt klemmt oder meine Finger sind zu zittrig. Ich bekomme ihn nicht auf und zerre wild an dem Riemen.

»Hey, hey, ganz ruhig.«

Mit einer schnellen Bewegung erlöst mich Cambell. Ich renne zum Wagen und kontrolliere ihn. Keine Ahnung, was ich zu finden gedenke, aber irgendeinen Anhaltspunkt muss es geben. Die Autotür steht weit offen und der Schlüssel steckt im Zündschloss, so als wollte er keine Zeit verlieren. Ich schalte die Scheinwerfer ein und begutachte die erhellte Straße. Es sind deutlich weitere Reifenspuren zu erkennen, die im weiteren Verlauf mit dem Asphalt verschwimmen. Fuck. Ich werfe die Tür mit Schwung zu und trete gegen das Vorderrad. Entweder das Schwein hat jetzt Connor und Alessa in seiner Gewalt oder einer von beiden liegt hier im Wald. Verletzt. Oh bitte, schicke ich ein Stoßgebet in den Himmel, hoffentlich nur verletzt.

Die grellen blau-roten Lichter der Signalleuchten erhellen die Szenerie und beschwören eine allumfassende Kälte in mir herauf. Mit Taschenlampen erkunden wir die nähere Umgebung, aber es gibt keine Spur von ihnen. Cathi versucht ständig Connor auf dem Handy zu erreichen, aber sie findet kein Netz. Sie hält das Telefon höher in die Luft und geht dabei die Straße auf und ab. Die pure Verzweiflung in mir macht jegliche logische Schlussfolgerung unmöglich. Ein fester Druck auf meiner Schulter lässt mich umdrehen.

»Wir können hier im Moment nichts tun. Ich habe Verstärkung angefordert. Die werden den Wald durchkämmen. Ich werde euch bei dir absetztzen, Matthew. Wenn sie entkommen konnten«, auch ihm fällt es schwer, das Schlimmste anzunehmen, »sind sie auf dem Weg zu deinem Haus. Von hier aus ist es kürzer in diese Richtung, als zurück nach Dawson.«

»Er hat recht.« Cathi's Stimme zittert. »Lass uns bei dir die nächsten Schritte überlegen und auf die

Ergebnisse der Verstärkung warten. Vielleicht, sind sie ja sogar schon da und warten auf uns.«

Ihr liebevolles Lächeln ist Balsam auf meiner Seele. Ich weiß, sie will für mich stark sein, obwohl ihr die Verzweiflung förmlich ins Gesicht geschrieben steht. Ich nicke mechanisch.

Am Haus ist niemand. Alles ist still. Mein Herz wird von einer unsichtbaren Faust zerquetscht, bis nur Asche aus den Fingern rieselt.

Cathi hat uns Tee gekocht, aber ich rühre ihn nicht an. In meinem Kopf haben sich die dunkelsten Gedanken manifestiert. Verstörende Bilder, was dieses Monster ihr antut und welche Qualen sie erleiden muss. Wäre ich doch nur mit in die Praxis gegangen. Ich hätte sie nicht allein lassen dürfen. Ich hätte sie beschützen müssen.

»Matt«, holt mich Cathi zurück ins Jetzt. »Was hat Alessa dir erzählt. Überlege ganz genau, vielleicht gibt es einen Hinweis. Irgendetwas.«

»Ich mache die ganze Zeit nichts anderes«, brumme ich.

Ich gehe alles durch, immer und immer wieder, aber da ist nichts. Es gibt keinen Hinweis. Es war nichts auffällig an diesem Tag.

»Sie fühlte sich beobachtet, die ganze Zeit schon.« Ich presse mir die Finger auf die Nasenwurzel. Irgendetwas übersehe ich. »Ich hätte das ernster nehmen müssen, aber ich dachte, es wäre mein kranker Bruder, der sich in den Kopf gesetzt hat, er müsste sie vor mir beschützen.«

»Dich trägt keine Schuld. Mach dich jetzt nicht fertig und versuche, dich auf das Wesentliche zu konzentrieren. Ich denke, es muss jemand von hier sein. Jemand der weiß, wo du wohnst. Jemand der wusste, dass sie heute einen Termin bei Dr. Lewis hatte und der auf den richtigen Moment gewartet hat, sie allein zu erwischen. Der Sheriff konnte Dr. Lewis bisher nicht erreichen, aber vielleicht ist ihm etwas aufgefallen.«

»Das ist es ja. Fast jeder hier, weiß wo ich wohne. Das schränkt die Anzahl der Verdächtigen nicht ein.«

»An was konnte sie sich erinnern? Gibt es da Anhaltspunkte? Wie hat sie den Ort beschrieben?«

»Sie erzählte von ihrem Verlies, was womöglich ein Keller war«, frustriert schlage ich mit der Faust auf den Tisch. »Jeder Zweite hat hier einen gottverdammten Keller.«

Mit Nerven zum Zerbersten gespannt, tigere ich im Wohnzimmer auf und ab. Bei jedem Schritt setzen meine Fersen hart auf den Holzboden auf und ich bin mir sicher, schon tiefe Furchen hinterlassen zu haben. Ich kann hier nicht nur sitzen und Tee trinken. Ich muss handeln. Cathi's Telefon klingelt und hinter dem zersprungenen Display, ist die Nummer von Cambell zu erkennen.

»Sheriff, gibt es etwas Neues?« Ihr Blick verhärtet sich zusehends. »Was? Ist das … Ist das wahr?«

Sie legt auf, ohne sich zu verabschieden.

»Was ist los? Was hat er gesagt?«

»Sie haben Blutspuren gefunden. Viel Blut. Aber keine Leiche.«

Ich greife den Stuhl und zerschmettere ihn an der Küchenwand. Cathi's Augen sind vor Schock geweitet und die Hand auf ihrem Mund schluckt ihren Schrei. Meine Beine geben unter mir nach. Das Gesicht in den Händen vergraben, weine ich um meine Frau. Sie zieht mich an ihre Brust und hält mich.

»Dieses Schwein muss gefasst werden. Also bitte denk nach. Was hat sie dir alles erzählt? Fang ganz von vorne an.«

Ich richte mich auf und lehne mich an die Wand.

»Sie war in einem Club und dann wurde ihr schwindelig. An mehr konnte sie sich nicht erinnern. In der nächsten Erinnerung fand sie sich bereits in ihrem Verlies wieder. Sie hat mir von dem ersten Mal erzählt, als er sie missbrauchte. Sie hat in ihren Flashbacks nie sein Gesicht gesehen.«

Ich unterbreche kurz, weil der Gedanke mir bittere Galle die Speiseröhre nach oben jagt. »Er hat sie geschlagen, bis sie sich nicht mehr wehren konnte. Sie hatte ihn wohl einmal mit ihren Fingernägeln im Gesicht erwischt und Kratzspuren hinterlassen, daraufhin hat er sie nur noch heftiger -«

»Was hast du da eben gesagt?«

»Er hat sie geschlagen, bis sie nicht mehr in der Lage war, sich zu wehren.«

»Nein, danach.«

»Sie hat ihn gekratzt?«

Cathi erstarrt augenblicklich. »Sie hat ihm das Gesicht zerkratzt?«

»Ja, Cathi. Was ist los? An was denkst du?«

»Der Sheriff kann Dr. Lewis nicht erreichen.«

»Ist alles in Ordnung mit dir? Was hat das denn jetzt damit zu tun?«

»Es ist nur so ein Gedanke, der mir plötzlich in den Sinn kam.«

»Nun sag schon! Egal was es ist.«

»Dr. Lewis hat feine Narben im Gesicht, die von Kratzspuren herrühren können. Ich kann mich erinnern ihn damals darauf angesprochen zu haben. Er meinte, ihm sei seine Katze ins Gesicht gesprungen. Und hatte sein Vater nicht diese Jagdhütte mitten im Wald?«

Sie muss nichts weiter sagen. Sofort hole ich mein Telefon aus der Hosentasche und scrolle nach der Nummer von Cambell. Eine Viertelstunde später ist er bei uns.

38

Ich drücke meine Hand fest auf meinen Schädel und ertaste die dicke Beule an meinem Hinterkopf. Ich zische gequält, als der stechende Schmerz mir durch Mark und Bein fährt. Ich bin wieder hier, mitten in meiner persönlichen Hölle. Kälte und Angst lassen mich erbeben. Sonst fühle ich nichts. Mein Gehirn fährt auf Autopilot und schützt meinen Geist vor Emotionen, die mir jeglichen Lebenswillen rauben würden. Kraftlos drehe ich mich auf die andere Seite und erstarre augenblicklich. Connor. Mit überschlagenen Beinen sitzt er auf dem Bett, in dem ich unerträgliche Qualen erlitten habe.

»Na, endlich wach?« Er spricht, als wäre diese Situation das Normalste der Welt. »Ich dachte schon, du willst gar nicht mehr an unserer kleinen Party teilhaben.«

Angestrengt denke ich nach, welchen Platz Connor in meiner Geschichte einnimmt. Er ist für mich ein Puzzleteil, welches in keine der freien Lücken passt. Was übersehe ich?

»Ach, Alessa«, lacht er verspielt auf. »Ich kann richtig sehen, wie dein kleiner Kopf alles versucht zusammenzufügen. Achtung Spoiler. Da wirst du nichts finden.«

Mir fällt auf, dass sein Unterarm bandagiert ist. Bei unserem letzten Aufeinandertreffen trug er eine Jacke darüber. Die Binde ist sowohl mit Altem, als auch frischen Blut getränkt. Er beobachtet mich prüfend, fängt meinen Blick auf und versteht.

»Das war dieser scheiß Köter. In der Nacht als … Scheiße, da hätten wir dich fast gehabt.«

»Warum hast du mich im Wald gerettet?«

»Ich habe daran gedacht, die Gelegenheit zu nutzen, aber du warst so panisch, dass zu viele Leute darauf aufmerksam wurden.«

»Was soll das alles? Was willst du von mir?« Meine Arme verschränke ich fest unter der Brust.

»Lass mich einfach gehen. Ich sage es niemanden.«

»Hältst du mich wirklich für so doof?«

Seine Haltung verändert sich, wird bedrohlicher. Er beugt sich mir näher entgegen. »Abgesehen davon, dass du dich sofort in die Arme meines Versagerbruders werfen würdest, habe ich schon lange aufgegeben, euch Weibern auch nur ein Wort zu glauben. Alles was aus eurem scheiß Maul kommt sind Lügen.«

Er redet sich in einen Rausch und wird immer wütender. Als hätte ihn der Wahnsinn befallen und eine andere Persönlichkeit von ihm Besitz ergriffen.

»Ihr verhext uns. Macht aus unserem starken Geschlecht kleine Weicheier. Die euch den Arsch hinterhertragen für ein bisschen Aufmerksamkeit und einen schnellen Fick.«

Er spuckt mir die Worte buchstäblich entgegen. Ich richte mich auf und die Ketten an meinen Knöcheln klirren laut im Raum.

»Und du bist da keine Ausnahme«, fährt er fort. »Ich bin gewohnt, die abgelegten Weiber meines Bruders zu ficken. Celine war … Ach vergiss es.«

Er lehnt sich jetzt wieder weiter nach hinten, bis ihn die kühle Betonwand stützt.

»Was ist mit Celine?«, versuche ich unser Gespräch aufrecht zu erhalten. Ich muss Zeit schinden, um nachzudenken. »War es nicht eher so, dass du sie Matt ausgespannt hast und mit ihr abhauen wolltest?«

»Tz, Celine war die Stadtschlampe hier. Hat es quasi mit jedem getrieben. Ich war einfach einer von vielen.« Mit dem Fingernagel pullt er sich zwischen den Zähnen und schnippt, was auch immer er da gefunden hat, quer durch den Raum. »Sie hat mir den Kopf verdreht. Mich verhext mit ihrem sexy Arschgewackel und diesem Unschuldsblick. Ich hatte sie und ich hätte alles für sie getan.«

Er sinkt in sich zusammen und wirkt schwermütiger. »Weißt du, sie wollte zu ihm zurück. Zu meinem Bruder. Gott, er nimmt mir einfach alles was ich liebe. Erst die Mutter und dann.« Er stockt. »Selbst unsere Schwester hat nur Augen für diesen Drecksack. Ach egal. Ich habe ihr gesagt, wenn sie zu ihm zurück geht, erzähle ich ihm alles. Ihre ganzen Abgründe. Was sie so mit wem getrieben hat, als er brav zuhause auf sie wartete. Mir war nicht klar, dass er es bereits wusste und genauso ein Schlappschwanz geworden ist, wie all die anderen Kerle, die sie in ihrem Bann gefangen hielt. Ich musste ihr nur sagen, dass es an ihr liegt, wie er sie in Erinnerung behalten soll. Als Abschaum und Hure, die sie nun mal war oder als eine Frau, die ihn einfach nicht mehr liebte.«

Mir gefriert das Blut in den Adern. Mit den Händen reibe ich mir über die Oberarme, um etwas Wärme zu erzeugen, aber sie erreicht mein Herz nicht.

»Sie wollte abhauen und alles hinter sich lassen, aber das konnte ich nicht zulassen. Ich habe sie doch geliebt«, zischt er gequält.

»Was hast du getan?«, flüstere ich und fürchte mich vor der Antwort.

Er wirkt verwirrt und lacht wie ein Irrer, über diese Frage.

»Hahaha. Was denkst du denn, was ich getan habe?« Seine Augen verdunkeln sich vor Zorn und Bosheit. »Du warst nie allein hier, Alessa. Celine war die ganze Zeit nebenan. Du hättest sie mitnehmen sollen, als du geflohen bist. Sie starb nur ein paar Tage nach deiner Flucht.«

Erschüttert presse ich die Hand fest auf meinen Mund, um das Schluchzen zu unterdrücken.

»Warum?«

»Warum sie sterben musste, fragst du? Weil Lewis ausgetickt ist, als sein kleines Spielzeug sich aus dem Staub gemacht hat. Das hat er alles an ihr ausgelassen. Ja, genau, schau nicht so entsetzt. DU BIST SCHULD AN IHREM TOD!«, schreit er so laut, dass die Wände wackeln.

Er springt vom Bett und reißt mit einem kräftigen Ruck mein Haar nach hinten. Wir atmen beide schnell und schauen uns fest in die Augen. In seinen spiegeln sich eine Fülle an Emotionen. Wut. Trauer. Verzweiflung. Einsamkeit. Ja, er ist vermutlich ein sehr einsamer Mensch. Er sagt nichts und mit einem kräftigen Stoß, lässt er von mir ab. Die Tür knallt ins Schloss und ich atme tief ein. Alles ist still. Einzig der tropfende Wasserhahn hält stetig seine Melodie. Tropf. Tropf. Tropf. Dieser Klang macht mich verrückt. Viel zu lange begleitete er mich.

Hastig greife ich zu der Fessel um meinen Knöchel. Ich ziehe und zerre und weiß doch längst, dass ich nichts bewirke. Wie oft ich den Versuch schon unternommen habe, kann ich nicht mehr zählen.

Ich liege zusammengekauert auf dem harten Boden. Die Erschöpfung nimmt mich gefangen und löscht jedes Licht in mir. Der bekannte modrige Geruch dieser Räume brennt sich in meine Nase. Dieses Mal ist es kein Flashback. Diesmal ist es Realität.

Niemand weiß, wo ich bin oder wer dahintersteckt. Ob sie die Leichen finden werden? Pete. Er hat mich gerettet. Meine Arme und Beine fühlen sich schwer an, dennoch stemme ich mich hoch. Ich brauche etwas, um mich zu verteidigen. Der Feind ist da draußen, aber es ist ein anderer, mit anderen

Schwächen. Hinter der Tür kündigt der klappernde Schlüsselbund seinen erneuten Besuch an.

»Hallo kleine Alessa, du siehst aus, als würden deine Erinnerungen wieder zurückkehren. Hab keine Angst wir werden deine Therapie fortführen. Zuerst sollten wir jedoch die alten Regeln wieder etwas auffrischen.« Er packt mich am Hals und spuckt mir seine Worte ins Gesicht. »Wo verdammt nochmal befindest du dich, wenn ich den Raum betrete?« Mutig entreiße ich mich seinen festen Griff.

»Du bist nicht er!«, schnaube ich.

»Vielleicht nicht, aber ich werde es sein. Weißt du, ich habe die letzten Jahre viel von ihm gelernt. Er war mir mehr Vater, als der versoffene Scheißkerl, der meine Mutter aufgeschlitzt hat. Ich war in Therapie bei ihm und jetzt geh verdammt nochmal auf die Knie du Schlampe.«

Was habe ich für eine Wahl? Ich kann mich zusammenschlagen lassen und er wird sich trotzdem holen, was er will oder ich kann meine Kraft sparen und für mich nutzen. Seine Faust trifft meinen Kiefer und reißt meinen Kopf heftig herum. Ich verliere das Gleichgewicht, falle auf mein Steißbein und schlage mit dem Hinterkopf gegen das Bettgestell. Meine Finger fassen in eine warme Flüssigkeit. Blut läuft an mir herunter. Ein metallischer Geschmack breitet sich in meinem Mund aus und als ich mit der Zunge gegen meinen Schneidezahn stoße, sitzt er locker im Kiefer.

»Du hast es in der Hand, Alessa. Es wird erträglicher für dich, wenn du nicht die Wildkatze spielst.«

Wieder sage ich nichts und kassiere einen Tritt seitlich in meine Rippen. Ich rolle mich auf dem Boden zusammen und versuche, mich abzuschirmen, aber ich weiß, er wird nicht eher aufhören bis er bekommen hat, was er will. Jetzt habe ich Kraft. Jetzt muss ich sie nutzen. Wenn ich erst wieder ausgehungert bin, habe ich keine Chance mehr gegen ihn. Ich muss jetzt handeln oder nie. Er reißt mich zurück und bringt mich in eine hockende Position. Gierig öffnet er den Reißverschluss seiner Hose und packt seinen ekelhaften Schwanz aus. Er hält ihn mir vor die Nase und ohne lange nachzudenken, beiße ich zu. So fest, dass sich sein Blut auf meiner Zunge sammelt und über meine Lippen läuft. Er schreit laut und gequält. Ich nutze das Überraschungsmoment, springe auf meine Füße und trete fest in seine Weichteile. Er sackt vor mir zusammen und ich spucke den ekligen Geschmack seines Blutes neben ihn auf den Betonboden. Das wird er mir niemals durchgehen lassen. Dafür werde ich sterben. Ich muss es zu Ende bringen. Hektisch suche ich nach einer Lösung. Ich bewege mich panisch im Raum auf und ab, so weit mir die Kette Spiel gibt. Das klirrende Eisen untermalt jeden meiner Schritte und dann weiß ich es. Diese Kette, die mich mit dem Bett verbindet und die ich mir einst um den Hals legen wollte, um mein Leben zu beenden, erscheint mir plötzlich so kostbar.

In schnellen Zügen wickle ich sie um seinen Hals und ziehe sie fest zusammen. Meine Muskeln sind angespannt und all meine Wut bündelt sich in diese letzte Chance zu überleben. Auf allen vieren kriecht er vor mir her, hält sich die Weichteile und versucht sich, auf seine Beine zu stemmen, aber ich halte dagegen.

Ich falle und reiße ihn mit mir. Ich liege unter seinem Rücken begraben, aber lasse nicht locker. Nicht einen Moment. Seine Hände greifen immer wieder an das Metall um seinen Hals, aber er hat keine Chance. Ich weiß es nur zu gut. Immer fester drücke ich ihm die Luft ab. Er krächzt und japst und seine blutunterlaufenen Augen treten immer weiter aus seinen Höhlen hervor.

Ein stechender Schmerz zerreißt mich und ich bemerke, das Messer erst, als es in meinem Schenkel steckt. Ich schreie und bündle den Schmerz in meiner Kraft und ziehe die Schlinge um seinen Hals noch fester zusammen. Das Pochen, welches sich von meinem Bein bis in meinen Hals verteilt, ignoriere ich.

Sein Kopf ist erst rot, dann blau. Dann endlich Stille. Ich ziehe ein weiteres Mal kraftvoll, aber es folgt keine Gegenwehr. Erschöpft gleitet die Kette aus meinen Fingern und ich schiebe ihn von mir. Zügig weiche ich zurück und betrachte den leblosen Körper dieses Abschaums. Mit der Schuhspitze stupse ich mehrmals gegen seinen Arm und rechne damit, jeden Moment gepackt zu werden. Aber nichts passiert. Mutig rutsche ich näher und taste nach einem Puls an seiner Halsschlagader. Nichts. Der zweite Mensch, der durch meine Hand gestorben ist. Das Adrenalin hat mich meine Schmerzen fast vergessen lassen, aber jetzt bricht mit einem Schlag alles über mich herein.

Das Messer steckt noch in meinem Bein und Blut wabert an der Klinge vorbei und durchtränkt den Stoff. Ich muss schleunigst hier raus. Die Tür steht einladend offen. Ich löse meine Fessel von seinem Hals und greife nach dem versifften Laken auf dem Bett, um es über den Toten zu legen. Ich ziehe das verletzte Bein nach. Es sind nur wenige Schritte zum rettenden Ausgang, aber die Fessel stoppt mich mitten im Raum. Ich schreie frustriert und sinke zu Boden, weil mir bewusst wird, in welcher ausweglosen Lage ich mich befinde. Das Messer bohrt sich tiefer in mein Fleisch und zerfetzt meine Haut. Mir wird für einen Moment schwarz vor Augen. Mit letzter Kraft rutsche ich zurück zum leblosen Körper und durchsuche seine Hosentaschen.

»Nein, nein, bitte nicht.«

Kein Schlüssel. Nichts.

Wie ein Tsunami bricht die Erkenntnis über mich herein. Ich habe einen Fehler gemacht. Die Chance, die ich genutzt habe, war nur eine kleine Hürde im großen Ganzen. Ich werde hier in diesem Drecksloch, neben einer verwesenden Leiche verhungern und einsam sterben. Wir sterben gemeinsam in diesem Verlies.

Jetzt hat er doch gewonnen. Das Letzte was ich sehen werde, sind diese Wände und nach allem wird das mein Ende sein. Mutlos drehe ich mich auf den Rücken und meine Hände schließen sich fest um den kleinen Herzanhänger. Ich habe die Hölle und den Himmel gesehen. Die schlimmste Zeit meines Lebens führte mich ins Glück und doch ist es jetzt vorbei. Ich spüre die warme Feuchtigkeit unter meinen Schenkeln, die sich zu einer farbenfrohen Pfütze, in diesem Grau ausbreitet.

Das mir altbekannte Tropfen des Wasserhahns, hat jetzt eine beruhigende und hypnotisierende Wirkung auf mich. Mit leeren Augen starre ich Luftschlösser an die Kellerdecke und hänge meinen

Träumen nach. Ich stelle mir die Zukunft vor, wie es hätte sein können. Bilder, die wie eine Diashow vor meinem inneren Auge Gestalt annehmen. Bilder von einem glücklichen Matt und einem fröhlichen Kind. Die Bilder unsere Familie sollen das Letzte sein, an das ich mich erinnern werde. Kraftlos drifte ich ab und werde tiefer in den Rausch der Träume gezogen.

39

Ich wollte Cathi nicht dabeihaben. Wir wissen nicht, was uns erwartet, und ich wollte mich nicht um zwei Menschen sorgen müssen. Deshalb haben wir sie zu Hause abgesetzt und rasen jetzt, mit zwei weiteren Streifenwagen, auf dem unbefestigten Weg durch den Wald. Dieser führt zu der Jagdhütte von Lewis. Jede Wurzel erschüttert den Wagen und rüttelt mich im Sitz durch, so dass ich mich mit der Hand am Haltegriff über dem Fenster festkralle. Meine Kleidung klebt verschwitzt an meinem Körper und in meinem Kopf spiele ich die übelsten Mordgedanken durch. Ich knirsche mit den Zähnen und meine Muskeln spannen sich an. Cambell's Hände fassen fest um das Lenkrad und sein Blick ist starr nach vorn gerichtet.

»Denk gar nicht erst daran, Matthew.«

Anscheinend kann er Gedanken lesen oder meine Haltung spricht für sich. »Lass uns das regeln. Du nützt ihr nichts, wenn du im Bau sitzt.«

Meine Nerven liegen blank und ich bin zu angespannt, um zu reden. Deshalb schaue ich gebannt, in den spärlich beleuchteten Weg vor uns. Wir halten neben Lewis Wagen. Ich ziehe am Griff der Autotür, aber sie öffnet sich nicht. Ich rüttle fester und drehe mich schnaufend zum Sheriff.

»Thompson, du bist nicht du selbst. Da macht man Fehler.«

»Sie können mich hier nicht festhalten.«

»Es ist besser so.«

»Nein!«

Die anderen Officer umkreisen mit gezogener Waffe den Wagen des Psychiaters. Einer deutet auf den Kofferraum und der andere bricht ihn auf. Beim Öffnen richten alle ihre Waffe in den Innenraum und wenden sich angeekelt ab. Der Sheriff steigt aus und ich krieche über den Fahrersitz ebenfalls nach draußen.

»Shit!« Ich schlucke die aufsteigende Übelkeit hinunter. »Wenn Lewis tot im Kofferraum liegt, wer ist dann da drin?«, frage ich in die Runde und deute mit der Hand auf die Jagdhütte.

Ich schaue in fragende Gesichter und kann nicht mehr länger warten. Mit zügigen Schritten gehe ich zum Haus. Der Klang, des Entsicherns einer Waffe, lässt mich stoppen.

»Keinen Schritt weiter«, fordert mich Cambell auf. »Ich schwöre dir, ich schieße dir die Beine weg, wenn du uns nicht endlich unseren Job machen lässt.«

Mit erhobenen Händen drehe ich mich zu ihm um. Die anderen Officer teilen sich auf und suchen sich Zugang zum Gebäude.

»Du gehst jetzt zurück zum Auto.« Mit der Waffe deutet er mir den Weg. »Wir verlieren wertvolle Zeit, mit deinem Superheldengetue.«

Meine Beine wehren sich strikt dagegen. Der Schuss schallt laut durch den Wald und Vögel stoben aus den Baumkronen auf, als die Kugel nur wenige Zentimeter vor meinen Füßen im Boden einschlägt. Ungläubig schaue ich in die siegessicheren Augen des Sheriffs. So viel schneid hätte ich dem Drecksack gar nicht zugetraut. Murrend gehe ich zum Auto und setze mich mit verschränkten Armen auf die Motorhaube. Da öffnet sich die Tür der Hütte von innen und einer der Polizisten kommt herausgerannt und übergibt sich.

Ein Weiterer ruft den Sheriff zu sich, während ich glaube, innerlich zu sterben. Es ist mir egal, soll er mich doch erschießen. Ich stürme am Sheriff vorbei ins Haus und höre ihn meinen Namen brüllen. Ich renne zu den Stimmen, die aus dem Keller nach oben dringen und bleibe im Rahmen einer schweren Eisentür stehen.

»Nein!«, entfährt es mit geschockt.

Dieser Raum. So viel Blut. Eine abgedeckte Leiche und Alessa. Sie liegt in einer Blutlache. Ihre Haut ist blass und ihre Lippen blau.

»Neeeeeiiiin!«, schreie ich in den Raum und breche neben ihrem leblosen Körper zusammen. Ich knie in ihrem Blut und betrachte ungläubig meine Hände, die wie Krallen geformt sind und über und über mit metallischer Flüssigkeit bedeckt sind. Die Erkenntnis trifft mich hart.

»Kleines!« Ich rüttle an ihren Schultern. »Alessa!« Ihr Körper wackelt unter meinen Händen.

»Bitte, mach die Augen auf. Bitte. Ich flehe dich an. Alessa!«

Ich streiche ihre Wange entlang und hinterlasse ein rotes Muster auf ihrer Blässe. Ich hebe ihren Oberkörper an meine Brust und küsse sie auf den Scheitel.

»Neiiin.« Das Schluchzen lässt meinen Körper erbeben. »Tu' mir das nicht an!«, flehe ich, aber sie rührt sich nicht und liegt schwer in meinen Armen.

Ich lege sie zurück auf den Boden und küsse ihre kalten Lippen. »Ich lass dich nicht allein«, schluchze ich verzweifelt und flüstere an ihren Mund: »Ich habe es dir versprochen.«

Ein letztes Mal presse ich meine Lippen auf ihre. Dann springe ich entschlossen auf die Beine und reiße dem Officer die Waffe aus dem Halfter. Als er es registriert, renne ich schon nach draußen.

»Matthew!«

Den Lauf der Waffe fest an meine Schläfe gepresst, drehe ich mich zum Sheriff.

»Junge, mach keinen Scheiß. Leg die Waffe nieder.«

Der Speichel, der sich wegen meiner Tränen im Mund gesammelt hat, bahnt sich den Weg nach draußen.

»Ich kann nicht«, schreie ich. »Ich bin ihr Licht, ohne mich findet sie nicht aus der Dunkelheit.«

Meine Sternschnuppe, denke ich. Sie ist verglüht. Meine Hand legt sich fester um den Pistolengriff.

»Sag, Cathi.« Meine Stimme bricht bei dem Gedanken an meine Schwester. »Sag ihr, dass ich sie liebe und -«

»Stopp!«, ruft einer der Officer. Ich drehe mich zu ihm um und schließe gequält die Augen. Auf den Armen trägt er Alessa’s schlaffen Körper. Sie sieht aus, als würde sie schlafen.

»Sie hat einen Puls. Er ist schwach, aber sie lebt. Wir müssen sie sofort ins Krankenhaus bringen.«

»Was?«, frage ich hölzern.

Cambell nähert sich mir achtsam und drückt meine zitternde Hand, mit der ich die Waffe fest an meine Schläfe presse, vorsichtig nach unten.

»Matthew, sie lebt.«

Ich wehre mich nicht, lasse den Arm sinken und die Waffe gleitet mir aus den Fingern.

Die Welt, die eben drohte einzustürzen, setzt sich wieder zusammen. Sie lebt. Vorsichtig, als ginge ich über ein Minenfeld, nähere ich mich dem schlaffen Körper meines Mädchens. Der Officer übergibt sie mir und ich wiege sie behutsam in meinen Armen.

»Alles wird gut«, hauche ich in ihr Haar.

»Worauf warten wir noch?«, ruft mir der Sheriff entgegen und hastet zum Auto. Ich steige mit Alessa hinten ein und löse mich nicht eine Sekunde von ihr.

40

Piep. Piep. Piep. Ein monotoner Piepton ersetzt das zuverlässige Tropfen des Wasserhahns. Ich liege weich und eine wohlige Wärme legt sich über mich. Ich drücke mich etwas tiefer in die Kissen. Ist es vorbei? Fühlt sich so der Himmel an?

Ich will meine Augen nicht öffnen. Die Angst, aus diesem Zustand zu erwachen und mich wieder dem Grauen meines Gefängnisses auszusetzen, ist zu groß. Trotzdem spannt sich mein Körper, bis hinunter zu den Zehen an. Ich schrecke hoch und sofort greifen Hände an meine Schultern und drücken mich wieder nach unten. Ich keuche erschrocken auf und nur langsam klärt sich meine Sicht. Aus Dunkelheit wird Licht. Aus Kälte wird Wärme und aus Grau wird Weiß. Was ich sehe, lässt mein Herz einen Schlag aussetzen, bevor es schneller in meiner Brust schlägt. Matt.

»Kleines, du bist wach.« Er verschränkt seine Finger mit meinen. »Bleib ganz ruhig, du bist im Krankenhaus. Wir haben dich gefunden.«

Sie haben mich gefunden, wie ist das möglich? Mein linker Arm ist eingegipst und mein Bein bandagiert. Das Letzte woran ich mich erinnere, ist Blut. Blut, dass sich unter mir ergießt und zu einer Pfütze ausbreitet. Panisch suche ich antworten in seinen Augen.

»Die Wunde musste genäht werden, aber alles ist gut.«

Sein warmes Lächeln sendet ein Feuerwerk durch meinen Körper und ich kann mein wild flatterndes Herz nicht mehr beruhigen. Tief inhaliere ich jedes Wort, was seine Lippen verlässt. Matt hat mich gefunden. Ich spreche diesen Satz immer und immer wieder in meinem Kopf. Ich habe Angst, dass mir mein Gehirn einen Streich spielt und ich noch immer in diesem Verlies auf dem kalten Boden liege und die Hauptrolle in meiner Diashow übernommen habe. Aber Matt ist hier. Er ist echt und ich spüre seine Hand in meiner. Er haucht mir einen Kuss auf die Stirn.

»Alessa, ich kann mir gar nicht vorstellen, was du durchmachen musstest.« Eine Träne stiehlt sich aus seinem Augenwinkel. »Ich hatte solche Angst, ich würde dich verlieren. Ich hätte ohne dich nicht -« Seine Stimme bricht.

Ich löse meine Hand aus seiner und ziehe ihn am Nacken näher zu mir. Ich möchte nicht, dass er es ausspricht. Unsere Nasenspitzen berühren sich und meine Lippen kribbeln, als wirbelten kleine elektrische Stöße in ihnen, wie Blitze, die von seinem Mund zurück zu meinem schießen. Es fehlen nur wenige Zentimeter und dann endlich überbrückt er sie. Er küsst mich und nimmt sich, was er braucht. Es fühlt sich an, als würden wir den Schmerz unter uns aufteilen. Nur schwer lösen wir uns wieder voneinander. Er legt seine Stirn an meine und flüstert: »Ich würde dich am liebsten sofort mit nach Hause nehmen, aber die Ärzte sagen, du musst hier unter Beobachtung bleiben.« Er setzt sich zu mir auf die Matratze.

»Alessa, als ich dich da liegen sah. Ich dachte, ich hätte dich verloren. Du bist so stark. Ich bin so stolz auf dich.«

»Mein Name ist Emma«, berichtige ich ihn. Ich möchte nicht, dass er den Namen verwendet, den diese Schweine beschmutzt haben.

»Okay, Emma.«

»Connor«, stammle ich.

»Shh, ich weiß.«

»Celine.«

»Was ist mit Celine?«, fragt er alarmiert.

»Connor hat sie entführt. Er sagte, sie war auch in diesem Keller.«

Matt's Mimik erstarrt. Sein Kiefer bebt und seine Hände schließen sich zu Fäusten. So fest, dass sie weiß anlaufen.

»Er sagte, dass sie sterben musste, weil ich geflohen bin.«

Tränen bilden einen feuchten Film über meiner Netzhaut und für einen Moment steht die Welt still. Matt's Gesichtsfarbe verfärbt sich feuerrot und er reibt sich über die Haut, um die Spuren fortzuwischen. Seine Lippen bilden eine schmale Linie und öffnen sich kaum, als er die Worte durch sie hindurch presst. »Ich schwöre dir, wenn er nicht schon tot wäre, dann -«

Ich lege ihm beruhigend eine Hand an seine Wange und seine Züge entspannen sich. Wir haben diese besondere Verbindung. Von Anfang an war sie da. Wir geben uns gegenseitig Halt und vertreiben die Finsternis. Wenn wir zusammen sind, strahlen wir heller als das Licht.

Er holt tief Luft. »Lass uns jetzt nicht darüber reden. Du musst dich ausruhen. Alles was ich jetzt möchte ist, dass du schnell zu mir nach Hause kommst.« Er führt meine Hand an seine Lippen und küsst sie.

»Zuhause? Wo ist das?«

»Wo immer du willst.«

Jemand klopft energisch an die Tür. Dann stürmt eine aufgewühlte Cathi ins Zimmer.

»Alessa, du bist wach.«

Sie kommt direkt auf mich zu und schließt mich fest in ihre Arme, was mir ein schmerzliches Stöhnen entlockt.

»Cathi, nicht so fest«, knurrt Matt, der wie ein Wachhund neben meinem Bett wacht.

»Oh entschuldige. Wie geht es dir?«

»Ich habe irgendwie Durst.«

Beide stürzen sich auf das Glas Wasser, welches auf dem kleinen Schränkchen neben meinem Bett steht, und reißen dabei die Glasflasche um, die daraufhin auf dem Boden aufschlägt und in Scherben zerspringt.

Cathi schreit auf. »Oh nein, ich besorge dir sofort eine neue Flasche.« Sie stürmt aus dem Zimmer, während Matt genervt mit den Augen rollt. »Ich schau mich mal um, ob ich etwas zum Aufwischen finde.«

Die Tür steht einen Spalt offen, so dass ich das Gespräch zwischen Matt und dem Sheriff deutlich hören kann.

»Alessa Morrison, einundzwanzig Jahre alt. Wurde an ihrem achtzehnten Geburtstag als vermisst gemeldet. Wir haben die Leiche im Kofferraum, als Dr. Lewis identifiziert und versucht seinen Sohn zu erreichen, aber der ist momentan nicht auffindbar. Es ist wichtig, dass Alessa eine Aussage macht. Wir sind uns nicht sicher, wie das alles zusammenhängt.«

Matt reagiert gereizt. »Aber nicht jetzt. Sie ist eben erst zu sich gekommen. Ich möchte sie nicht unnötigem Stress aussetzen.«

»Das verstehe ich Matt, aber wir kommen so nicht weiter.«

»Matt?« Meine Stimme ist mehr ein Husten als eine Frage. Aber er hat mich gehört und steckt den Kopf durch den Spalt. »Ja, brauchst du was?«

Lächelnd verneine ich. Es ist verrückt, wie ich diesen Mann liebe.

»Ich möchte meine Aussage jetzt machen.« Er setzt an, um zu widersprechen, aber ich lasse ihn nicht. »Bitte. Ich möchte es einfach hinter mich bringen.«

Matt öffnet die Tür und bedeutet, dem Sheriff einzutreten.

»Aber ich weiche die ganze Zeit nicht von deiner Seite.«

Er hält meine Hand. Mal lässt er locker. Mal drückt er sie fester. Die Aufarbeitung kostet mich unheimlich Nerven und wird es weiterhin tun. Aber ich weiß, so lange wir zusammenbleiben, kann mir nichts passieren. Er war da, als ich dem Tod näher war als dem Leben. Zweimal. Aber mein Leben beginnt genau jetzt.

Cathi

AM ABEND VON EMMA'S RETTUNG

Der Streifenwagen hält vor meinem Haus. Nur mühsam öffne ich die Tür und setze ein Bein nach dem anderen auf den Bordstein. Bevor ich die Tür zuschlage, stecke ich den Kopf in den Innenraum zu Matt. Er sieht völlig fertig aus.

»Sei vorsichtig und bring sie uns wieder«, flüstere ich und er nickt zur Bestätigung. Dann werfe ich die Wagentür zu und blicke ihnen so lange hinterher, bis die Rücklichter nicht mehr zu erkennen sind. Der Abend ist kühl und ein frischer Wind weht. Mein Haar wirbelt durcheinander und verfängt sich in meinen Wimpern und trockenen Lippen. Ich schiebe sie mir hinter die Ohren und wickle mich fester in meine Strickjacke. Dann wende ich mich ab und gehe den Weg hinauf zum Haus. Stille empfängt mich. Sonst liebe ich sie, aber heute verschlingt sie mich laut.

Ich fülle den Wasserkessel auf und stelle ihn auf die entzündete Gasplatte. Während das Wasser sprudelt, gehe ich mich umziehen. Ich steige in eine lockere Hose und streife mir ein frisches Tanktop über. Der schrille Pfeifton des Kessels geht mit einem lauten Klopfen an der Tür einher. Ich schrecke zusammen und stecke auf dem Weg nach unten meine Arme in einen Wollpullover und ziehe ihn mir über den Kopf. Von der Treppe aus erkenne ich einen Schatten hinter der Glastür und nachdem ich den Herd ausgeschaltet habe, öffne ich die Tür, ohne nachzusehen.

»Gott, Jordan.« Ich presse die Hand auf mein klopfendes Herz. »Du hast mich erschreckt.«

Er tritt ein und Blut tropft auf den Holzboden. Ich schaue an ihm hinauf. Blut. Überall Blut. Auf seinen Händen trägt er Pete. Wieder Blut. Beide sehen aus, als kämen sie direkt aus einem Massaker. Jordan's Haut ist blass und mir ist klar, dass ich sofort handeln muss, sonst bricht er direkt vor meinen Füßen zusammen. Ich greife mir den Schlüssel vom Haken neben der Tür.

»Komm mit!«

Mit schnellen Schritten hetze ich nach nebenan und schließe die Praxis auf. Kraftlos und mit einigem Abstand folgt mir Jordan. Ich renne nach hinten durch den Flur in den OP und betätige den Lichtschalter. Mit einem Surren und kurzem Flackern erhellen die Leuchtröhren an der Decke den Raum im sterilen Licht.

»Leg ihn auf den Tisch.« Ein leises Winseln verlässt den geschwächten Wolfskörper. Die Arme auf den Operationstisch abgestützt, ringt Jordan um Luft.

»Zieh dein Hemd aus.« Über seine Schulter schaut er mich direkt an. »Cathi, ich muss weiter. Ich darf keine Zeit verlieren.«

Ich habe zig Fragen an ihn und stelle keine einzige. Vielleicht ist es falsch, aber es ist Jordan.

»Wie weit willst du mit deiner Verletzung kommen? Du brichst zusammen, bevor du die Ortsgrenze erreicht hast.«

Er beißt fest die Zähne zusammen, drückt sich mit Schwung vom Metall ab und schwankt zum Ausgang. Ich packe seinen Arm und kann ihn nicht halten, als ich mit ihm zu Boden sinke.

Ich helfe ihm auf und schaffe es nur mit Mühe, ihn auf den nächsten Stuhl abzusetzen. Er ist so blass, wie die weißen Wände dieses Zimmers und seine Lippen haben einen Brombeerton angenommen. Mit zittrigen Fingern knöpfe ich sein Hemd auf und streiche es ihm von der Schulter. Er reagiert nicht mehr und wirkt apathisch.

»Bleib bei mir!«

Ich reiße die Schränke auf und ziehe OP-Tücher hervor, die ich auf dem Boden auslege, um ihn dann darauf niederzulegen. Ich habe eine Tierarztpraxis. Für Menschenfälle ist sie eindeutig nicht konzipiert. Ich reinige seine Wunde. Ein glatter Durchschuss. Er hat viel Blut verloren. Dass die Kugel wieder ausgetreten ist, erleichtert mir die Arbeit um einiges. Nachdem ich die Verletzung ausreichend versorgt und genäht habe, schiebe ich die Nadel der Infusion in seine Vene, lasse ihn schlafen und kümmere mich um das Tier. Schweiß läuft meine Wirbelsäule hinab. Der Tag und die Aufregung, zerren an meinen Kräften. Der Wolf scheint fürs Erste stabil und die Nacht wird zeigen, ob er es schafft. Als ich ihn in die Aufwachbox lege, klingelt das Telefon.

»Ja?«

»Warum gehst du nicht an dein Handy?«, schreit mir Matt durch den Hörer entgegen. »Kannst du dir überhaupt vorstellen, was ich mir für Sorgen mache?«

»Es tut mir leid«, stammle ich. »Ich war so durcheinander und wollte etwas in der Praxis aufräumen, um mich abzulenken. Da habe ich es wohl liegen lassen.«

»Cathi, wir haben sie.« Er klingt belegt und seine Worte brechen ab. »Sie lebt, aber überall ist Blut. Ich fahre mit ins Krankenhaus. Bleib du zu Hause. Ich melde mich morgen bei dir, sobald ich mehr weiß. Gott, Cathi ich habe solche Angst.«

»Soll ich nicht doch ins Krankenhaus kommen?«

»Nein, du kannst hier nichts tun.«

Mit einem Blick auf den am Boden liegenden Jordan ist das tatsächlich die beste Lösung. Matt ist bei Alessa. Ihn und ärztliche Versorgung, mehr braucht sie im Moment nicht.

»Was ist mit Connor?« In der anderen Leitung bleibt es stumm.

»Matt? Bist du noch dran? Was ist mit Connor?« Seine Stimme verdunkelt sich. »Ich erzähle dir später alles. Ich kann jetzt nicht.«

Dann erklingt das Tuten als Signal, dass die Verbindung getrennt wurde. Ich bin wütend, dass er mir diese Information über unseren Bruder vorenthält, und würde am liebsten sofort ins Krankenhaus fahren, um ihn zur Rede zu stellen.

Jordan öffnet hustend die Augen. Er wirkt durcheinander. Ich setze mich zu ihm auf den Boden und hebe seinen Kopf auf meinen Schoß. Sanft streiche ihm die Haare aus der Stirn und massiere ihm mit leichten Bewegungen die Sorgenfalten weg.

Ich lehne mit dem Rücken an der Wand, als mich Geräusche aus dem Schlaf reißen. Jordan steht mitten im Raum und versucht fahrig, sich die Nadel aus dem Arm zu ziehen. Sofort bin ich hellwach und auf den Beinen.

»Bist du verrückt?!« Ich stoppe sein Vorhaben, in dem ich auf seine Finger schlage. Er wirkt aufgebracht und desorientiert.

»Ich muss los. Die suchen nach mir.«

»Jordan, was ist denn nur los? Rede mit mir! Wir finden bestimmt eine Lösung.«

Seine Hände umfassen grob meinen Kopf. »Komm mit mir Baby. Lass uns gemeinsam von hier abhauen und irgendwo neu anfangen. Weit weg von diesem Ort.«

Ich stoße ihn von mir und er tritt einen Schritt zurück.

»Was redest du da, Jordan. Du bist ja völlig wahnsinnig.«

Er rauft sich die Haare. »Ich habe keine Zeit dir alles zu erklären. Aber ich möchte, dass du mit mir kommst. Ich liebe dich, Cathi.«

Ich halte die Luft an und die Welt scheint für einen Augenblick stillzustehen. Das ist das erste Mal, dass er diese drei Worte zu mir sagt. Den Moment habe ich mir eindeutig anders vorgestellt. Mit langen Schritten kommt er auf mich zu, drängt mich gegen die Wand und nimmt mich mit seinem Körper gefangen. Seine eisblauen Augen fixieren mich eindringlich.

Völlig durcheinander flüstere ich: »Ich kann nicht.« Ich schließe die Augen und öffne sie auch nicht, als ich weiterspreche. »Bitte bleib bei mir. Egal was passiert ist. Wir bekommen das hin. Das verspreche ich dir.«

»Nein, du würdest mich hassen.«

Ich schaue ihn an und sehe, wie Feuchtigkeit droht seine Augen zu fluten. Ich ziehe ihn näher zu mir und wir küssen uns zögerlich, als bräuchten wir die Zeit, um diesen Kuss in unserer Erinnerung abzuspeichern. Dann löst er sich von mir und geht, ohne sich umzudrehen. Ich starte einen letzten Versuch, ihn davon abzuhalten. »Jordan!« Er stoppt im Türrahmen. »Geh nicht.«

Über seine Schulter antwortet er: »Ich muss!«

Ich rutsche an der Wand hinunter und verberge

mein Gesicht hinter meinen Händen. Er ist fort.

Im Nachhinein sagt man doch immer, dass jeder Mensch im Leben zu etwas gut war. Wir aus Trennungen stärker hervorgehen und uns jeder Kummer wachsen lässt. Aber wenn ich vorher gewusst hätte, dass er mir eines Tages das Herz brechen wird, hätte ich mir gewünscht, ihn niemals kennenzulernen.

OUT NOW

»Ich habe beschlossen, das Risiko einzugehen alles zu verlieren, um mich selbst zu finden.«

Nach den schrecklichen Ereignissen hält es Cathi im Yukon nicht mehr aus. Die Welt dreht sich weiter, als wäre all das nicht passiert, aber ihre steht still. Sie wagt einen Neuanfang in New York und verdrängt die trüben Gedanken in den Clubs der Stadt. Dort trifft sie auf Aidan, dessen Augen sie seit ihrem ersten Aufeinandertreffen nicht mehr vergessen hat. An seiner Seite kann sie wieder atmen. Doch auch Meilen von der Heimat entfernt strecken die Schatten der Vergangenheit ihre Klauen aus.

Ein paar Worte

Das Wort Ende unter mein Debüt zu schreiben, war ein sehr emotionaler Moment. Auf der einen Seite war ich erleichtert und auf der anderen, bin ich noch nicht bereit meine lieb gewonnenen Protagonisten loszulassen. Deshalb geht es weiter und ich hoffe, du bist wieder dabei.

Du möchtest nichts verpassen? Dann folge mir auf Instagram emilia.c.kingston_author.

Wenn dir mein Buch gefallen hat, würde ich mich über eine Rezension auf Amazon freuen. Es müssen nicht viele Worte sein, aber so hilfst du mir, weitere Leser zu erreichen.

Ein ganz großer Dank geht an meine Testleserinnen Franzi, Laura, Jaqueline und Christina. Eure Unterstützung ist mit Geld nicht aufzuwiegen.

Aber auch meinen Bloggerinnen kann ich nicht oft genug für ihre Unterstützung danken. Es war eine tolle und aufregende Zeit mit euch.

Bis bald,
eure Emilia

FSC
www.fsc.org
MIX
Papier | Fördert
gute Waldnutzung
FSC® C083411